조선 최고의 외과의사
백광현뎐

조선 최고의 외과의사

백광현뎐 ❶

지은이 | 방성혜
펴낸이 | 김성실
기획편집 | 이소영 · 김성은 · 김선미
책임교정 | 김태현
마케팅 | 곽홍규 · 김남숙
일러스트 | 김민주
인쇄 · 제작 | 한영문화사

초판 1쇄 | 2012년 10월 18일 펴냄
초판 2쇄 | 2013년 2월 20일 펴냄

펴낸곳 | 시대의창
출판등록 | 제10-1756호(1999. 5. 11)
주소 | 121-816 서울시 마포구 동교동 연희로 19-1 (4층)
전화 | 편집부 (02) 335-6125, 영업부 (02) 335-6121
팩스 | (02) 325-5607
이메일 | sidaebooks@daum.net

ISBN 978-89-5940-243-4 04810
ISBN 978-89-5940-242-7 (전2권)

조선 최고의
외과의사

방성혜 역사소설

백광현
편 ①

시대의창

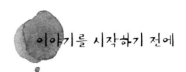

이야기를 시작하기 전에

그를 처음 만나다

내가 백광현이라는 인물을 처음 알게 된 것은 경희대학교 한의
과대학원에서 의사학(醫史學)을 전공할 때였다. 석사 과정 시절
처음 만난 백광현은 그저 우리나라 한의학 역사에 등장하는 한
의인(醫人)일 뿐이었다. 박사 과정을 거치면서 내 머릿속에서 백
광현은 조선 시대에 맹활약한 유명한 의인으로 격상되었다. 학위
논문을 모두 마친 뒤 경희대 대학원에서 강의를 하게 되었는데,
강의 준비차 한의학의 외과학 방면에서 이름을 남긴 여러 인물에
대한 자료를 수집하면서 다시 백광현을 만났다.

문집에 전해 내려오는 그의 행적은 다소 특이했다. 무관의 집안에서 태어나 왕실의 호위병이 되었고 이후 말을 치료하는 일을 하다가 나중에는 사람을 치료하는 뛰어난 의사가 되었다고 한다. 백광현의 행적을 전하는 문집과 실록에 공통되게 나타나는 것이 있는데, 바로 당대 사람들이 그를 '신의(神醫)'라고 불렀다는 사실이다.

백광현에 관한 내용이 기록된 문집을 모두 뒤지기 시작했다. 실록에서도 백광현과 관련된 내용을 빠짐없이 찾아보았다. 그의 행적에 다가갈수록 그가 얼마나 깊고 큰 존재였는지 실감하게 되었다. 이렇게 대단한 사람이 어찌 이토록 알려지지 않은 채로 남아 있단 말인가? 나는 점점 백광현의 일생에 빠져들었다.

드라마에 대한 열망

10여 년 전 허준을 주인공으로 한 드라마가 엄청난 성공을 거뒀다. 비록 실제 허준의 인생과는 다른 면도 있었지만 드라마가 허준이라는 인물의 의학에 대한 집념과 업적을 생동감 있게 그려낸 것은 매우 의미 있는 일이다. 또한 드라마에서 보여준 여러 질병에 대한 한의학적 치료법은 한의학을 스토리에 녹여서 시각적으로 보여준 아주 좋은 예가 되었다.

백광현이라는 인물을 알아가면서 나는 그가 허준의 뒤를 이을 새로운 한의학 드라마의 주인공감이라는 생각을 굳히게 되었다.

생각이 여기에 이르자 나는 두 가지 자료를 준비하기 시작했다. 하나는 '백광현의 삶'에 관한 것이었고, 다른 하나는 '한의학의 외과학'에 관한 것이었다. 백광현은 종기를 칼로 째고 썩은 살을 도려내는 외과의사였기 때문이다. 자료가 준비되는 대로 작가나 감독에게 백광현을 알리고, 이 인물을 주인공으로 한 드라마를 만들어 달라고 부탁할 생각이었다.

김이영 작가를 만나다

한창 자료를 준비하던 중 운명처럼 그녀를 만났다. 드라마 〈이산〉과 〈동이〉를 집필한 김이영 작가를 만난 것이다. 김이영 작가는 드라마 〈허준〉과 〈대장금〉 등 무수한 TV 사극을 연출한 이병훈 감독과 함께, 백광현이라는 인물을 주인공으로 하는 드라마를 만들려고 이미 준비하고 있었던 것이다. 당시 김이영 작가는 백광현에 대한 자료를 찾고 있었다. 이를 알게 된 지인의 소개로 나는 김이영 작가와 2011년 겨울 처음 만났다.

생각보다 빨리, 그리고 수월하게 백광현을 다룬 드라마가 만들어지는 것이 눈에 보이기 시작하니 기쁘기 그지없었다. 나는 그동안 모아둔 자료를 모두 작가에게 건넸고, 드라마 진행 과정에도 한의학 자문위원으로 참여했다. 또한 백광현의 행적을 단 하나라도 빠뜨리지 않기 위해 구할 수 있는 사료란 사료는 다 찾아

나섰다.

그러던 중 백광현의 삶을 가장 자세히 기록해놓은 조선 시대의 고서를 만나게 되었다. 단 한 군데 도서관에서 겨우 찾아낸 그 책에는 살아생전 백광현의 활약에 관한 기록이 고스란히 남아 있었다. 원래 무관이었으나 말에서 떨어져 다리를 다친 후 사람을 치료하는 의사가 되었고, 이후 명성이 높아져 마침내 내의원까지 입성하게 된 그의 극적인 인생이 상세히 담겨 있었다. 또한 왕실에 병이 생길 때마다 치유해낸 백광현의 드라마 같은 인생 역정이 잊히지 않고 후세에 전해지길 바라는 지은이의 절절한 마음도 함께 담겨 있었다.

쓰지 않고는 견딜 수 없었다

한국 땅에 남아 있는 기록 중 백광현의 삶을 알 수 있는 단서가 될 만한 기록은 죄다 뒤졌다. 그렇게 기록을 모으면서 따로따로 흩어져 있던 '백광현의 삶'이라는 커다란 퍼즐의 조각을 하나하나 맞춰나갔다. 마침내 퍼즐이 완성되자 가슴이 터질 듯한 기분을 이길 수 없었다.

말하고 싶었다. 그가 조선 땅에서 어떻게 살다 갔는지를! 무관의 집에서 태어나 무술로 입신할 수 있었음에도 굳이 중인의 직업인 의원의 길을, 그것도 의원들이 가장 기피한다는 외과의사의 길을 스스로 선택하고 마침내는 종1품 숭록대부에까지 오른 그의 삶을 토해내고 싶었다.

드라마는 사료를 바탕으로 한 작가의 고유한 창작물이기에 드라마 속에는 역사적 사실과 허구가 뒤섞여 있을 수밖에 없다. 그래서 드라마와는 별개로, 실제 역사 속의 백광현에 대해 내가 알게 된 모든 것을 빠짐없이 담아낼 그릇이 필요했다. 결국 직접 펜을 들기로 했다. 글의 장르에 대해 고민했다. 내가 백광현의 일생을 알게 된 후 느낀 이 감정을 고스란히 전달하려면 어떻게 글을 써야 할지 고민했다. 그래서 그가 살았던 인생을 최대한 사실에 가깝게 재구성하면서도 독자에게 가장 편하게 읽힐 수 있는 '역사소설'을 쓰기로 했다.

그리고 가슴 속에 있던 것을 써 내려갔다. 마치 불에 달궈진 뜨거운 구슬을 삼키고서 이를 견디지 못해 토해내듯이 내 가슴속에 있는 뜨거운 무언가를 마구 뱉어내었다. 그의 삶을 내 부족한 언어로 전하는 것이 쉽지는 않았다. 마치 고문과도 같았다. 육신은 온전했지만 정신은 매일같이 형틀 아래에서 신음했다. 마치 주리에 뼈가 뒤틀리고 장형에 피가 터지고 인두에 살점이 뜯겨 나가는 것만 같았다. 그래도 글을 썼다. 어느 누구도 대신 써줄 수 없기에, 이것이 내게 주어진 사명이라고 생각했다. 낮에는 진료하고 밤에는 새벽녘까지 글을 썼다. 몸은 21세기 한국에 있었지만 내 마음은 17세기 조선 땅을 오가고 있었다. 그렇게 하여 마침내 글이 완성되었다.

드라마의 시작

이제 곧 백광현을 주인공으로 한 드라마 〈마의〉가 시작된다. 이 드라마를 만들기 위해 힘써주신 이병훈 감독님과 김이영 작가님을 비롯한 관계자들께 지면을 빌려 감사 말씀을 드린다. 또한 한국 한의학의 역사를 바로 세우고자 늘 애쓰시는 경희대학교 한의과대학원 의사학교실의 김남일 학장님과 차웅석 교수님, 한국전통의학사연구소의 김홍균 교수님, 한국한의학연구원의 안상우 박사님께 감사드린다. 김이영 작가와의 귀한 인연을 이어준 이상원 박사님, 드라마 자문에 필요한 자료를 함께 찾아준 정의민, 이덕호, 오준호, 이태형, 김동률 선생님 외 의사학교실의 여러 동학들에게도 감사드린다. 그리고 책을 만들어주신 시대의창 김성실 대표님, 최인수 부장님, 김태현 선생님 외 여러 관계자분께 감사하다는 말씀을 전한다. 마지막으로 백광현의 행적을 기록하여 후세에 전해주신 조선 시대의 여러 선인께도 진심으로 감사드린다.

잠실(蠶室)에서 방성혜

차례

2권 차례

등장인물

● 주인공과 그 가족 ●

백광현(白光玹, 1625~1697)
가난한 무관의 집에서 태어났다. 무술을 익혀 왕실 호위병이 되었다. 그런데
말에서 떨어져 다리에 큰 부상을 입는다. 제대로 치료도 받지 못해 부상이 악
화되어 생사를 오가던 중 한 의원 덕에 극적으로 살아난다. 썩은 다리를 찢고
피고름을 뽑아내던 침술에 매료되어 의사의 길을 걷기로 마음먹는다. 칼과 활
대신 침과 침통을 들고 조선의 수많은 민초를 살려내던 중 왕실의 부름을 받아
내의원에 들어간다. 이후 조선 역사에 길이 남을 활약을 펼치며 신의(神醫)로
불리게 된다.

백광린(白光璘, 1647~1721)
백광현의 동생. 9남 3녀 중 8남으로 백광현의 뒤를 이어 의관이 된다.

백흥령(白興岭, 1648~1702)
백광현의 본처에게서 난 첫째 아들. 아버지의 의술을 이어받는다.

백흥성(白興聲, 1668~1751)
백광현의 첩에게서 난 둘째 아들. 아버지의 의술을 이어받는다.

● 의관 ●

김우(金遇, 생몰년 미상)
종기를 잘 치료하기로 이름난 의원으로, 말에서 떨어져 다 죽어가던 백광현을
치료해준다.

박순(朴洵, 생몰년 미상)
백광현의 제자. 백광현의 의술을 이어받아 종기를 잘 치료하는 의원이 된다.

유상(柳瑺, 생몰년 미상)
천연두를 전문적으로 치료하는 의사로 인경왕후와 숙종의 천연두 발병 시 궁
으로 불려온다.

윤후익(尹後益, 생몰년 미상)
침을 잘 쓰기로 유명하여 침의(鍼醫ㅣ침을 전문적으로 쓰는 의사)로 특채되어 내
의원에 입성했다. 백광현을 아끼고 지지해준다.

최유태(崔有泰, 생몰년 미상)
대대로 의업을 전수해온 청주 최씨 가문의 후손으로, 선조와 광해군 시절 침술
로 이름을 날린 허임(許任)의 수제자이기도 하다. 특채로 내의원에 들어왔지만
특채 출신이라는 눈총이 싫어 의과 시험을 치러 합격한 매우 자존심 강한 인물
이다.

김유현(金有鉉), **이동형**(李東馨), **정시제**(丁時梯), **정후계**(鄭後啓), **최성임**(崔聖任)
내의원 의관들.

● 신료 ●

김만기(金萬基, 1633~1687)
서인의 주요 인물로, 숙종의 첫째 비(妃)인 인경왕후의 아버지이자 서포 김만중
의 형. 남인과의 권력다툼에서는 승리하지만 딸이 천연두로 갑자기 사망하자
마음의 병을 얻는다.

김석주(金錫冑, 1634~1684)
서인의 책략가로 김좌명의 아들. 현종의 비인 명성왕후의 사촌오빠이기도 하
다. 머리가 비상하여 반대편 남인을 숙청하는 계략을 성공시키나 자신은 병에
걸린다.

김수항(金壽恒, 1629~1689)
좌의정. 조카딸의 괴이한 질병을 백광현에게 보여 진찰하게끔 한다.

김좌명(金佐明, 1616~1671)
서인의 주요 인물이자 현종의 비인 명성왕후의 큰아버지. 백광현을 전의감의
치종교수(治腫敎授)로 천거한다.

민희(閔熙, 1614~1687)
남인의 주요 인물로, 우의정으로 있을 때 심한 눈병을 앓아 백광현의 치료를
받는다.

윤지완(尹趾完, 1635~1718)
우의정. 사직하기 위해 숙종에게 일흔아홉 번의 사직 상소를 올린다.

이경석(李景奭, 1595~1671)
병자호란의 참혹한 패배 이후 청나라의 핍박에 시달리는 나라를 구하고자 자
신을 희생한 충신 중의 충신으로, 백광현의 의술을 알아보고 그를 내의원에 천
거한다.

허적(許積, 1610~1680)
남인의 수장. 현종이 승하할 때 나이 어린 아들을 잘 보필해 달라는 유지를 받
고 숙종에게 충성을 다한다. 본인은 청렴결백하나 첩실 소생 아들의 방탕함 때
문에 정적의 공격을 받는다.

● 왕실 인물 ●

명성왕후(明聖王后, 1642∼1683)
현종의 비이자 숙종의 어머니. 숙종에게 천연두가 생겼을 때 찬물로 목욕하며
회복을 간절히 기원한다.

숙종(肅宗, 1661∼1720)
적통의 임금이란 자부심으로 신하들을 휘어잡는 강한 군주. 세 번의 환국을 일
으켰기에 정국은 피바람의 연속이었다. 백광현을 믿어주고 인정해주며 결정적
일 때 항상 백광현의 손을 들어줘 그가 온전히 의술을 펼 수 있도록 해준다.

인경왕후(仁敬王后, 1661∼1680)
숙종의 첫째 비. 천연두에 걸려 일찍 사망한다.

인선왕후(仁宣王后, 1618∼1674)
효종의 비이자 현종의 어머니. 맹렬한 종기가 생긴 것을 백광현이 치료해준다.

인현왕후(仁顯王后, 1667∼1701)
숙종의 둘째 비. 폐서인이 되어 궁 밖으로 쫓겨났다가 복위되어 돌아온다.

장렬왕후(莊烈王后, 1624∼1688)
인조의 둘째 비. 젊은 나이에 왕비가 되었으나 임금의 사랑을 받지 못했고 혈
육이 없어 궁에서 홀로 외로운 세월을 보낸다.

장희빈(張禧嬪, 1659~1701)

숙종의 후궁. 천하의 절색으로 인현왕후를 내쫓고 왕비의 자리에 올랐다가 다시 희빈으로 강등된다.

현종(顯宗, 1641~1674)

항상 병치레가 잦아 신료들 없이는 살아도 의관들 없이는 살 수 없는 임금. 눈병과 종기가 지병인지라 매일같이 의관들이 곁에서 치료를 해야 한다. 특별히 백광현을 신임한다.

백광현 시대의 조선 왕조 계보

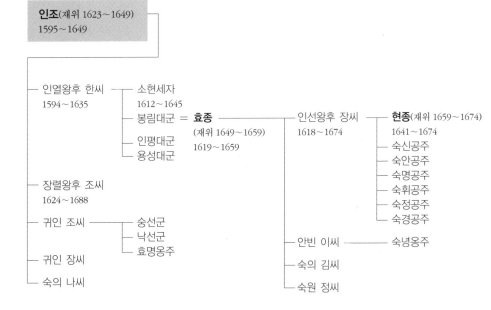

인조(재위 1623~1649)
1595~1649

├ 인열왕후 한씨 ── 소현세자
│ 1594~1635   1612~1645
│   ├ 봉림대군 = 효종 ──────── 인선왕후 장씨 ── 현종(재위 1659~1674)
│   │   (재위 1649~1659) 1618~1674   1641~1674
│   │   1619~1659   ├ 숙신공주
│   ├ 인평대군   ├ 숙안공주
│   └ 용성대군   ├ 숙명공주
│   ├ 숙휘공주
├ 장렬왕후 조씨   ├ 숙정공주
│ 1624~1688   └ 숙경공주
├ 귀인 조씨 ──── 숭선군
│   ├ 낙선군   ├ 안빈 이씨 ──────── 숙녕옹주
│   └ 효명옹주
├ 귀인 장씨   ├ 숙의 김씨
└ 숙의 나씨   └ 숙원 정씨

18

명성왕후 김씨 ── 숙종(재위 1674~1720) ── 인경왕후 김씨 ── 이름 불명(딸)
1642~1683   1661~1720   1661~1680   └─ 이름 불명(딸)
                       ├─ 명선공주
                       ├─ 명혜공주   ── 인현왕후 민씨
                       └─ 명안공주   1667~1701

                                                ── 인원왕후 김씨

                                                ── 희빈 장씨 ────── 경종(재위 1720~1724)
                                                   1659~1701   1688~1724
                                                                   └─ 성수

                                                ── 숙빈 최씨 ────── 영수
                                                                   ├─ 연잉군(영조, 재위 1724~1776)
                                                                   │ 1694~1776
                                                                   └─ 이름 불명(아들)

                                                ── 명빈 박씨 ────── 연령군

                                                ── 영빈 김씨

                                                ── 귀인 김씨

                                                └─ 소의 유씨

❘ 일러두기

1. 동일한 사건이나 문헌마다 연도가 다른 경우가 있습니다. 예를 들어 세자의 종기
   를 치료한 것은 《승정원일기》에 따르면 숙종 19년이나 다른 문헌에는 숙종 20년
   으로 되어 있습니다. 이렇게 연도가 다를 경우에는 그날그날의 일을 기록한 일기
   인 《승정원일기》의 기록을 따랐습니다.

2. 동일한 인물이나 한자가 다른 경우가 있습니다. 백광현의 경우 족보에는 白光玹
   으로 기재되어 있으나 《승정원일기》나 문집에는 白光珌, 白光炫 또는 白光鉉으
   로 혼재되어 기록돼 있고 심지어는 白光賢이나 白光顯으로 기록돼 있기도 합니
   다. 또 백광현의 아들인 백홍령은 족보에는 白興岺으로, 《승정원일기》에는 白興
   齡으로 기재돼 있습니다. 마찬가지로 백광현의 후손 중 백시창은 족보에는 白始
   昌으로, 《승정원일기》에는 白時昌으로 기재돼 있습니다. 이런 경우에는 족보에
   기록된 한자가 옳다고 보았습니다. 단, 백광현의 제자인 박순은 문집에는 朴淳으
   로, 《승정원일기》에는 朴洵으로 기재돼 있는데, 이 경우에는 《승정원일기》에 기
   록된 한자가 옳다고 보았습니다.

3. 소설에 등장하는 모든 한의학 용어에 대해서 책 뒤편에 간략한 설명을 실어두었
   습니다.

4. 이 책에 실린 사진은 모두 출처를 밝히고 저작권자의 허락을 얻고자 애썼으나,
   저작권자를 알 수 없거나 연락이 닿지 않은 경우가 있습니다. 연락이 닿는 대로
   합당한 절차를 밟겠습니다.

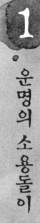

1 운명의 소용돌이

낙마 落馬

말이 운명을
바꾸다

"안 돼! 비켜요!"

하늘을 날카롭게 찌르는 다급한 외침이 울렸다. 순식간에 일이 또 벌어지고 말았다. 아무리 조심하고 조심해도 칼과 화살이 날아다니는 금군(禁軍 | 임금과 궁궐의 호위 부대)의 훈련장에서는 늘 사고가 생긴다.

'픽!'

한창 활쏘기를 연습하던 중 활 쏘는 사람과 과녁의 점수를 확인하는 사람 간에 신호가 맞지 않아 있어서는 안 되는 사고가 또 벌어지고 만 것이다. 궁사의 손에서 날아간 화살은 그만 과녁 뒤에서 달려 나오던 사람의 허벅지에 꽂히고 말았다.

"으윽……."

날아오는 화살을 전혀 보지 못했기에 피할 틈도 없었다. 화살에 맞은 이는 그 자리에서 바로 꼬꾸라졌다. 모두 놀라 뛰어가 다친 이를 살폈다. 다행히 화살이 허벅지 깊이 박히지는 않은 듯싶었다.

"얼른 들것을 가져와 옮겨!"

훈련별장의 지시에 병사들이 신속히 들것을 가져와 환자를 옮겼다. 다친 사람을 옮기고 난 후에도 훈련장의 가라앉은 분위기는 쉬이 걷히질 않았다.

"이거 임금님 지키는 일 하려다 나부터 병신 되는 거 아닌지 모르겠구먼. 퉤액!"

옆의 동료가 풀을 질겅질겅 씹다 뱉으며 궁시렁댄다. 백광현은 이런 일이 생길 때마다 마음이 아려왔다.

걸음마를 시작한 후부터 말 타는 법을 배웠다. 손아귀에 힘이 생긴 후부터 칼 잡고 활 쏘는 법을 배웠다. 그의 곁에는 늘 칼과 화살이 있었다. 어린 시절 그와 형제들은 늘 목검과 목화살로 칼싸움하고 활쏘기하며 놀았다.

아버지께 배운 이 무술이 정말 좋았다. 신나게 말을 몰아 들판을 달릴 때의 쾌감은 다른 무엇과도 바꿀 수 없었다. 날이 서게 잘 갈아둔 장검으로 볏짚을 단칼에 베어낼 때의 그 느낌이 좋았다. 주머니에서 순식간에 단도를 꺼내 정확히 표적을 맞출 때의 그 짜릿함이 좋았다. 팽팽히 당긴 활시위를 놓아 엄지손톱만 한 과녁 정중앙을 맞출 때는 신궁이 된 것마냥 으쓱했다.

"지난달에는 갑수가 장검으로 훈련하다가 그만 상대의 칼에 손목 힘줄이 잘려 결국 손 병신이 되었네. 지지난 달에는 홍래가 날아오는 단도에 어깨를 찍혀서 팔 병신이 되었구. 오늘 저 친구는 다리병신이 되려나."

"나도 그 얘기는 들었네. 훈련장이란 곳이 무기가 있는 곳이니 항상 조심해야 하는데, 어쩌다 자꾸 이런 일이 생기는지……."

백광현은 훈련장에서 다친 이들에 대한 얘기를 나누며 걱정 어린 기색을 감추지 못했다. 또다시 훈련장에서 사람이 다치자 백광현은 가장 친했던 동무가 이곳에서 훈련하던 중 그만 상대의 장검에 찔려 죽었던 일이 떠올랐다. 그때의 충격과 슬픔이 너무 커서 금군을 그만두려고도 했었다.

"이거 한 달에 한 번꼴로 사람이 다치니 원. 자네도 조심하게. 이제 곧 임금님을 모시고 하는 기예 시험이 있지 않은가? 금군 소속 내금위(內禁衛 | 임금을 측근에서 호위하는 부대), 겸사복(兼司僕 | 왕과 궁궐을 호위하는 기병 중심의 부대), 우림위(羽林衛 | 궁궐 호위 부대)가 모두 모여 하는 이번 기예 시험에 자네도 나갈 것이라 하던데?"

동료의 물음에 백광현은 머리를 긁적이며 머쓱하게 대답했다.

"그렇다네, 훈련별장이 내 이름을 올렸더군."

"하하, 우리 우림위에서 자네가 안 나가면 누가 나가겠나? 달리는 말 위에서 활 쏘는 솜씨는 이곳 우림위에서 자네가 최고지. 암, 최고고말고. 아니, 내금위, 겸사복, 우림위를 통틀어 나는 백광현이가 최고라고 보네."

"이보게, 너무 띄우지 말게나. 내금위 군사들의 날고뛰는 무예 실력이야 조선 천지 사람들이 다 알아주는 것인데."

"아닐세. 조선 천지에서 내 자네만큼 말과 활을 잘 다루는 사람을 본 적이 없네. 칼 쓰는 실력이야 내금위 군사들이 한 수 위일지 모르겠지만 달리는 말 위에서 활을 쏘는 기사(騎射)만큼은 자네가 조선에서 최고네."

"고맙네 그려. 기예 시험에서 창피 당하지나 말아야 할 터인데."

"달포 후에 열리는 기예 시험에서 수석을 하면 정3품 벼슬에 올려주겠다는 임금님의 파격적인 포상이 내걸렸네. 난 자네라면 충분히 가능하다고 보이. 열심히 해보시게. 수석하면 술 한잔 거나하게 사야 하네. 높은 자리 올라가걸랑 잊지 말고 노른자위 자리에 날 좀 꼭 앉혀주고! 흐흐."

"그래, 혹시라도 수석을 차지하게 된다면 자네를 잊지 않겠네.

내가 우림위에 처음 들어왔을 때 자네가 날 많이 도와줬지."

"그럼 그럼. 사람이 은혜를 알아야지. 잘 부탁하네."

백광현은 동료의 격려와 기대가 싫지만은 않았다. 무술 중에서 그가 제일 자신 있는 것이 바로 달리는 말 위에서 정확하게 과녁을 겨냥해 활을 쏴야 하는 기사였기 때문이다. 이번에 열리는 기예 시험은 활쏘기와 포쏘기 두 가지다. 그런데 놀랍게도 임금께서 어마어마한 포상을 내걸었다. 수석한 자에게는 정3품 당상관의 벼슬을 내리고 차석한 자에게는 종4품 첨사직의 벼슬을 내리겠다는 것이다.

병자호란 이후 국력은 극도로 쇠약해졌다. 군사의 태반이 사망하거나 부상당했고 군대에 필요한 말 역시 부족했다. 그나마 있던 말도 청나라에서 쓸어가 버려서 군사 훈련에 필요한 말이 매우 부족했다. 임금께서는 쓰러진 군대를 다시 일으켜 세우고자 이렇게 기예 시험에 큰 포상을 내건 것이다. 특히 이번 활쏘기 시험은 기사 시험이다. 말을 잘 타는 군사를 적극 양성하겠다는 임금의 의지가 담긴 것이다.

백광현의 말 다루는 실력에 대해서는 우림위에 소문이 자자하다. 그의 집안이 대대로 무관을 배출한 집안이라는 것 역시 잘 알려져 있다. 처음 그가 우림위에 들어와서 말 타고 활 쏘는 모습을 보고는 사람들 입이 쩍 벌어졌다. 훈련별장은 우림위에 쓸 만한 인재가 들어왔노라며 매우 흡족해했다.

　백광현이 왕실과 궁궐을 호위하는 군대인 금군에 들어온 것은 순전히 집안이 무척이나 가난했기 때문이다. 백광현의 형제는 9남 3녀. 식구가 워낙 많다 보니 먹을 것이 항상 부족했다. 입을 옷도 없어 어린 시절에는 거적을 대충 잘라 두르고 다녔다. 집에 먹을 것이 없으면 시장통을 돌아다니며 혹시 누가 버리는 음식은 없는지 여기저기 기웃거리고 다녔다.

　몇 년 전 보릿고개에 배를 곯다 동생 둘이 결국 숨졌을 때에는 식구들에게 울 기력조차 남아 있지 않았다. 이듬해 보릿고개에도 동생 하나가 주린 배를 견디다 못해 산에서 나무뿌리를 뜯어 먹더니 결국 토사곽란이 와서 몇 날 며칠을 방바닥을 구르며 신음하다가 세상을 떠나고 말았다. 그 다음 해 보릿고개에 동생 하나를 또 잃어 이제 5남 3녀만 남았다.

　먼저 간 동생들을 생각하면 가슴이 짠하다. 허나 남은 식구들은 어떻게든 살아야 한다. 웃어야 할지 울어야 할지 모를 일은 입이 넷 줄어드니 남은 식구들의 숨통이 트였다는 것이다. 동생 넷이 먼저 떠나고 나니 다음 보릿고개는 훨씬 수월하게 넘길 수 있었다. 맏형이 무관이 되어 녹봉을 받아오면서부터는 당장 굶어 죽을 걱정은 하지 않아도 되었다. 하지만 형도 혼인하고 자신도 혼인하면서 갓난아이도 생기니 형이 받아오는 녹봉만으로는 부족했다. 또한 아버지는 오래전부터 약주에 빠져 이제는 병을 얻어버렸다. 그러니 둘째인 백광현도 형과 함께 생계를 도맡아야만 했다. 백광현이 가진 재주는 무술뿐이라 나이 들자마자 바로 자진하여 군대에 들어갔다. 그가 자원한 군대는 임금의 친위부대인 금군이었는데, 금군 중에서도 궁궐을 호위하는 임무를 수행하는 우림위에 들어오게 되었다.

실은 달포 후에 있을 기예 시험을 백광현 자신도 무척이나 기다리고 있었다. 수석이나 차석을 했을 때 받게 될 특급 승진도 그렇거니와 무엇보다도 품계가 올라가면 녹봉 또한 올라갈 것이니 식구들 밥걱정은 덜 수 있기 때문이었다. 그래서 훈련이 끝나거나 호위 임무가 끝나고 짬이 생길 때마다 홀로 기사 시험 연습을 해왔다. 하도 말 위에서 연습을 했더니 이제는 허벅지 살이 다 벗겨질 지경이었다.

'기예 시험이 다가오고 있다. 다른 것에 신경 쓸 틈이 없다.'

오늘 다친 동료 때문에 마음 한쪽이 영 불편했지만 잊어버리려 했다.

백광현은 칼과 활이 참 좋았다. 하지만 칼과 활이 결국은 사람을 죽이기 위한 도구라는 점은 싫었다. 날카로운 칼, 뾰족한 화살, 그리고 그것을 다루는 사람의 정련된 무예. 잘 다듬으면 다듬을수록 결국은 사람을 더 잘 죽이는 기술이 아닌가! 매일같이 얼굴을 보며 함께 근무하는 친한 동료가 이렇게 다칠 때마다 비온 뒤 새벽녘에 아지랑이 피어오르듯 그런 혼란이 피어오르는 것은 어쩔 수 없었다.

'나는 칼과 활이 좋지만 사람이 죽는 것은 싫다.'

한번은 훈련별장이 이렇게 물었다.

"자네는 어떤 무관이 되고 싶나?"

백광현은 대뜸 이렇게 대답했다.

"저는 사람을 다치지 않게 하는 무관이 되고 싶습니다."

백광현의 대답에 훈련별장은 껄껄 웃었다.

"자네가 뭘 크게 잘못 생각하고 있구먼. 사람을 다치지 않게 하는 무관? 그런 건 없네. 칼을 다루는 무관이 사람을 죽이는 것은 필연지사. 그런 것을 생각했다면 대장간에나 갔어야지!"

참혹한 전쟁이 끝나고 모두가 먹고살기 힘든 시절이었다. 다른 생각일랑 말고 이번 기사 시험에서 꼭 좋은 성적을 내야 한다는 마음을 다잡으며 백광현은 다시 훈련장에서 말을 몰았다.

c

햇볕도 따스하고 바람도 산들산들 불어 활쏘기에 딱 좋은 날이다. 오늘 아침 밥상에는 김이 모락모락 나는 흰 쌀밥이 올라왔다.

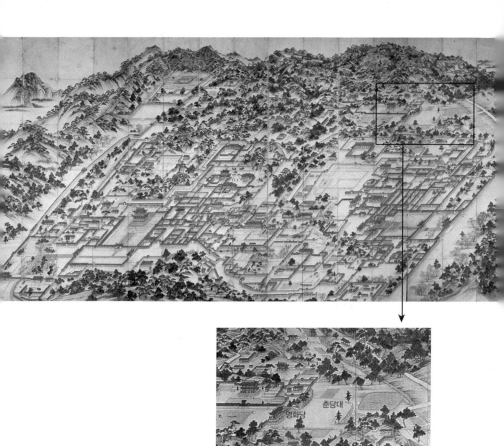

춘당대 국보 249호 〈동궐도(東闕圖)〉에 묘사된 창덕궁 내 춘당대의 모습. 이곳에서는 주로 무과 시험이 치러졌다. 고려대학교박물관 제공.

기예 시험 잘 치르고 오라는 어머니의 말 없는 격려였다.

시험 장소인 춘당대(春塘臺)로 사람들이 모여들었다. 내금위, 겸사복, 우림위의 군사 중에서 활쏘기와 포쏘기 시험에 응시한 자들이 각자 자신의 호패를 보여주며 신분을 확인받은 후 춘당대 아래쪽에서 대기했다. 오늘 시험을 관람하기 위해 참석한 오위의 위장, 부장, 상호군, 대호군, 호군 등 여러 무관과 금군별장 및 중군, 포도대장은 춘당대 위쪽에 마련된 좌석에 앉았다.

"주상전하 납시오."

내시의 외침이 들리자 인조 임금이 용포 자락을 휘날리며 나타났다. 그리고 춘당대 위쪽 영화당의 가장 상석에 앉았다.

"시험을 시작하라."

오늘 활쏘기는 기사 시험이다. 기사 시험은 구경하는 사람에겐 별것 아닌 것처럼 보일지 모르나 보통 기술이 필요한 게 아니다. 사실 제자리에 서서 활을 쏴도 과녁을 맞히는 것이 쉽지 않다. 달리는 말 위에서 균형을 잡고 활시위를 당기는 것 또한 쉽지 않다. 말을 타고서 정확히 과녁을 맞힌다는 것은 상당한 연습이 따라야만 가능하다.

기사 시험 방식은 이렇다. 먼저 좌우 35보 거리에 각각 다섯 개의 과녁을 두어 총 열 개의 과녁을 세워둔다. 그런 다음 기병이 말을 타고 좌우에 과녁이 놓인 곳의 한가운데를 달리면서 다섯

기사(騎射) 1664년(현종 5년) 함경도 길주에서 실시한 문무과 시험 장면을 그린 〈북새선은도권(北塞宣恩圖卷)〉의 일부. 국립중앙박물관 제공.

발의 화살을 쏘는 것이다. 말을 천천히 몰아서도 안 되고 활을 느슨하게 당겨서도 안 된다. 정해진 과녁 외의 다른 과녁을 맞혀서도 안 된다. 활 쏘는 자세가 잘못 되어서도 안 된다. 중간에 경로를 이탈해서도 안 되고 제한 시간을 초과해서도 안 된다. 이렇게 까다로운 규정을 다 지키면서 과녁을 정확하게 명중시켜야 하니 활쏘기와 말 타기가 모두 출중한 자라야 기사 시험에서 좋은 성적을 낼 수 있는 것이다.

먼저 활쏘기 시험이 시작되었다. 좌우의 과녁이 모두 세워졌다. 시험 순서대로 한 사람씩 말에 올라타 과녁을 향해 달리기 시작했다. 첫 번째 군사는 말은 잘 탔으나 다섯 발의 화살 중 하나도 과녁에 맞히지 못했다. 두 번째 군사는 말을 빨리 몰지 않아 실격 처리되었다. 세 번째, 네 번째 군사가 달려 나가고 이제 곧 백광현이 나갈 차례다.

그런데 아까부터 백광현은 자신이 타고 있는 말이 이상하다고 느꼈다. 처음 올라타려고 할 때부터 숨소리를 거칠게 내더니 차례를 기다리기 위해 가만히 서 있는데도 연신 이리저리 뒷다리로 땅을 차대고 있었다.

'이 녀석이 어디가 아픈가?'

평소 같았으면 바로 내려서 말의 상태를 확인했을 것이다. 하지만 오늘의 시험을 치르기 위해 몇 달을 연습했던가. 말의 상태가 좀 나빠 보이긴 했지만 달려주기만 하면 된다.

'잠시만 참아라. 시험이 끝나면 널 마의(馬醫)에게 데려가서 어디가 아픈지 살펴보게 해주마. 잠시만 참고 그저 다섯 발의 과녁을 다 쏠 때까지만 달려다오. 부탁한다.'

백광현은 말갈기를 쓰다듬으며 말이 자신의 말을 알아듣기라도 하는 양 다정한 목소리로 당부했다.

바로 앞에 달려 나갔던 동료가 다섯 발을 모두 쏘고 돌아왔다.

"다음, 우림위 소속 백광현, 출발!"

이제 백광현이 나가야 할 차례다. 활과 화살의 위치를 다시 점검하고 고삐를 잡았다.

"이랴!"

백광현은 과녁이 있는 곳을 향해 말을 달렸다. 첫 번째 과녁이 다가왔다. 과녁을 향해 화살을 날렸다. 명중이면 북소리가 울리고 붉은색 깃발이 올라온다. 명중이 아니면 징소리가 울리고 흰색 깃발이 올라온다.

"두둥!"

명중을 알리는 북소리가 울렸다. 그리고 붉은색 깃발이 올라왔다. 지켜보고 있던 여러 무관들의 박수 소리가 터졌다. 이제 두 번째 화살을 꺼내어 조준했다.

'계속 침착하자. 천천히 그리고 정확히!'

두 번째 과녁을 조준하던 중 백광현은 갑자기 자신도 모르게 균형을 잃었다. 과녁을 노려보던 시야에 갑자기 파란 하늘이 들어오더니 이내 강렬한 태양빛이 쏟아져 순간적으로 눈을 찡그렸다. 백광현의 몸은 공중으로 날아오르고 있었다.

붕 떠오른 것도 잠시, 그대로 땅바닥에 곤두박질쳐졌다. 이윽고 살이 찢어지는 고통이 밀려왔다. 달리는 말에서 그만 떨어져 버린 것이다.

창으로 살을 찢는 듯한 어마어마한 고통에 백광현은 눈을 뜨지도 비명소리를 내지르지도 못하고 있었다. 병사들이 뛰어오는 것이 느껴졌다. 고통 속에서 죽을힘을 다해 이를 악물며 겨우 뜬 눈에 그의 곁에 함께 꼬꾸라져 있는 말이 보였다. 말이 달리다가 그만 다리가 꺾여 넘어진 것 같았다. 아까부터 연신 거친 숨소리를 뿜어내던 말이 이상하다 싶었는데 결국 사고가 나고 만 것이다.

᠎6

백광현은 들것에 실려 집으로 왔다. 아침에 멀쩡하게 두 발로 걸어 나갔던 아들이 갑자기 들것에 실려 오자 어머니는 깜짝 놀랐다. 백광현의 아내 역시 심하게 다친 남편의 모습에 어쩔 줄 몰라 했다.

"광현아, 이게 도대체 무슨 일이냐? 어디를 다친 게야?"

말에서 떨어져 다친 부위는 오른쪽 다리였다. 마치 굵고 녹슨 거친 바늘로 살을 뚫고 뼈를 쪼개는 듯한 고통이 그의 다리를 후벼 파고 있었다. 무릎부터 발끝까지 퉁퉁 부어 있었고 가장 부기가 심한 부위는 살갗도 찢겨 있는 상태였다. 놀란 아내가 부어오른 다리에 살짝 손을 얹자 백광현은 자지러지듯 비명을 토해 냈다.

그를 데려온 동료들이 시험장에서의 상황을 전해줬다. 그들은 금군에서 필요한 응급처치는 했으나 아무래도 치료에 오랜 시일이 걸릴 듯하니 집에서 잘 치료하고 조리해 완치되면 다시 금군으로 보내달라는 말을 남기고는 돌아갔다.

"아이고, 애야! 이게 도대체 무슨 날벼락이냐?"

놀란 가슴을 진정하지 못하고 한참을 흐느끼던 어머니는 이윽고 마음을 다잡은 듯 다친 다리를 자세히 살피기 시작했다.

"세상에 이렇게 부기가 심하다니……."

"떨어질 때 타박의 충격으로 다리에 어혈이 많이 생긴 듯합니다. 며칠 지나면 괜찮아질 것이니 너무 놀라지 마십시오."

백광현은 통증을 참느라 연신 식은땀을 흘리며 거친 숨을 몰아쉬는 와중에도 어머니를 안심시켜 드리고자 했다.

"이대로 둬서야 되겠느냐? 의원을 불러 치료해야 하지 않겠느냐?"

의원이라는 말에 백광현은 바로 고개를 내저었다.

"이 정도 타박상에 무슨 의원입니까? 달포 정도 지나면 다 나을 것이니 걱정하지 마십시오."

그는 없는 살림에 의원을 불러 약값을 쓸 엄두가 나지 않았다. 조금만 더 고통을 참으면 되리라. 조금 더 늦게 나으면 되리라. 이렇게 몸을 다쳐 부모님께 걱정을 끼친 것도 송구한데 가난한 살림에 약값까지 쓰게 할 수는 없었던 것이다.

어머니는 타박상에 파뿌리를 데워 찜질해주면 좋다는 이웃의 말을 듣고 파의 흰 수염뿌리를 숯불에 살살 데워서 소금과 함께 주머니에 담아 아들의 다리에 찜질을 하려 했다. 하지만 손만 조금 닿아도 아들의 비명이 쏟아졌다. 그래서 아무 손도 쓰지 못하고 발만 동동 구르며 통증이 가라앉기만을 기다려야 했다.

한 주가 지나고 또 한 주가 지나도 부기가 가라앉기는커녕 여전히 발을 디딜 수도 없는 상태가 계속되었다. 시간이 지날수록 상처 부위가 점점 이상해지는 것을 백광현도 어머니도 느꼈다. 처음에는 부기가 심했는데 시간이 지날수록 무릎 아래 정강이 부위가 점점 검은빛으로 변하는 게 아닌가.

처음에는 그저 어혈이려니 했다. 하지만 이제는 새로운 증상도 나타났다. 찢어진 상처에서 썩은 냄새가 나는 탁한 진물과 피고름이 흘러나오기 시작했다. 아무리 의술을 모른다지만 이건 단순한 타박상이 아니었다. 분명 다친 다리 안쪽 깊은 곳에서 뭔가 문제가 생긴 것이다.

보다 못한 어머니는 의원을 불러왔다. 약을 쓰건 안 쓰건 의원에게 상태라도 보여야지 싶어서였다. 하지만 한쪽 정강이가 검게 죽어가고 상처에서 썩은 냄새가 진동하는 검푸른 진물이 흘러나오는 것을 보고는 의원도 자신이 없다는 듯 고개를 젓고 돌아가 버렸다.

그렇게 허망하게 며칠을 보내자 이제는 상처 부위에서 화끈화끈 열기가 올라왔다. 여전히 일어설 수도 다리를 디딜 수도 없는 상태였다.

'혹시 이렇게 죽는 것인가?'

온갖 불안한 생각이 그의 머릿속을 채우기 시작했다.

'무인으로 입신하고자 했거늘 이제 나는 다리병신이 되려는 것인가?'

밤마다 잠을 설칠 정도로 욱신욱신 느껴지는 이 통증이라도 좀 그쳤으면 싶었다. 처음에는 시간이 지나면 낫겠지 하는 막연한 희망을 품고 하루하루 통증을 참아냈다. 그런데 이제는 썩어가는 다리의 검푸른 빛깔처럼 백광현의 머릿속에도 검푸른 빛의 절망이 조금씩 차오르고 있었다.

'의원도 고개를 젓고 돌아가 버리다니. 나는 이제 다리를 절뚝거리며 남은 인생을 살아야 하나? 이 병이 나을 수는 있는 걸까? 무인으로서의 삶은 끝난 것인가? 혹시 이러다 죽는 건 아닐까?'

절망은 점점 공포로 다가오고 있었다. 다리의 통증보다 그리고 다리에서 흘러나오는 진물의 썩은 냄새보다 더 견디기 힘든 것은 절망과 공포였다.

며칠이 지나 어머니가 쉰은 훌쩍 넘어 보이는 백발이 성성한 의원을 데리고 왔다. 알고 보니 어머니는 한양 내의 의원이란 의원은 다 찾아다니며 수소문했다 한다. 내 아들이 말에서 떨어져 다리를 다쳐 다친 곳이 검게 썩고 악취가 나는 진물이 흘러나오고 있는데 이런 병을 고칠 수 있는 의원이 조선 땅 어디에 있느냐 물어보고 다닌 것이다.

결국 경기도 어느 곳에 사는 양반이면서 의원 노릇을 하는 이가 이런 병을 잘 고친다는 소문을 듣고 그곳까지 기어이 달려가 의원을 데려온 것이다. 우리 아들만 고쳐주면 내가 일 년 동안 당신 약방에서 식모살이를 하겠노라 약조하고서 말이다.

의원이 찾아온 때는 다리의 열기가 점점 퍼져 온몸에서 열기가 느껴지던 무렵이었다. 의원은 백광현의 다리를 여기저기 눌러보았다. 그는 백광현이 고통에 비명을 지르건 말건 인정사정없이 눌러보고 상처 난 곳의 냄새를 맡아보고는 이렇게 말했다.

"뼈가 부러졌군."

백광현과 어머니는 놀란 듯 의원의 얼굴을 동시에 쳐다보았다.

"그럼 단순한 타박상이 아니라 뼈가 다쳐서 이리된 것이옵니까?"

애가 탄 어머니의 질문에는 아랑곳하지 않고 의원은 다음 말을 연신 쏟아냈다.

"부러진 뼈는 조금씩 붙어가려고 하는데 문제는 그게 아니오. 처음 다쳤을 때 생긴 상처로 독기가 들어가 지금 뼈가 썩어 곪아가고 있소. 지금 흘러나오는 이 썩은 진물은 바로 곪은 뼈에서 나오는 것이오. 바로 부골저(附骨疽)라는 병이지. 이게 더 심각한 문제요. 게다가 지금 환부에서 느껴지는 이 뜨거운 열기는 곪은 것이 극에 달하여 온몸으로 퍼지기 전에 생기는 증상! 며칠만 늦었어도 당신 아들은 저승길로 갔을 것이오."

그동안 설마 하며 머릿속에서만 맴돌던 저승길이라는 단어가 의원의 입에서 튀어나오자 백광현과 어머니의 눈은 금세 놀람과 공포로 가득 찼다.

"지금이라도 치료하면 고칠 수 있겠습니까?"

어머니의 목소리에는 애써 참아도 숨길 수 없는 떨림이 묻어 있었다.

"아직 가망은 있소. 아무래도 내가 여기서 숙식을 하면서 환자를 고쳐야 할 듯싶소. 필요한 걸 일러드릴 테니 근처에 가서 구해 오시겠소?"

"여부가 있겠습니까. 말씀만 하십시오. 당장 뛰어가 구해오겠습니다."

의원이 어머니에게 부탁한 약재는 희한한 것들이었다. 우선 1년 된 오골계 한 마리를 구해올 것, 그리고 근처 냇가에 가서 두꺼비를 될 수 있는 대로 많이 잡아오되 반드시 죽이지 말고 산 채로 잡아올 것. 도대체 오골계와 두꺼비는 왜 잡아오라는 건지 알 수 없었지만 어머니는 두말없이 동생 둘을 데리고 뛰어나갔다. 그리고 한나절이 지난 후 부탁한 것을 구하여 돌아왔다.

백광현은 이 의원이 도대체 제 다리를 어떻게 고치려는 것인지 슬슬 궁금해지기 시작했다. 의원은 약통에서 매운 냄새가 나는 보라색의 약재를 꺼냈다. 약재의 향이 얼마나 맵고 강한지 백광현의 코끝에까지 실려와 코를 연신 찡긋거리게 했다. 의원은 잡아온 두꺼비를 한 손으로 틀어쥐고 입을 벌리더니 그 속에 매운 약재를 마구 쑤셔 넣었다. 의원의 기이한 행동에 백광현도 어머니도 아내도 동생들도 모두 놀라 눈이 휘둥그레졌다.

"어머니, 이분이 지금 뭐 하시는 거예요?"

매운 약재 냄새에 줄줄 나오는 콧물을 손등으로 훔치며 어린 동생은 천진한 눈으로 어머니에게 물었다.

"작은 형님을 낫게 할 약재를 만들고 계신단다. 방해가 되면 안 되니 조용히 있으렴."

두꺼비의 입이 터지도록 약재를 넣은 후 이번에는 두꺼운 실로 두꺼비의 입을 칭칭 감았다. 이게 도대체 무슨 약인지 묻지도 못하고 쳐다보던 식구들은 약재의 매운 향에 번갈아가며 재채기를 해댔다. 모든 두꺼비를 그렇게 한 다음 항아리 속에 두꺼비들을 넣고 뚜껑을 덮었다. 약재의 매운 향 때문에 고통스레 울부짖는 두꺼비 소리가 온 마당에 울렸다.

"어머니, 너무 시끄러워요."

두꺼비 비명 소리에 동생이 귀를 막고 말했다.

"쉿! 조용히 하렴. 시끄러워도 잠시만 참으렴."

의원은 뜨거운 물을 준비시켰다. 그리고 침통에서 침을 꺼내어 물속에 담갔다. 잠시 기다린 후 침들을 모두 물속에서 꺼내어 깨끗한 광목천 위에 펼쳐놓았다. 머리카락처럼 가는 침, 끝이 갈고리처럼 휘어 있는 침, 끝이 뭉툭한 침, 넓고 납작한 침 등 모양이 제각각이었다. 뜨거운 물속에서 막 나온 침은 뽀얗게 빛을 반짝이며 자기부터 선택해 달라고 교태를 부리는 듯했다.

"우선 썩은 다리에서 독기부터 뽑아내야 하네. 좀 아프겠지만 잠시만 참으시게."

의원은 넓고 납작한 모양의 가장 큰 침으로 다리의 상처 부위를 절개했다. 순간 검붉은 피고름이 솟구쳐 나왔다. 백광현은 절개하는 것이 좀 아팠지만 워낙 통증에 시달리다 보니 이 정도 통증은 통증도 아니었다. 오히려 피고름이 빠져나가는 그 느낌이 오랫동안 다리를 짓눌러온 무거운 바위를 치운 것마냥 시원하기까지 했다.

이제 의원은 보따리에서 주먹만 한 단지들을 쭉 꺼내놓더니 흰색의 고운 목화솜을 엄지손가락 크기로 뜯어내어 단지 바닥에 갖풀을 발라 붙였다. 그리고 불심지로 단지 바닥에 붙여둔 목화솜에 불을 붙였다. 솜은 허연 연기를 내며 활활 타기 시작했고 의원은 순식간에 단지를 침으로 쨈 환부에 가져다 붙였다.

순간 숯불 위를 스치는 것 같은 뜨거운 열기가 다리로 전해졌고 단지가 상처 난 곳을 빨아 당기고 있음이 느껴졌다. 잠시 후 단지를 떼어내자 시커먼 진물과 피고름이 뒤엉켜 단지 속에서 쏟아져 나왔다. 이렇게 십여 차례를 반복했다.

의원은 좀 전에 항아리 속에 던져두었던 두꺼비를 한 마리씩 꺼내 대나무 칼로 두꺼비의 피부를 긁어대더니 뭔가 축축하고 끈적거리는 진액을 작은 종지에 담아왔다. 그리고는 종지 속의 끈적거리는 액을 눈물 한 방울만큼 덜어 가늘게 찢은 종이 속에 넣고 돌돌 말더니 침으로 쨈 부위에 밀어 넣었다.

"이게 무슨 치료인 겁니까?"

그저 조용히 몸을 내어주고 지켜보기만 하던 백광현은 도저히 궁금증을 이기지 못했는지 입을 열었다.

"두꺼비가 품고 있던 독일세. 독은 독으로 치료해야 하는 법. 두꺼비 입 속에 매운 향이 나는 약재를 넣어두면 두꺼비는 매운 기를 이겨내기 위해 자신의 모든 독을 쏟아내지. 그 독액을 쓰면 죽기 직전의 환자를 고칠 수 있다네."

왠지 백광현은 이 의원이 자신을 고쳐줄 것 같은 예감이 들었다. 그리고 또 어떤 치료를 할지 슬슬 궁금해졌다.

"먼저 이 다리의 열기부터 잡아야 하네. 이 열기부터 잡아야 독기가 주위로 퍼지는 것을 막을 수가 있어."

한두 시간마다 의원은 두꺼비 진액을 새것으로 갈아주었다. 백광현은 저 눈물 한 방울만큼의 작은 진액이 어떻게 약이 된다는 건지 그저 신기하기만 했다.

'그래, 지켜보자.'

정말 신기하게도 후끈거리던 열기는 조금씩 내리기 시작했다. 하지만 열기만 내렸을 뿐 통증은 여전했다.

"이제 피고름도 어지간히 뽑아냈고 열기도 내렸으니 다음은 썩은 뼈를 긁어내야 하네."

'뼈를 긁어낸다고?'

순간 백광현은 움찔했다. 아무리 자신이 칼과 활을 쓰는 무관이지만 뼈를 긁는다는 소리에 놀라지 않을 수 없었다. 무서웠지만 지금으로선 의원에게 온전히 자신의 몸을 믿고 맡기는 것 외에는 다른 방도가 없었다.

준비해온 오골계를 잡아 살을 모두 발라내고 다리뼈만 준비해 달라는 당부가 있었다. 어머니는 시키는 대로 오골계의 다리뼈만 깨끗하게 발라내 왔다. 그러자 의원은 톱으로 다리뼈의 중앙을 살살 잘라내더니 주황색의 알 수 없는 가루약을 뼈 속에 넣었다. 그러고는 마당에 구덩이를 파달라고 하더니 구덩이 속에 다리뼈를 묻고 그 위에 장작으로 불을 피웠다. 불길이 다 식은 후 구워진 다리뼈에서 주황색 약재를 꺼내더니 아까처럼 눈물 한 방울만큼을 덜어 종이 속에 돌돌 말아서 또다시 상처 속에 집어넣었다.

"이 주황색 가루약은 또 무엇입니까?"

그러자 의원이 백광현을 쳐다보며 씩 웃었다.

"하하, 가르쳐주랴? 이건 비상(砒霜)이라네."

"비상이라고요? 그럼, 독약이 아닙니까?"

"그렇지, 비상은 독약이지. 하지만 썩어가고 있는 뼈를 멀쩡한 뼈에서 떨어져 나오게 하지 않으면 뼈가 썩는 것을 멈추게 할 수 없어. 그러기 위해서는 비상만 한 약재가 없지. 뼈를 치료해야 하니 동물의 뼈 속에 넣고 이 비상을 굽는 거야."

백광현은 처음 접해보는 의술의 세계가 마냥 신기해 다리의 통

중마저 잠시 잊었다. 이번에도 몇 시간마다 비상을 새로 갈아주기를 여러 차례 했다.

"이제 됐어. 썩은 뼈가 잘 떨어져 나왔군. 이제 긁어내기만 하면 되겠어."

의원은 이번에는 갈고리처럼 생긴 침을 들고서 앞서 절개한 환부를 벌리더니 뭔가를 긁어내기 시작했다. 백광현이 보기에도 그건 썩어가던 뼈였다. 검붉은 피와 고름이 뒤엉킨 뼛조각은 마치 오래된 무덤에서 꺼내 올린 시체처럼 징그럽기 짝이 없었다.

한참 뼈를 긁어내더니 이젠 소금물로 긁어낸 환부를 씻어냈다. 씻어내기를 몇 차례 반복한 다음 깨끗한 천으로 다친 다리를 잘 감아주었다.

"이제 독을 긁어내는 일은 끝났네. 잘 아물기만 하면 되네."

의원은 이번에는 가장 가는 침을 꺼내 들었다. 머리카락처럼 가는 침은 그 끝이 반짝반짝 빛나고 있었다. 의원은 한쪽 손으로 환부 위아래를 훑어 내리더니 허벅지와 정강이의 여러 곳을 천천히 손가락으로 짚어보고는 하나씩 천천히 침을 찔렀다.

"그곳은 아픈 곳이 아닌데 왜 침을 놓습니까?"

"귀찮게 이것저것 묻는 걸 보니 이제 좀 살아난 게로군. 여기가 바로 혈(穴)이란 것이네. 사람의 몸 삼백예순다섯 군데에 있는 아주 미세한 구멍. 손끝에 온 정신을 집중하여 찾아도 잘 찾아지지 않는 그 미세한 구멍이 바로 혈이네. 이 혈에 정확하게 침을 놓으면 병자의 기를 조절할 수 있지."

소금물로 씻어내고 가는 침을 놓기를 며칠 동안 반복하자 통증이 점점 가라앉는 것을 느낄 수 있었다.

'이제 나아지고 있다! 이제 죽지 않는다! 나는 다리병신이 되지 않는다!'

통증이 점점 사라지자 일어나 땅을 디뎌보았다. 만지기만 해도 극심한 통증이 느껴졌던 다리로 이제는 땅을 디딜 수가 있었다. 백광현은 감격스러웠다.

'의술이란 것이 이런 것이구나!'

한 번도 크게 아파본 적 없었던 그는 의술이란 것을 접해본 적도 생각해본 적도 없었다. 그런데 절망의 바닥에서 만난 의술이 자신을 다시 희망의 세계로 끌어올려 주고 있었다. 활을 쏘아 정확히 과녁을 맞힐 때 느끼던 쾌감과는 완전히 다른 무엇이었다.

"의원님, 성함이 어찌 되십니까?"

"참 빨리도 물어보는구먼. 왜? 다 죽어가던 사람을 고쳐주니까 눈물 나게 고마워서? 나는 김우라고 하네. 자네의 목숨을 구해준 은인이니 꼭 기억했다가 나중에 몇 배로 갚게."

"도대체 의원님께서는 이런 의술을 어디서 어떻게 배우셨습니까?"

"그걸 자네가 알아서 뭣하게? 그러는 자네는 말 타고 활 쏘다가 이리 다쳤다고 하던데, 자네는 무술을 어디서 배웠나?"

"아버님께서 어려서부터 가르쳐주신 것입니다."

"나도 내 아버지께서 어려서부터 가르쳐주신 것이라네."

의원 김우는 툴툴거리면서 백광현의 다리에 침을 놓았다. 살이 잘 아무는 약을 달여주며 남은 치료를 마저 해준 후 자신의 집으로 돌아갔다. 김우가 돌아갈 때 어머니가 며칠 내로 찾아가 약속한 약방 식모살이를 하겠노라 다짐했다.

"그러시든지 말든지요. 오는 사람 막지 않고 가는 사람 붙잡지 않소이다. 설사 안 오시더라도 지난 며칠간 이 집에서 하루 세 끼 잘 얻어먹었으니 됐소이다."

그러더니 백광현 쪽을 한번 휙 째려보며 이렇게 툭 내뱉었다.

"젊은 사람이 밖에서 다쳐 와가지고는 늙은 어미를 식모살이하게 만들어?"

쏘아붙이는 말을 마지막으로 김우는 횅하니 자신의 집으로 돌아갔다.

며칠 동안 함께 기거하며 돌봐주던 김우가 사라진 방에서 백광현은 멍하니 천장을 바라보고 앉아 있었다. 그가 침으로 자신의 다리를 찌르던 그 느낌이 아직도 생생했다. 마치 여전히 다리에 침을 꽂고 있는 것처럼.

다리의 통증은 씻은 듯이 나았는데 다치지도 않은 머리가 마치 그 속에서 회오리바람이 휘젓고 있는 듯 욱신거렸다. 무관이 되면서부터 품어왔던 모순된 고민, '사람을 다치게 하지 않는 무관이 될 수는 없을까' 하는 고민에 대한 해답이 있을 것만 같았다.

아내가 점심상을 들고 왔다. 백광현은 아내에게 수수께끼 같은 질문을 던졌다.

"부인, 부인은 사람을 죽이지 않는 칼이 있다고 생각하시오?"

"예? 그게 무슨 말씀이신지요?"

"본디 무관의 칼이란 사람을 죽이기 위해 만든 것이잖소. 그런데 사람을 살리기 위한 칼이 세상에 있다고 생각하시오?"

"그런 것도 있습니까? 무관의 칼은 날카로울수록 더욱 인명을 잘 해하는 것이지요."

"그렇지요? 그런데 나는 사람을 살리기 위해 만들어진 칼을 만난 것 같소이다."

"그것이 무엇인지요?"

궁금하다는 아내의 질문에 대답은 하지 않고 백광현은 점심을 드는 둥 마는 둥 식사를 대충 마쳤다.

며칠 동안 끙끙 앓듯 방 안에 누워만 있었다. 그러다가 어머니가 김우의 약방으로 식모살이를 하러 가겠다고 하자 백광현은 어머니와 아내를 불러 앉혔다.

"어머니, 그곳에 가실 필요 없습니다."

"그게 무슨 소리냐? 사람이 은혜를 입었으면 갚을 줄 알아야 하고 약속을 했으면 지킬 줄 알아야 한다. 죽어가는 우리 귀한 아들을 구해주신 분이시다. 머리카락으로 짚신을 삼아드려도 모자랄 판이거늘 가산이 궁핍하여 약값을 드리지 못하니 나라도 가서 약방 살림이라도 도와드리려 한다. 말리지 말거라."

어머니는 단호했다. 아내는 어머니가 약방에 가서 일하려는 것이 마음에 걸렸다.

"어머님, 어찌 그 힘든 약방 일을 하려 하십니까? 제가 대신 갈 터이니 부디 그런 말씀 마십시오."

아내는 자신이 대신 약방에 가겠노라며 어머니를 말렸다.

"무슨 소리냐? 너는 갓난아이도 돌봐야 하고 어린 조카들도 보살펴야 하거늘. 내가 약조하고 모셔온 분이니 내가 가면 된다."

어머니는 고집을 굽히지 않았다. 그런 어머니에게 백광현은 이미 결심이 선 듯 자신의 마음을 알렸다.

"어머니, 그리고 부인. 제가 그 김우라는 의원 댁에 가려고 합니다. 그러니 허락해주십시오."

생각지도 못한 말에 어머니도 아내도 놀랐다.

"네가 의원 집에 가서 뭘 하겠다는 것이냐?"

"제가 약방 일을 하면서 그분에게 받은 은혜를 갚으려 합니다."

"말도 안 되는 소리다. 너는 다리가 낫는 대로 금군에 다시 돌아가야 하거늘 약방이라니! 네가 약방에 가서 허드렛일을 한다는 것이 말이나 되는 소리냐?"

"어머니, 저에게 잠시 말미를 주십시오. 저를 살려준 은혜도 갚아야 하겠거니와 그분의 의술 또한 배우고자 함입니다."

"의술을 배워? 네가 왜? 너는 무관이다. 무관이 왜 의술을 배우느냐? 너희 아버지가 들으면 큰일 날 소리를 하는구나."

"어머니, 저는 칼을 쓰면서 사람을 죽이는 법만 배웠습니다. 그런데 김우 그분은 칼을 쓰면서 저를 살리셨습니다. 의술이란 무엇인지 궁금하여 견딜 수가 없습니다. 이제 다리도 거의 나았으니 젊은 제가 가서 그분의 약방 일도 도와드리고 그분의 의술도 옆에서 보면서 배우고자 합니다. 부디 허락해주십시오."

아무리 설득해도 백광현이 고집을 꺾지 않자 어머니는 결국 허락하고 말았다. 호기심에 잠시 그러려니 치부했다. 본디 어려서부터 한번 하겠다고 하면 무슨 일이 있어도 하던 아이였으니 아무리 말려봤자 듣지도 않을 것이고, 몇 달 그곳에서 약방 구경하고 돌아와 금군으로 돌아가겠지 싶었기에 허락했던 것이다.

하지만 백광현에겐 잠시의 호기심이 아니었다. 그는 어떤 강한 끌림을 느끼고 있었다. 말 타기와 활쏘기는 어렸을 때부터 아버지가 가르쳐주서서 배운 것이다. 자신의 의지가 아니었다. 그렇다고 무술이 싫은 것은 아니다. 하지만 지금 자신이 몸소 경험한 이 의술이라는 것이 주는 환희는 무술과는 전혀 다른 것이었다.

절망에 빠진 이를 일으켜주는 것, 고통에 빠진 이를 구해주는 것, 죽어가는 이를 다시 살려주는 것, 이것을 직접 몸으로 경험하고 나자 백광현은 의술이라는 것이 자신을 부르고 있음을 느꼈다.

'내가 말에서 떨어져 이렇게 다친 것은 우연이 아니다. 내가 의술의 길을 가도록 하기 위해 하늘이 나를 이렇게 다치게 한 것이다.'

백광현의 머릿속은 소용돌이치고 있었다. 어머니가 예전에 자신의 사주를 본 적이 있다고 했다. '칼로써 조선 땅의 일월성신과 산천초목을 구할 사주'라는 얘기를 듣고서 가문을 빛낼 큰 무관이 되겠구나 하는 생각에 다른 자식들보다 더 열심히 무술을 배우게 하셨다.

백광현은 그 칼이 무관의 칼이 아니라는 것을 깨달았다. 그 칼은 의사의 칼이었던 것이다. 백광현은 사람을 죽이는 칼이 아니라 사람을 살리는 칼을 들기로 결심했다.

학의 學醫

의술의

세계

"의원님 계십니까?"

물어물어 마침내 알싸한 약재 냄새가 코를 찌르는 의원 집을 찾아냈다.

"의원님 계십니까?"

선뜻 대답이 없자 더 큰 소리로 김우를 불렀다.

김우의 집은 아담한 초가집이었다. 마당의 평상 위에는 흰색, 붉은색, 갈색의 여러 약재가 따스한 햇볕을 받고 있었다. 한눈에 봐도 의원 집이 분명했다.

"누구요?"

방문이 벌컥 열리더니 낯익은 김우의 얼굴이 보였다.

"의원님, 접니다. 저 기억하시죠?"

"아니, 자네가 여기는 웬일인가?"

김우가 의아한 표정으로 물었다.

"저를 살려주신 은혜를 갚으러 왔습지요."

백광현이 활짝 웃으며 대답했다.

"왜, 자네가 어머니 대신 약방 허드렛일이라도 하려고?"

"예, 그럴 작정으로 왔습니다."

"예끼 이 사람! 자네처럼 말 타고 활 쏘던 사람이 무슨 약방 일을 한단 말인가? 약값 달란 말 안 할 테니 생소리 그만하고 돌아가시게."

"아닙니다. 저는 정말 의원님 일도 도와드리고 그리고……"

"그리고 뭐?"

"의술이 뭔지 배우러 왔습니다."

백광현이 쑥스러운 듯 말했다.

"뭐라? 하하하하, 아이고 배야. 무관이 칼이나 쓰고 활이나 쏠 일이지 뭣 하러 의술을 배우려 한단 말인가? 그런 뜻으로 왔다면 더더욱 돌아가시게."

김우의 방문이 닫히려는데 사환 아이가 마당에서 벌어지는 실랑이에는 전혀 무심한 듯 방문 밖으로 나왔다.

"의원님, 이 망태기 속에 든 당귀는 작두로 썰어두면 되겠지요?

저는 당귀 썰러 건넛방으로 가겠습니다."

조그만 사환 아이가 제 덩치보다 큰 망태기를 낑낑 들고서 건넛방으로 가고 있었다.

"그거 제가 썰겠습니다."

백광현은 김우가 아무리 쫓아내도 여기 눌러앉을 작정으로 사환이 낑낑대며 들고 가던 당귀 망태기를 냉큼 빼앗아 들고서는 작두가 있는 건넛방으로 갔다. 방문을 여는 순간 마당에서보다 몇 배는 더 짙은 약재 냄새가 코를 찔렀다. 천장에는 하얀 종이보자기에 담긴 약재들이 주렁주렁 매달려 있었고 벽면엔 여러 칸의 약장으로 가득했다.

"어허, 저놈 좀 보게. 집에 가서 마누라가 해주는 뜨신 밥 먹으며 다친 다리나 조리할 일이지 뭣 하러 여기까지 와서 오지랖인고?"

말은 그렇게 하면서도 김우는 당귀를 써느라 난생처음 작두질을 해보는 백광현 곁에서 잔소리를 해댔다.

"이놈아! 당귀를 그렇게 굵게 썰면 어쩌느냐. 종잇장처럼 얇게 썰어야 달였을 때 약효가 잘 우러나는 법이다."

"예, 알겠습니다."

한참을 작두와 씨름하면서 망태기에 한가득 담긴 당귀를 겨우 다 썰자 김우는 톡 쏘는 향의 약재가 담긴 또 다른 망태기를 가지

고 왔다. 좀 전까지만 해도 돌아가라고 윽박지르더니 언제 그랬
냐는 듯 그동안 밀린 약방 일감을 모두 꺼내 와서는 백광현 옆에
수북이 쌓아두었다.

"여기서 밥값이라도 하려면 이 정도는 해야지."

"예, 걱정 마십시오. 칼 쓰는 것 하나는 자신 있습니다."

그렇게 백광현은 김우의 집에 눌러앉았다. 약재를 작두질 하
고, 환자가 먹을 약을 달이고, 약재를 마당에 널었다 다 마르면
약장에 챙겨 넣는 등 온갖 허드렛일을 아무 군말 없이 계속했다.
호기심에 며칠 기웃거리다가 일이 힘들면 금세 제 집으로 돌아갈
줄 알았는데 한 달이 넘도록 온갖 궂은일을 척척 해내니 김우는
내심 '칼 잡던 놈이 꽤 끈기가 있구먼' 싶어서 계속 지켜보기로
했다.

약방 일을 하다가도 환자가 찾아오면 하던 일을 멈추고 조용히
김우 옆에 앉아 그가 환자를 진찰하는 것이며 침을 놓는 것이며
약을 처방하는 것을 진지한 눈빛으로 지켜보다 나가곤 했다. 김
우 역시 백광현이 허락도 없이 옆에서 자신의 시술을 지켜보는
것을 막지는 않았다.

'안될 놈이면 제풀에 지쳐서 돌아가겠지.'

그렇게 생각했기에 시키는 일만 잘한다면 백광현이 무슨 일을
하건 크게 간섭하지 않았다.

약방에서 느끼는 아침 바람은 제법 향긋하고 시원했다. 새벽 일찍 일어난 백광현은 약재를 보관하는 건넛방에서 말려야 할 약재를 꺼내어 마당 침상에 종류별로 늘어놓았다. 이제는 햇볕에 말려야 할 약재와 종이보자기에 담아 그늘에서 말려야 할 약재 정도는 알아서 척척 구별할 정도가 되었다.

이날따라 유난히 일찍 일어난 김우는 사환 아이를 불렀다.

"순아! 순이 거기 있느냐? 얼른 아침상 준비하고 주먹밥 두 사람분과 쌀 한 보자기를 준비해두어라."

"그곳에 가시게요?"

"그래."

김우는 식사를 마치고 상을 물리기가 바쁘게 돗자리, 삽, 호미와 벽에 걸려 있던 망태기를 백광현 앞에 툭 던졌다.

"오늘 갈 데가 있느니라. 바로 출발해야 하니 얼른 일어나라."

"어딜 가시려고요?"

"뭐 군말이 많누? 가자면 따라오면 될 것을."

쌀 보자기에 돗자리에 망태기에 모든 짐을 백광현이 다 짊어지고서 행선지도 말해주지 않는 김우의 뒤를 따라 나섰다. 오월의 날씨는 맑고 청량했다. 김우의 뒤를 따라가면서 이마에는 땀이

송골송골 맺혔지만 살살 불어오는 봄바람이 시원했다.

　대문 밖을 나선 후 한 시간 정도를 걸으니 웬 산 어귀에 이르렀다. 그러자 한두 번 올라본 솜씨가 아닌 듯 김우는 저게 늙은이의 발걸음이 맞나 싶을 정도로 날래게 산을 올라갔다. 그렇게 또 한 시간 정도를 산을 타고 올라가더니 사람 다니는 길이 아닌 깊은 산등성이로 발길을 돌렸다.

　"스승님, 이곳은 사람 다니는 길이 아닙니다. 길을 잘못 드신 게 아닙니까?"

　의원님이란 호칭은 어느덧 자연스레 스승님으로 바뀌었다. 처음으로 스승님이라고 부를 때에는 "스승님? 누가 내 제자냐? 네가 내 제자냐? 난 너를 제자로 받아들인 적 없다"라며 김우가 펄쩍 뛰었다. 그래도 계속 백광현이 스승님, 스승님 부르자 이후로는 별다른 싫은 소리를 하지 않았다. 김우는 항상 그런 식이었다. 툴툴거리고 밀어내는 듯하면서도 실은 다 받아주고 있었던 것이다. 백광현은 자신의 스승이 사실 외로운 사람일 거라고 짐작할 따름이었다.

　"시끄럽다. 나불대지 말고 따라와라."

　백광현은 이곳이 저곳 같고 저곳이 이곳 같은 산길을 제 집 안마당 드나들듯 다니는 김우를 그저 조용히 따라다녔다. 마침내 도착한 곳은 희한하게도 땅이 붉은 빛깔이었다.

"다 왔다. 여기다."

"스승님, 이곳은 참 이상합니다. 땅의 색깔이 붉습니다."

"그래, 그래서 내가 여기를 온 것이지. 보따리에서 쌀을 꺼내 봐라."

백광현은 김우의 지시대로 쌀을 꺼냈다.

"여기 붉은 땅을 삽으로 파라."

군말 없이 백광현은 땅을 팠다. 마치 관을 묻을 땅을 파듯이 네 모지게 한참을 파고 나서야 김우는 멈추라고 했다.

"가져온 돗자리를 여기 구덩이의 사방에 깔아라."

시킨 대로 돗자리를 구덩이의 바닥과 사방에 깔자 김우는 준비해온 쌀을 돗자리가 만든 빈 공간 속에 살살 넣었다. 그리고 윗부분을 돗자리로 다시 덮은 후 근처의 무거운 돌로 눌러주었다.

"그런데 왜 이렇게 하시는지요?"

"궁금하냐? 내 특별히 보여주지. 여기를 봐라."

김우의 손끝이 가리키는 곳을 보자 지금과 똑같은 일을 전에도 해둔 듯 돗자리와 그 위의 돌덩어리가 여기저기 눈에 띄었다.

"어디, 내 귀여운 자식들이 잘 익었는지 볼까?"

언제 묻었는지 색깔이 다 바랜 돗자리를 열어 보이자 백광현의 눈이 휘둥그레졌다. 분명 좀 전에 묻은 쌀은 흰색이었는데 지금 열어젖힌 돗자리 속의 쌀은 붉은색이 아닌가!

"스승님! 쌀이 붉은색으로 변했습니다."

"신기하냐? 요놈들이 아무도 모르는 곳에 숨겨둔 내 자식들이지. 속까지 다 익었는지 어디 한번 볼까?"

김우는 붉은색으로 변한 쌀알을 반 갈라보더니 "어허, 요놈은 아직 다 안 익었구나" 하면서 다시 돗자리를 덮고 돌덩이를 올렸다. 그리고 옆의 돗자리를 열어 똑같이 쌀알의 속을 갈라보더니 "오호라, 요놈들은 속까지 잘 익었구나. 광현이! 얼른 요놈들을 꺼내 담아라" 하는 것이다. 백광현은 속까지 완전히 붉게 변한 쌀을 보자기에 담았다.

붉은 땅 속에 묻은 지 몇 년은 된 듯 돗자리는 원래의 색을 잃었다. 이렇게 돗자리마다 들추며 쌀알의 속을 일일이 확인한 후에야 비로소 그곳을 떠났다.

"이제 어디로 가십니까?"

"여기서 조금만 내려가면 조선 최고의 송진이 나오는 소나무 군락이 있지. 거기 가서 송진을 채취할 것이야."

그렇게 또 산길을 한참 내려가니 정말 소나무가 잔뜩 모여 있는 곳에 도착했다. 산바람을 타고 코끝을 스치는 솔잎 향기가 상쾌하기 그지없었다. 솔잎 향기가 산을 오르내리느라 땀에 흠뻑 젖은 몸을 시원하게 식혀주는 듯했다.

김우는 칼을 꺼내어 몸통이 굵은 소나무에 시옷자를 뒤집은 모양으로 칼집을 냈다. 근처 소나무에도 차례로 칼집을 내더니 배가 고프다며 송진이 나올 동안 주먹밥을 꺼내 먹자고 했다. 백광현과 김우는 소나무 숲에 앉아 주먹밥을 먹었다. 시원한 산바람이 두 사람을 휘감아주었다. 문득 그동안 눌러왔던 호기심이 불쑥 치솟았다.

"스승님, 궁금한 것이 있습니다."

"뭣이냐?"

"순이는 스승님과 무슨 사이인지요? 손자는 아닌 것 같던데……."

배가 고프다며 우적우적 밥을 먹던 김우는 순간 멈칫하더니 귀에 들릴 듯 말 듯한 짧은 한숨을 내뱉었다.

"알 거 없다. 별게 다 궁금하군."

특유의 퉁명스러움으로 대답을 내뱉고는 계속 주먹밥을 먹었다. 한번 치솟은 호기심은 연이어 터져 나왔다.

"스승님, 궁금한 것이 하나 더 있는데 여쭤봐도 될는지요?"

"묻지 마. 이놈이 밥 먹는데 왜 자꾸 이상한 소리를 지껄이는 게야?"

"그게 아니라 왜 아무도 보살펴주는 이 없이 홀로 지내시는지 걱정도 되고……."

"밥맛 떨어지는 소리 그만하고 먹던 거나 계속 먹어라. 집에 돌아가서도 할 일이 산더미야."

대답해주리라 기대는 안 했지만 김우의 집에 온 이후로 늘 궁금했던 것이 바로 그것이었다. 저 어린 사환은 대체 누구인지, 그리고 왜 부인도 자식도 없이 혼자 살고 있는지.

칼집에서 베어 나온 송진을 채취한 후 두 사람은 왔던 길을 되짚어 집으로 돌아왔다. 집에 오자마자 산에서 캐온 붉은색 쌀을 마당에 펼쳐 말렸다. 햇살이 따뜻하여 약재를 말리기에 딱 좋은 날씨였다. 쌀알을 펴두는 일이 끝나자마자 김우는 침을 새로 만들어야 하니 길을 돌아나가면 보이는 마구간에 가서 가장 오래된 말의 재갈을 구해오라 했다.

"가장 오래된 재갈이요?"

"그래, 잔말 말고 재깍 뛰어가서 구해와라. 김 의원 집에서 왔다고 하면 그동안 모아둔 재갈을 알아서 내어줄 것이야."

김우의 지시대로 백광현은 마구간에 뛰어가 말의 재갈을 구해왔다.

'이것으로 침을 만든다고? 신기하네.'

침을 어떻게 만드는지는 한 번도 본 적이 없었다. 그러고 보니 한 번도 궁금해 한 적조차 없었던 것 같다. 재갈을 구해오자 이번에는 대장간에 가서 이 재갈들을 불에 달군 후 여기 종이에 그려진 모양대로 빚어오라는 것이다. 시키는 대로 냉큼 대장간에 뛰어가 김우의 지시대로 이러저러하게 해 달라 하자 대장장이는 이미 잘 알고 있다는 듯이 뚝딱 종이의 그림대로 재갈의 모양을 바꿔줬다.

"이제 시작해볼까."

김우는 약장에서 침을 만드는 데 필요한 약재들을 하나씩 꺼냈다. 오두(烏頭), 파두(巴豆), 유황(硫黃), 마황(麻黃), 목별자(木鼈子), 오매(烏梅)를 꺼내왔다. 검은색, 노란색, 초록색의 약재가 한 데 어울려 묘한 조화를 이뤘다. 대장간에서 침 모양으로 빚어온 재갈을 사기그릇에 약재와 함께 담아 물을 붓고 끓이기 시작했다.

"쇳독을 빼고 약재의 기운을 넣으려면 하루는 족히 끓여야 한다. 나는 곤하여 들어가 잘 것이니 광현이 너는 절대 불이 꺼지지 않도록 밤새 잘 지켜라. 물이 졸아들면 중간중간 채워줘야 하느니라."

"예, 스승님. 제가 잘 지키겠습니다."

백광현은 침 만드는 것이 마냥 신기하여 산에 다녀온 피곤함을 다 잊었다. 약재의 빛깔이 물에 우러나오면서 맑았던 물은 어느새 진한 황갈색으로 변하고 있었다. 사기그릇 옆에서 반은 지켜보고 반은 졸다가 밤이 지나 마침내 끓이기 시작한 지 하루가 되었다.

김우는 하룻밤 달인 침을 꺼내고는 이번에는 몰약(沒藥), 유향

(乳香), 당귀(當歸), 화유석(花乳石)을 약장에서 가져와 다시 침과 함께 사기그릇에 담고 물을 새로 부었다. 그리고 다시 하루를 꼬박 끓여야 하니 밤새 잘 지키라고 했다. 그렇게 하루가 지나자 이번에는 푸줏간에 가서 개고기 한 덩이를 구해오라는 것이다. 백광현이 날래게 뛰어가서 개고기를 구해오자 이틀간 끓였던 침을 개고기 속에 촘촘히 박아 넣었다. 그리고 또다시 하루 온종일 끓였다.

백광현은 거의 사흘 밤을 새우다시피 하며 침 만드는 것을 지켜보았다. 처음 마구간에서 재갈을 구해왔을 때에는 거무튀튀한 색의 철이었는데 대장장이가 불에 달구고 두들겨 모양을 바꾸자 침의 모양새가 갖춰졌다. 이것을 약재에 넣고 하룻밤 끓이자 거무튀튀한 색깔이 빠지기 시작하더니 이틀, 사흘 동안 끓이자 마치 새로 색을 칠한 것처럼 은회색의 침으로 변신하는 것이 아닌가! 철이 침으로 뽀얗게 바뀐 것이 마냥 신기해 사흘 밤을 지새운 피로도 한꺼번에 싹 사라지는 것 같았다. 마지막으로 김우가 잣기름을 침의 표면에 발라주자 막 꽃단장한 새색시마냥 침에서 윤기가 흘렀다.

그저 묵묵히 시키는 대로만 하던 백광현은 이제 침이 완성되었다는 김우의 말에 그동안 궁금했던 것을 묻기 시작했다.

"스승님, 왜 오래된 말의 재갈을 이용해 침을 만드는 것입니까?"

"갓 만든 철에는 쇳독이 상당해서 그런 것을 침으로 썼다가는 병을 낫게 하기는커녕 환자에게 쇳독만 오르게 하지. 철은 오래될수록 독이 빠지는 법. 그래서 사람의 손길이 많이 닿은 철을 쓰는데, 그중에서도 말의 재갈이 제일 좋기 때문이지."

"그렇다면 왜 첫날에는 오두와 파두 같은 약재와 함께 침을 끓인 것입니까?"

"쇠는 성질이 서늘한데, 그 서늘한 것이 사람의 살갗을 뚫었다간 자칫 냉기에 의해 환자의 기가 상할 수 있지. 그래서 오두, 파두, 유황과 같은 약재로 침에 온기를 넣어주려 함이네."

"둘째 날에는 왜 몰약과 유향 같은 약재로 끓인 것인지요?"

"자고로 침이란 아픈 것을 풀어주기 위해 사용하는 것이지. 몰약, 유향, 당귀, 화유석은 모두 통증을 풀어주는 약인데, 침에 이 약재들의 기운을 불어넣기 위해서 그리하는 것이지."

"그럼 셋째 날에는 왜 개고기에 침을 꽂고 끓인 것인지요?"

"그건 개고기가 남은 쇳독을 온전히 풀어주기 때문이지."

"그런데 저 붉은 쌀은 대체 무엇이기에 쌀을 붉은 흙 속에 몇 년을 묻어두었다가 쓰는 것인지요?"

"하하, 그놈 참 궁금한 것도 많구나. 사람은 거대한 자연 속의 작은 미물에 불과하지. 생명이란 흙에서 시작해서 결국 흙으로 돌아가는 법. 저 흙 속에는 우리 눈에는 보이지 않지만 사람과 같은 생명체가 가득 들어 있지. 나는 그 생명의 기운을 쌀 속에 담아온 것이야. 자고로 여느 흙보다도 붉은 기가 도는 흙이 가장 그 생명력이 강한 법이지. 그리고 그 붉은 흙 속에 오랫동안 묻어둘수록 더욱 강한 생명력을 담아올 수 있지. 조선 땅에서 그 붉은 흙이 있는 곳을 찾으려고 내 그동안 얼마나 헤매고 돌아다녔는지 몰라."

김우는 평소에는 퉁명스럽기 짝이 없지만 백광현이 두 눈에 궁금함을 가득 담아 물어볼 때에는 죄다 답해주곤 했다.

❛

봄날의 따스한 햇살은 어느덧 만물을 태워버릴 듯한 열기로 바뀌고 있었다. 김우의 집을 찾아오는 환자들은 배앓이나 고뿔같이 증세가 가벼운 환자들도 있었지만 산을 오르다 떨어져 뼈가 부러진 사람, 주인에게 매질을 당해 살이 찢기고 뜯긴 사람, 황달에 걸려 온몸이 누렇게 변한 사람 등 한눈에 봐도 증세가 심상치 않은 환자들도 있었다.

그중에서도 특히 고개를 돌릴 정도로 증세가 심한 환자는 역한 냄새가 나는 고름이 철철 흐르는 종기 환자였다. 주로 뒷목에 종기가 잘 생겼는데 이곳은 뇌수(腦髓)와 가까워 행여 방심하다 독기가 머릿속으로 들어가면 황천길로 가기 일쑤였다. 등창이 생겨서 저고리에 피고름이 철철 묻은 채 찾아오는 환자들 또한 부지기수였다. 이들 환자의 피고름을 뽑아내고 피 묻은 옷을 빠는 일은 보통 힘든 게 아니었지만 백광현은 이 환자들 역시 자신이 다리를 다쳤을 때 느꼈던 그 공포감을 느끼고 있을 거란 생각이 들어 한마디 불평 없이 궂은일을 다 했다.

약방 일은 끝이 없었다. 피고름을 뽑아내려면 부항이 필요한데 이 부항은 대나무로 만든 것과 도자기로 만든 것 두 가지가 있었다. 환자들이 와르르 다녀간 후에는 으레 부항이 떨어져 톱을 들고 산에 올라가 대나무 마디마디를 썰어 준비해둬야 했다. 또 자그만 단지 모양의 부항은 일일이 바닥에 목화솜을 갖풀로 붙여둬야 했다.

그뿐이 아니다. 환약을 만드는 일 또한 고된 작업이다. 약재를 약연(藥碾 | 약재를 갈아서 가루로 만드는 기구)이라고 부르는 맷돌에 넣고 굴려서 가루가 될 때까지 힘껏 밀어야 한다. 겨우 가루를 만들면 여기에 꿀을 넣고 잘 버무린 다음 환약 틀에 넣고 동글동글한 모양의 환약을 빚는다.

법지(法紙)를 만드는 일 또한 손이 많이 간다. 노란색 돌멩이처럼 생긴 유향을 약연에 넣고 곱게 갈아준다. 그런 뒤 한지에 기름을 먹여서 손바닥만 한 크기로 자른다. 이 기름종이 위에 곱게 간

솜을 바닥에 붙인 단지 부항 솜을 태워 단지 안을 진공 상태로 만들어서 종기를 짼 부위에 붙이면 고름이 단지 안으로 빨려 나온다.

대나무 부항 대나무를 잘라 만든 죽통으로도 부항을 한다.

유향을 체로 쳐서 골고루 뿌린 후 차곡차곡 쌓아 끈으로 묶고 무거운 것으로 누른 뒤 감초를 달인 물로 끓여준다. 다시 종이를 꺼내어 이번에는 경분(輕粉) 가루를 골고루 뿌려주고 그 위에 풀을 발라서 그늘에 말리면 비로소 유향법지가 완성된다. 이 법지로 종기환자의 환부를 덮어주면 통증도 쉬이 가라앉고 새살도 잘 생기기에 비록 만드는 과정은 고되지만 매번 이렇게 만들어서 쓰는 것이다.

고약(膏藥)을 만드는 일도 만만치 않다. 여러 가지 약재를 잘게 썰어둔 다음 날씨에 따라 5일에서 10일 정도 향유(香油 ｜ 참기름)에 담가 놓는다. 그런 뒤 약한 불에서 약재가 누렇게 될 때까지 끓인 후 찌꺼기를 버린다. 찌꺼기를 걸러낸 향유에 황단(黃丹)이란 약재를 넣고 계속 저어줘야 한다. 한참을 젓다가 물에 한 방울 떨어뜨려 보았을 때 풀어지지 않고 구슬처럼 동글동글 뭉쳐지면 그제야 고약이 완성되는 것이다.

"이제 집에 갈 때가 되지 않았느냐? 여기서 이만큼 놀았으면 이제 지겨워질 때도 되었을 텐데. 약값은 그동안 여기서 일한 쇠경 값으로 칠 테니 그만 돌아가거라."

며칠에 한 번은 꼭 이런 소리를 해댔다. 처음에는 진짜 가라는 말인가 싶기도 했지만 가라는 말이 실은 여기 있으라는 뜻임을 백광현은 이제 잘 알고 있다.

그동안 한두 차례 집에 다녀오기는 했다. 잘 지내고 있다고 아무 걱정 마시라고 가족들을 안심시키고, 내 자식 되고 아비 된 몸이지만 잠시만 시간을 준다면 배움을 익히고 와서 가족들 먹여 살리는 소임을 다할 것이라 다짐하고 돌아왔다.

백광현이 김우의 약방에 온 후 처음으로 집에 다녀왔을 때였다. 다시 약방으로 돌아오자 "완전히 가버리지 왜 돌아왔느냐"라며 툴툴대는 김우의 눈빛에서 안도의 마음을 읽을 수 있었다.

'실은 나를 기다리고 계셨구나.'

그 다음부터는 김우가 아무리 퉁명스럽게 말해도 그것이 농인지 진심인지 다 알아차릴 수 있었다.

백광현은 김우의 방에 있는 의서들을 보고 싶은 마음이 굴뚝같았다. 하루는 김우의 방에서 의서 한 권을 꺼내어 책장을 넘겨보고 있는데 어느새 나타난 김우가 백광현의 뒤통수를 후려쳤다.

"야, 이놈아! 너는 천자문도 떼기 전에 사서삼경부터 읽느냐?"

김우는 쌓여 있던 의서 중에서 하나를 꺼내 백광현 앞에 툭 던졌다. 책 표지에는 《향약집성방(鄕藥集成方)》이라고 또렷하게 쓰여 있었다.

"읽고 달달 외워라."

이 한마디를 남기고 김우는 휑하니 방에서 나갔다. 낮에는 환자들 살피는 일을 돕고 약재를 썰고 약을 만들고, 밤이 되면 의서를 읽었다. 읽다가 모르는 것이 생기면 다음 날 물어보았는데 어떤 날은 대답을 잘해주기도 하고 어떤 날은 그것도 모르냐며 핀잔만 주기도 했다.

책 하나가 끝나면 어떻게 알았는지 또 다른 의서를 꺼내어 백광현 앞에 툭 던졌다. 그렇게 한 권 두 권 의서를 읽어나가면서 백광현은 차츰 사람의 몸에 흐르는 십이경락(十二經絡)의 흐름과 삼백육십오 개의 혈 자리에 대해 알게 되었다. 산에서 얻어야 하는 약재, 강에서 얻어야 하는 약재, 땅에서 얻어야 하는 약재에 대해서도 익혔다. 붉은색, 노란색, 푸른색, 흰색, 검은색의 약재들이 쓴맛, 단맛, 매운맛, 신맛, 짠맛을 내면서 인체의 어느 장부에서 어떤 작용을 하는지도 익혔다. 아홉 가지 다른 모양의 침 중 어떤 병에 어떤 침을 써야 하는지, 어떻게 혈 자리를 찾아 찔러야 하는지도 익혔다.

특히 이 침이라는 녀석에게 끌렸다. 침의 종류마다 모양이 다 달랐고 질병의 종류에 따라 사용하는 침도 달랐다. 목검을 가지고 칼싸움하던 어린 시절처럼, 마치 아이가 소꿉놀이할 때의 마음처럼 백광현은 침을 만들 때마다 가슴이 설레곤 했다.

의서를 익히면 익힐수록 백광현은 환자를 치료하는 김우를 더 잘 시중들 수 있었다.

"광현이! 선방활명음(仙方活命飲)!"

이렇게만 말하면 척척 알아서 선방활명음에 들어가는 약재를 약장에서 꺼내 바로 달이기 시작했다.

"탁리소독음(托裏消毒飮)!"

김우가 일일이 설명할 필요 없이 처방 이름만 말해도 백광현은 곧바로 약을 준비했다.

❛

세상을 불태워버릴 듯 맹렬하던 태양의 열기도 차츰 가라앉고 어느덧 아침저녁으로 선선한 바람이 불기 시작했다. 선선한 바람은 금세 옷깃을 파고드는 칼바람으로 변했고 하늘에서는 눈이 내리기 시작했다. 그리고 겨울의 매서운 한기가 다시 녹아 따뜻한 봄빛으로 바뀔 즈음 백광현은 더 이상 집을 떠나 있을 수 없음을 느꼈다. 아직 부족한 것이 많고 배워야 할 것도 많지만 계속 집을 비워둘 수는 없기에 이제는 돌아가야 했다.

요 며칠 안 해도 되는 약재 정리에 침, 부항, 환약, 법지, 고약 등을 평상시 만들던 것보다 더 많이 만들어두고 평소보다 더 바지런을 떠는 백광현의 모습을 보고 김우는 알아차렸다.

'저 녀석이 이제 제 집으로 돌아가려 하는구나.'

어느 날 환자들이 다 가고 난 고즈넉한 저녁에 백광현은 조용히 김우의 방으로 들어왔다. 할 말이 무엇인지 뜸을 들이는 그의 품새와 평소와는 다른 표정을 읽은 김우가 먼저 입을 열었다.

"이제 갈 때가 되었지? 붙잡지 않을 테니 돌아가서 어머님 잘 봉양해라."

자신의 마음을 이미 알고 있었던 김우의 말에 백광현은 놀라 대답도 못하고 얼어 있었다. 잠시의 정적이 흐른 후 백광현은 전부터 물어보고 싶었던 질문을 던졌다.

"조선 땅의 백성을 가장 고통스럽게 하는 질병이 무엇입니까?"

김우는 대답은 하지 않고 그의 의서 중에서 두 권을 꺼내어 백광현에게 툭 던졌다. 한 권은 《치종비방(治腫秘方)》이란 책이었고 또 한 권은 《침구경험방(鍼灸經驗方)》이란 책이었다.

"치종비방이란 종기를 치료하는 비밀스러운 처방이란 뜻이고, 침구경험방이라면 침뜸의 경험을 모은 처방이란 뜻이 아닙니까?"

"그래, 네가 정말로 이 땅의 백성을 고통에서 구할 의사가 되고자 한다면 반드시 읽어야 할 책이지. 조선의 민초들을 가장 고통스럽게 하는 병은 바로 살이 썩고 뼈가 썩는 종기다. 종기를 치료하려면 침으로 환부를 찢고 입으로 피고름을 빨아내야 하는데 이런 힘든 일을 하려는 의원이 없지. 그래서 종기 환자는 늘 넘치는데 종기를 제대로 치료할 줄 아는 의원은 늘 부족하고. 왕실 또한 그러하기에 종기를 잘 치료하는 의원이 있으면 재깍 궁으로 불러들이질 않느냐."

백광현은 그동안 얼마나 읽었는지 색이 누렇게 바래고 끝이 오르르 말려 들어간 책장을 손으로 한 장씩 더듬어보고 있었다.

"그 두 권이 그동안 내 집에서 일한 쇠경이네. 뭐, 읽고 안 읽고는 네 맘이고."

"스승님, 제가 지금은 가족이 있어 돌아가지만 틈나는 대로 와서 배움을 청해도 될는지요?"

"야, 이놈아. 내가 늘 말하지 않았느냐? 나는 가는 사람 안 붙잡고 오는 사람 안 막는다."

"사흘 후 떠나고자 합니다. 다시 금군으로 복귀할 것입니다. 가족들이 저로 인해 끼니를 굶는 일이 있어서는 안 되기에…… 부디 이해해주십시오."

"……."

"또한 그동안 베풀어주신 가르침은 잊지 않을 것이고 오늘 주신 이 의서도 마음 깊이 새겨둘 것입니다. 의술을 익히는 것은 잠자는 시간을 쪼개서라도 계속 이어나갈 것입니다. 모르는 것이 있으면 비번일 때 스승님께 찾아와 배울 것이니 아무쪼록 건강하시고 또……."

"아니, 떠나겠다는 놈이 웬 말이 그리 많누? 건넛방 청소는 다해놓은 게야?"

김우는 자리에서 일어나 방을 나가더니 사환 아이에게 집을 잘 치워놓으라고 이르고는 어디론가 가버렸다.

사흘 후 아침 일찍 일어나 떠날 준비를 마친 백광현은 스승 김우에게 절을 올렸고 사환 아이인 박순에게도 스승님을 잘 보살피라는 당부를 잊지 않았다. 김우를 떠나는 백광현의 무거운 마음과는 달리 집으로 돌아가는 길은 태양에서 떨어진 빛의 조각이 하늘에서 휘날리고 있는 것처럼 밝고 화사하기만 했다.

의마 醫馬

말
고치는
무관

　왕실 호위병으로 다시 돌아온 백광현의 일상은 하루하루 바쁘
기만 했다. 전에는 틈만 나면 기사 연습을 했지만 이제는 틈만 나
면 침에 대해 궁리했다. 낮에는 침의 모양을 이렇게도 그려보고
저렇게도 그려보며 침에 관한 생각으로 끝이 없었고, 밤에는 잠
잘 시간을 줄여가며 김우가 준 의서를 읽었다.

　《치종비방》에는 온갖 종기에 관해 쓰여 있었다. 또한 살을 찢
고 고름을 뽑아내는 방법과 처방이 적혀 있었다. 책의 두께는 얇
았지만 뭔가 힘이 느껴지는 내용이었다. 《침구경험방》이란 책에
는 여러 질병에 침과 뜸을 어떻게 시술할 것인지 상세히 적혀 있
었다.

우림위로 다시 돌아오니 자신을 떨어뜨린 그 말이 간혹 생각나곤 했다. 그때 그 녀석이 왜 그랬는지 참 의아했다.

'분명 그 녀석이 어딘가 아픈 데가 있었던 게야. 그렇지 않고서는 달리던 중에 그렇게 고꾸라지지는 않았을 텐데. 대체 어디가 아팠던 것일까?'

시험장에 말을 들이기 전에 마의(馬醫)가 미리 점검했어야 하는데 그러지 못한 듯싶었다.

의사가 되고자 뜻은 세웠으나 당장 우림위의 일을 그만둘 수는 없었다. 자신이 녹봉을 받지 못하면 가족들의 끼니 걱정을 덜수가 없었다. 이미 지난 시간 자신을 위해 기다려준 가족들이 아닌가.

"아이고, 이게 누구인가? 광현이 자네 어찌 이리 오랜만인가? 저번 기에 시험에서 그만 낙마했다는 얘기는 들었네. 내 자네의 수석을 그리도 빌었건만 정말 안타깝게 되었네. 그래, 다친 다리는 괜찮은가?"

백광현과 가까이 지내던 동료 궁사가 오랜만에 본 그를 반기며 달려왔다.

"다행히 좋은 의원을 만나 잘 나았네. 자네도 오랜만일세."

"광현이 자네가 없는 동안 내가 아주 심심했다네. 다리가 나았으면 재깍 돌아올 일이지 그동안 어디서 무얼 했기에 이리 오랫동안 얼굴도 볼 수 없었던 겐가?"

"나를 고쳐준 의원 집에서 한동안 지냈다네."

"의원 집에서? 거긴 왜?"

"죽어가는 사람을 살려주었으니 은혜를 갚아야 하지 않겠나. 가산이 궁핍하여 약값은 못 드리고 대신 내가 가서 약방 일을 좀 도와드리고 왔다네."

"그럼 의원 집에서 약방 허드렛일을 하고 왔단 말인가?"

"하하, 약방 허드렛일이라니! 아픈 사람을 살리는 일을 돕고 왔네."

"아니, 우림위에서 제일 말 잘 타고 활 잘 쏘기로 유명한 자네가 약방에 가서 무슨 할 일이 있었단 말인가?"

"사람을 살리는 새로운 세계를 경험하고 왔다네. 자네도 같이 배워볼 텐가?"

"예끼, 이 사람. 그게 무슨 농인가. 칼 쓰는 무관이 약방 일을 왜 배우나!"

말에서 떨어지기 전 백광현은 모두가 인정하는 모범 무관이었다. 궁궐 호위 일을 잘 수행할 뿐 아니라 훈련 참석에도 열심이었다. 게다가 틈만 나면 활쏘기와 말 타기를 연습했기에 저 정도 무술이면 내금위장 감이라고 보는 사람마다 입을 모아 칭찬했다.

그런데 다리를 다친 후 한동안 모습을 비추지 않다 나타난 백광현은 예전과 사뭇 달랐다. 전에는 틈만 나면 무술 연습을 하던 자가 이제는 틈만 나면 어디 아무도 없는 구석에 혼자 앉아 요상한 그림을 그리거나 기와 조각에다 열심히 뭔가를 갈고 있는 것이다. 그런 그의 행동 때문에 다리를 다칠 때 머리도 함께 다친 것 아니냐는 소문마저 돌았다.

"광현이 자네는 만날 구석에서 혼자 뭘 하는 건가?"

"하하, 궁금한가? 이것 보게. 이것이 바로 활인지검이라는 것일세."

백광현은 한참 기와 조각에 갈고 있던 삼각뿔 모양의 침을 동료에게 자랑스러운 듯 보여주었다.

"활인지검? 생기기는 꼭 화살촉처럼 생겼네그려. 그런데 화살촉으로 쓰기에는 너무 길고…… 이게 무슨 활인지검인가?"

"검에는 두 가지가 있지. 살인지검과 활인지검!"

"살인지검은 사람을 죽이는 검일 터이고, 그럼 활인지검은 사람을 살리는 검인가?"

"바로 그거네. 사람을 살리는 검!"

"세상의 검 중에서 사람을 살리는 검이 어디 있나? 자네 정말 소문대로 머리도 함께 다친 것 아닌가? 옛날하고 사람이 완전 달라졌어. 이상한 행동하며 이상한 소리하며. 저번에는 혼자서 뭘 하고 있었는지 교대 시간에 늦어 별장에게 혼나지 않았나. 정신 좀 똑바로 차리게."

동료의 걱정하는 소리가 귀에 들어오는지 마는지 백광현은 침통에서 자신이 만들어둔 여러 가지 모양의 침을 꺼내 자랑하듯 보여주었다.

"이것 좀 보게. 내가 그동안 고안해 만든 것들일세. 정말 예쁘지 않은가?"

"이게 단도인가, 창인가, 갈퀴인가? 무슨 칼이 이렇게 생겼는가? 이것들을 열심히 갈아서 누구를 죽이려고?"

"죽이다니! 사람을 살리는 검이라니깐. 나는 세상에서 이렇게 아름다운 검을 본 적이 없네."

동료는 고개를 절레절레 저으며 말했다.

"제정신이 아니야. 아무리 봐도 머리를 다쳤다는 소문이 맞는 게야."

비번 때마다 혼자 구석에서 열심히 침을 손질하고 있는 백광현을 보면서 이제는 우림위의 모든 동료들이 이런저런 농을 해댔다.

"아이고, 여기 우림위에 용한 의원 나리 한 분 나셨네그려. 자네들 어디 아픈 데 없나? 아픈 데 있으면 여기 광현이한테 침 한 방 맞게나!"

동료들이 옆에서 놀리기 일쑤였지만 백광현은 그런 것 따위 전혀 개의치 않았다.

왕실 호위병인 금군은 말을 타는 군인인 기병이 중심이었다. 말을 잘 타는 군인도 중요하지만 말도 무척이나 중요했다. 명나라가 조선과 교역할 때도 항상 좋은 말을 탐냈다. 병자호란 중에도 말이 많이 죽었고, 전쟁에서 패배한 후 청나라에서 품종이 좋은 말을 가져가버려 나라에는 항상 말이 부족했다. 군대를 양성한다는 것은 곧 좋은 말을 갖추는 것과 같았다. 그래서 혹시라도 말이 병들면 강한 추궁이 뒤따랐다.

말은 무척이나 예민한 동물이다. 마구간의 온도나 청결 상태도 중요하고 먹이의 종류나 심지어 마시는 물의 온도도 중요하다. 수컷 말들이 함께 섞여 있으면 서로 다툴 수도 있기에 항상 구분을 지어 따로 지내도록 해주어야 한다. 이렇게 갓난아이 다루듯 조심하지 않으면 병에 걸리기 십상이다.

사람은 아프면 어디가 아프다고 말이라도 할 수 있지만 말은 아파도 말을 할 수가 없다. 그래서 금군에서는 말이 병들었을 때 치료하는 임무를 맡는 '마의'를 두고 있었다.

백광현은 한동안 침을 만드는 데 골몰하더니 이제는 마의를 쫓아다니기 시작했다. 호위 당번이 끝나고 나면 마의가 말을 치료하는 것을 지켜보며 이것저것 물어보곤 했다. 우림위에서 가장 가까이 볼 수 있는 의원이 바로 마의였기 때문이다.

마의가 말을 치료하는 것을 지켜보면서 백광현은 몇 가지 사실을 알게 되었다. 말의 병을 크게 서른네 가지로 나누어 본다는 것과 질병에 따라 말의 자세와 행동이 달라진다는 것이다. 마의가 말이 어떤 자세를 취하고 어떤 행동을 하고 있는지만 보고서도 어디가 아픈지 금방 알아차리는 것을 보고 있노라면 신기하기 그지없었다. 어떤 병에 걸리면 말이 연신 일어났다 누웠다 하며 거친 호흡을 뿜어대기도 하고, 다른 병에 걸리면 배에서 우렛소리가 나기도 했다. 그래서 말의 자세와 행동 외에도 호흡과 소리를 자세히 살피는 것 또한 말 못 하는 짐승의 병을 알아차리는 데 중요했다.

사람은 손목에서 맥을 짚지만 말은 겨드랑이 부분을 잡아서 맥을 짚는다. 앞다리와 뒷다리의 좌우 겨드랑이 부위에서 모두 맥을 짚는데 왼편의 겨드랑이에서는 말의 오장의 맥을 짚고 오른편 겨드랑이에서는 생사를 구분하는 맥을 짚는다. 맥이 참새가 부리로 쪼는 모양이거나 지붕에서 물방울이 뚝뚝 떨어지는 모양이라면 열에 하나도 살기 어렵다. 맥이 느리고 큰 것은 심장의 맥이고, 화살과 같은 것은 간장의 맥이며, 가늘고 단단한 것은 신장의 맥이고, 탄환이 떨어지듯 구슬이 이어지듯 하는 것은 비장의 맥이다.

말의 혈 자리는 일흔한 개다. 병마다 침을 놓는 자리가 따로 있는데 관절이 붓고 아플 때에는 전원 혈에 세 푼 깊이로 찔러 피를 낸다. 말이 뒷목과 척추에 병이 들어 고개를 숙이지 못하면 상위, 중위, 하위 혈에 불로 달군 화침으로 한 치 세 푼 깊이로 찌른다.*
말의 앞다리의 아래 관절 부위가 붓고 아프면 박첨 혈에 화침으로 한 치 깊이로 찌른다. 말이 혀를 쑥 내밀고 있을 때에는 통관 혈에 화침으로 세 푼 깊이로 찌른다. 말이 입을 꽉 다물고 벌리지 못할 때에는 끝이 구부러진 갈고리 모양의 침으로 목구멍을 쨌다. 말이 소변을 보지 못해 뱃속에 물이 차 있을 때에는 운문 혈에 화침으로 한 치 깊이로 찌른다. 말의 눈동자에 병이 들었을 때에는 골안 혈을 가는 침으로 찔러준다. 말의 불알이 붓거나 뻣뻣해질 때에는 불에 달군 침으로 음수 혈을
세 푼 깊이로 지져준다.

말에게 종기가 생기면 열십자 모양으로 절개한 후 쑥뜸 열 장을 뜬다. 말이 배가 빵빵해지는 창만(脹滿)이 생기면 대나무 죽통 한 마디를 잘라 막힌 쪽 바닥에는 작은 구멍을 뚫고 열

쑥뜸

---

* 한 푼은 0.3센티미터, 한 치는 3센티미터 정도다.

린 쪽의 끝은 비스듬하게 자른 후 말의 항문 속에 끼워 넣고 막힌 쪽의 뚫어 놓은 구멍에 쑥뜸을 열 장을 뜬 후 죽통을 빼내면 말이 똥을 누게 되면서 빵빵했던 배가 꺼진다.

이렇게 백광현이 마의를 쫓아다니며 말을 치료하는 것을 자세히 살피자 이번에는 우림위 최고의 기병이었던 자가 말에서 떨어져 정신이 이상해져서는 천하디천한 마의가 되려 한다는 소문이 돌았다.

"이보게, 광현이. 자네 진짜 왜 그러는가? 자네 정도 무술이면 여기 우림위 근무가 끝나면 금군의 노른자인 내금위에 들어가는 건 따 놓은 당상일세. 그런데 왜 마의 따위를 쫓아다니며 이상한 소문에 휩싸이는 건가? 다들 자네 얘기를 하면서 낄낄대고 있다네. 참으로 답답하구먼."

동료가 걱정스런 마음을 전했지만 백광현은 소문 따위 전혀 신경 쓰지 않았다. 아니, 말을 치료하는 것이 너무나 신기해 그의 눈과 귀가 온통 말에만 열려 있어 그런 소문은 아예 들리지도 않았다.

❛

"이보시오, 백광현이!"

우림위의 서리가 미친 듯이 호위 당번 중인 백광현을 부르며 달려왔다.

"무슨 일이오?"

백광현은 자신의 이름을 애타게 부르는 서리를 의아하게 쳐다보았다.

"이보시게. 잠시 와주어야겠네."

"어디를 말입니까?"

"예전부터 시름시름 앓던 말이 한 마리 있었는데 아무래도 오늘 그놈이 저승길을 가려는 모양이네. 마침 마의가 집에 초상이 나서 며칠 자리를 비운 터라 그놈을 봐줘야 할 사람이 없네. 자네가 침을 쓸 줄 안다고 하던데, 지금 그놈 목숨이 깔딱깔딱하니 얼른 와서 좀 봐주시게."

"하지만 저는 마의가 아닙니다."

"내가 듣기로는 자네가 틈만 나면 침을 다듬으며 침술을 연습한다고 하더구먼. 어차피 살지 죽을지 알 수 없는 놈이니 가서 한 번 살펴보기라도 해주시게."

말이 죽으면 위에서 엄한 질책이 내려온다. 마의뿐만 아니라 서리까지 된통 혼이 나기에 다 죽어가는 말을 그냥 둘 수 없어 전부터 마의 옆을 얼쩡거린다는 소문이 돌던 백광현을 떠올리고 달려온 것이다. 결국 서리의 손에 반강제로 이끌려 죽어가는 말이 있는 마구간으로 향했다. 병든 말은 마구간 바닥에 쓰러져 마지막 숨을 몰아쉬는 듯 거친 호흡을 뱉어내고 있었다.

백광현은 바닥에 꼬꾸라져 있는 말의 갈기를 쓰다듬어 보았다. 그리고 등에서부터 배를 거쳐 다리까지 찬찬히 손으로 훑어 내렸다. 그런데 이 녀석의 배가 좀 이상하다. 꿀렁꿀렁 물소리가 나는 듯도 한데 자세히 만져 보니 아랫배 근처에서 뭔가 물컹하게 잡히는 멍울이 있었다. 그리고 그 멍울에서 뜨거운 열기가 느껴졌다.

'그래, 이 열기는 전에 내가 다리가 곪았을 때 느꼈던 그 열기와 같은 것이야!'

백광현은 직감적으로 알아차렸다. 녀석의 뱃속은 피고름으로 곪아가고 있었던 것이다. 부위는 다르지만 자신이 겪었던 것처럼 피고름이 가득 차서 썩어가고 있음을 알 수 있었다. 이대로 두면 점점 열기가 퍼져 곧 죽을지도 모른다.

그런데 말의 얼굴을 자세히 살피던 백광현은 한 가지 사실을 더 알아차렸다.

'바로 이 녀석이다!'

지난번 기사 시험장에서 자신을 떨어뜨려 크게 다치게 했던 바로 그 말이었다.

'그때도 어딘가 아팠던 것 같았는데 이번엔 무슨 병이 든 걸까? 어쩌다 이렇게 뱃속이 곪게 된 걸까?'

마의가 없는 상황이다. 혼자서 판단을 내려야 한다. 만약 이대로 놔두면 곧 죽게 될 것이다. 죽는 것을 쳐다만 보느니 뭐라도 해보자 싶은 마음에 항상 지니고 다니던 침통을 꺼냈다. 그리고 자신이 만든 침 중에서 넓적하고 끝이 날카롭게 잘 갈린 침을 꺼내 들었다.

'잠시만 참아라.'

백광현은 침을 쥐고 있는 손이 부들부들 떨리고 있음을 느꼈다. 자신이 만든 침을 처음으로 써보는 그의 인생의 첫 환자였다. 그리고 그 첫 환자는 바로 자신을 다치게 했던 그 말이었다.

멍울이 느껴지는 아랫배를 잘 더듬어 가장 열기가 심하고 가장 볼록하게 솟아 있는 부위를 찾아냈다. 그리고 그곳을 침으로 힘껏 찔렀다. 침으로 찌른 자리에서 시커먼 피가 폭포수마냥 쏟아져 나왔고 축 늘어져 다 죽어가던 말은 갑자기 몸을 위로 솟구치며 비명을 토해냈다.

"말을 잡아요!"

백광현은 서리에게 소리쳤다. 옆에서 지켜보고 있던 서리는 버둥거리는 말의 뒷다리를 잡았다. 백광현은 인정사정없이 아랫배의 멍울을 쥐어짜서 시커먼 피를 쏟아내게 했다. 처음에는 검은 피가 쏟아져 나오더니 뒤이어 누런 고름이 터져 나왔다. 거침없이 말의 멍울을 손으로 쥐어짜기를 한참을 한 후에야 비로소 물컹하게 잡히던 것이 만져지지 않았다.

"휴, 제대로 된 것인지는 모르겠지만 뱃속에 가득 찬 피고름은 거의 뽑아낸 것 같습니다. 얼른 깨끗한 소금물을 가져다주십시오."

백광현의 말이 떨어지자마자 서리는 알았다며 잽싸게 뛰어갔다. 백광현의 이마에서는 뜨거운 땀방울이 연신 쏟아졌고 가슴은 미칠 듯이 방망이질 쳤다.

한참 비명을 토해내던 말은 기절했는지 다시 축 늘어져 있었다. 백광현은 말의 갈기를 천천히 쓰다듬으며 말했다.

"이놈아! 내가 너 때문에 지옥에 다녀왔다. 하지만 네 덕분에 새로운 세상도 알게 되었지. 그러니 죽지 말고 꼭 살아다오."

서리가 소금물을 가지고 오자 침으로 찔러 짜낸 곳을 소금물로 잘 씻어주었다.

초상을 끝내고 마의가 돌아오려면 아직 이틀이 더 남았다. 나라에 말이 충분치 않았기 때문에 병든 말은 어떻게든 꼭 살려내도록 하는 것이 금군의 방침이었다. 당번을 서지 않아도 좋으니 마의가 돌아오기 전까지 백광현이 말을 보살피고 있으라는 별장의 명이 떨어졌다.

이틀 후 마의가 돌아왔을 때 녀석은 반 이상 생기가 돌아온 상태였다. 백광현의 첫 환자, 죽이는 칼이 아닌 살리는 칼로 그가 치료한 첫 환자, 그 생명이 살아난 것이다. 침으로 환부를 찌를 때의 그 느낌, 뜨거운 피부를 뚫고 침이 들어가던 그 느낌이 며칠이 지나도록 손끝에서 사라지지 않았다. 백광현은 자신의 칼로 죽어가던 생명을 살렸다는 흥분에서 깨어날 수가 없었다.

'이런 것이구나. 이것이 칼로 살리는 것이구나.'

이 일 이후로 온 금군에 소문이 돌았다. 말에서 떨어져 죽었다가 다시 살아온 사람이 용한 의원이 되어서 다 죽어가던 말을 살려내었노라고. 이후로 말이 병에 걸리면 꼭 백광현에게 보이게 되었다.

백광현은 이런 소문이 싫지 않았다. 과장된 면이 없지는 않았으나 그 소문 덕에 병든 생명을 더 많이 살펴볼 수 있었으니. 전에는 침을 만들어놓고도 쓰지 않고 그저 구경만 했다. 그러나 죽어가던 말을 살려준 이후로는 자연스럽게 백광현이 침을 놓게 되었다. 자신이 만든 침을 놓아서 병든 말이 되살아날 때마다 가슴속에서 잔잔한 울림이 퍼졌다. 말도 하나의 생명이거늘 아픈 말을 살려주는 것 또한 의원이 되려는 사람이라면 할 수 있는 일이 아니겠는가.

그렇게 세월이 지나고 경험이 쌓일수록 눈빛으로 주고받는 말과의 교감도, 침을 다루는 솜씨도 점점 깊어져 갔다.

실수 失手

죽일 수도

있다

금군의 말이 병들면 불려가 고쳐주는 것이 백광현이 비번일 때
하는 일이 되었다. 때로는 궁궐을 호위 중일 때도 다른 군사를 불
러 교대시킨 후 불려갔다. 심지어는 왕이 타는 말을 관장하는 관
청인 사복시(司僕寺)의 말이 아플 때 불려가기도 했다. 이제는 그
가 기병인지 마의인지 헷갈릴 정도였다.

어지간한 병은 이제 백광현의 손에 싹 나았다. 병 고침의 환희
에 빠진 그의 손길은 거칠 것이 없어 보였다. 시간이 지날수록 경
험과 숙련은 쌓여갔고 치료한 말이 늘어날수록 백광현의 가슴은
희열로 가득 차올랐다. 머리를 다쳐서 정신이 이상해졌다는 소문
은 아침 햇살에 새벽이슬 사라지듯 완전히 사라져버렸다.

간혹 말을 살리지 못할 때도 있었다. 심하게 병든 말은 아무리 붙잡고 낑낑대도 결국 못 고치고 손을 놔야 하는 경우도 있었다. 아픈 말을 치료하지 못해 그만 저승길로 보낼 때에는 시체를 그냥 내보내지 않고 꼭 환부를 열어 확인해보았다. 침을 잘못 찌른 것인지, 너무 깊게 찌른 것인지, 너무 얕게 찌른 것인지, 혹은 너무 늦게 찌른 것인지 확인하지 않고서는 말을 고치지 못했다는 분이 풀리질 않았다.

이제는 말의 뱃속에 무엇이 들었는지, 뼈와 골격이 어떻게 붙어 있고 어떻게 이어져 있는지 훤히 보일 정도가 되었다. 하지만 그럴수록 가슴 한편에서 갈증이 일었다.

'이제 사람을 치료하고 싶다.'

그가 처음 세웠던 뜻, 살인지검을 버리고 활인지검을 잡겠다고 했던 그 뜻, 질병에 고통받는 이를 구하고 싶다던 그 뜻, 바로 사람을 치료하는 일을 하고 싶었다.

'지금까지 말을 치료하는 데 썼던 침술을 사람에게 써보면 어떨까?'

스승의 집에서 지낼 때도 그저 보고 배우기만 했지 직접 침을 잡고 사람에게 침술을 행한 적은 없었다. 김우가 허락하지도 않았고 자신도 섣부른 행동은 하고 싶지 않았다. 그런데 이제 말을 치료하는 것에 자신도 생겼고 김우에게서 받아온 의서도 머릿속에 인두질로 글자를 새기듯 달달 외웠다.

'이제는 사람의 병을 치료하고 싶다.'

말을 치료하는 쾌감이 늘어갈수록 사람을 치료하고 싶다는 갈증도 바짝바짝 타오르고 있었다.

❧

"아들이 배가 아파서 며칠째 누워 있다고 하던데 좀 괜찮소?"

"아뇨, 도대체 무슨 일인지 며칠째 배가 아프다고 방 안에서 꼼짝을 못 하네요. 낫겠지 하고 기다려봐도 점점 더 아파하면서 식은땀만 뻘뻘 흘리고요. 쑤어 먹을 피죽 한 그릇 없는 살림이라 약 쓸 돈도 없고……."

마당에서 어머니와 이웃집 여인이 나누는 대화가 방까지 들렸다. 백광현은 누가 아프다는 얘기에 귀를 쫑긋 기울였다.

"그렇다고 의원도 안 부르고 그렇게 보고만 있어서야 되겠소? 약값은 나중에 치르더라도 일단 아픈 사람은 낫게 해봐야지."

"굶어 죽으나 병들어 아파 죽으나 죽는 건 매한가지 아닌가요. 저 녀석 약값 치르고 나면 남은 아이들이 다 굶어 죽어요. 그래서 이러지도 저러지도 못 하고 발만 동동 구르고 있어요. 가난한 집에 태어나 아파도 치료 한번 제대로 못 받고, 다 부모 잘못 만난 죄 아니겠어요?"

그때 방문이 열리면서 백광현이 밖으로 나왔다.

"아주머니, 괜찮으시다면 제가 댁으로 가서 아픈 아이를 한번 살펴보고 싶습니다만. 허락해주시겠습니까?"

생각지도 못한 백광현의 말에 어머니도 이웃집 여인도 모두 놀랐다.

"이 댁 아드님이 의술도 배우셨나요?"

"하하, 짧지만 배워둔 바가 있습니다. 제가 침을 써서 말을 치료하는 일은 곧잘 해왔으니 허락하신다면 댁의 아드님을 살펴보고자 합니다만."

"하지만 찢어지게 가난한 살림이라 침 값을 드릴 수가 없는데……."

"치료비는 필요 없습니다. 제가 살펴보고 제 침술로 치료할 수 있는 병이면 도와드리고 그렇지 않다면 물러나겠습니다."

치료비는 필요 없다는 말에 이웃집 여인은 백광현을 자신의 집으로 인도했다. 다 죽어가는 아이인데 한번 보여주기라도 해보자 싶어서였다.

환자는 십 대 소년이었다. 없는 살림에 끼니도 제대로 못 먹었는지 깡마른 몸의 여린 체구였다. 갑자기 배가 아프다고 한 지는 이미 사흘째였고 낫기는커녕 복통이 점점 심해지고 있다고 한다.

말도 제대로 뱉어내기 힘들 정도로 고통에 겨워하고 있었고 무릎을 굽히고 바닥에 엎드린 채로 땀을 뻘뻘 흘리고 있었다.

백광현은 찬찬히 소년을 살펴보았다. 살갗은 뼈에 바짝 붙어서 기름기라곤 없는 마른 팔다리였다. 얼굴빛은 누렇게 떠 있었고, 고통을 참기 힘든 듯 연신 신음소리를 뱉어내고 있었다. 조심스럽게 저고리 속으로 손을 넣어 배를 살살 만져보았다. 백광현의 손이 닿자 소년은 소스라치게 놀랐다. 복부 한쪽에서는 얇은 뱃가죽 아래 불룩한 것이 잡혔고 그 속에 무엇이 들었는지 뜨거운 기운이 느껴졌다. 그리고 그 아래 물이 흐르는 듯한 물컹한 느낌. 백광현은 머릿속에서 그동안 외웠던 의서의 내용을 끄집어냈다.

관원(關元) 혈은 소장에 속하고 천추(天樞) 혈은 대장에 속하며 단전(丹田) 혈은 삼초에 속하는데 이 부위의 살이 약간 불룩해지는 것은 옹(癰)이 되려는 것이다.

과연 소년의 오른쪽 천추 혈은 불룩하게 솟아 있었다.

'그렇다면 이 소년의 병은 대장에 생긴 옹, 즉 장옹(腸癰 l 급성 충수염)인가?'

백광현은 또다시 의서의 내용을 떠올렸다.

장옹 때에는 아랫배가 붓는데 세게 누르면 아프고 소변이 방울 방울 나오며 땀이 나면서 열이 나다가 오한이 나고 피부가 고기 비늘처럼 거칠어지고 뱃가죽이 팽팽해져 부은 것같이 된다.

백광현은 소년의 뱃가죽을 손끝으로 더듬었다. 뜨거운 열기가 느껴지는 천추 혈 부위의 피부에서 또렷이 고기비늘을 만지는 듯한 거친 느낌이 전해져 왔다.

"혹시 이 아이가 배가 아프기 시작한 이후 소변을 제대로 보지 못하고 방울방울 겨우 보았습니까?"

백광현은 소년의 어미에게 물었다. 어미는 그랬노라 고개를 끄덕였다. 백광현은 다음 구절을 떠올렸다.

장옹은 오른쪽 다리를 굽히고 펴질 못하며 배가 당기고 점점 부어 누르면 매우 아프고 대변이 시원하게 나오지 않는다. 만약 대변으로 피고름이 쏟아진다면 나을 수 있다.

백광현은 천추 혈 부위를 손으로 눌러보았다. 소년이 자지러지게 비명을 터뜨렸다. 다시 소년의 어미에게 물었다.

"배가 아픈 이후 대변을 본 적이 있습니까?"

"웬걸요. 배가 아프다며 저렇게 뒹굴기 시작한 이후로 단 한 번도 변을 보지 못했지요. 그래서 저것이 배에 똥이 차서 저리 아픈가 보다 생각하고 있었어요."

'단 한 번도 대변을 보지 못했다…….'

백광현은 그 다음 구절을 끄집어냈다.

맥이 느리면서 꼬아놓은 새끼줄처럼 팽팽하다면 이는 아직 장 속에서 고름이 만들어지지 않은 것이고, 맥이 빠르고 태풍이 치는 바다의 파도처럼 미친 듯이 넘실댄다면 이는 이미 고름이 생긴 것이다.

백광현은 소년의 맥을 짚었다. 과연 그의 맥은 태풍이 치는 바다의 포효하는 파도처럼 빠르게 몰아치고 있었다.

'장 속에 이미 고름이 생긴 것이다. 그렇다면 그 다음은?'

만약 배가 빵빵한 것이 오래되어 뱃가죽이 팽팽해지면서 당기고 몸을 돌아누울 때 물소리가 난다면 이는 고름이 뱃가죽 아래에 쌓이고 있는 것이다. 뱃가죽 가장 부어오른 곳의 살갗에서 고름이 살을 뚫고 터지려는 징조인 창두(瘡頭)가 보인다면 급히 침을 써야 한다.

백광현은 소년의 저고리를 열어젖혔다. 오른쪽 천추 혈에서 또렷이 보이는 붉은색의 동그라미 속에 노란 점을 찍은 듯한 선명한 창두!

'고름이 터져 뱃가죽 아래에 쌓인 것이다. 진작 치료해야 했으나 시일을 끌면서 장 속의 고름이 뱃속으로 퍼져버렸음이 분명하다. 지금 당장 침을 써야 한다!'

백광현은 소년의 어미에게 말했다.

"장이 곪았습니다. 지금 침으로 뱃가죽 아래의 고름을 터뜨리지 않으면 위험한 지경에 이를 수도 있습니다."

백광현의 말에 어미는 그저 살려 달라 했다. 백광현은 침통의 침을 펼쳐놓고 그중 가장 길고 넓적한 침을 쥐었다.

'나의 첫 환자다.'

무수히 많은 말에게 침을 놓았던 그였다. 하지만 지금 이 순간 백광현의 머릿속은 태풍이 몰아치는 바다의 성난 파도처럼 포효하고 있었다. 마치 지금 이 소년의 맥처럼.

'사람으로는 나의 첫 번째 환자다. 꼭 살려야 한다. 말에게 하던 것처럼 천천히 침착하게 하자.'

침을 쥔 손을 소년에게 가까이 가져갔다. 어미에게 아이를 꼭 잡으라고 일러둔 후 창두를 힘껏 찔렀다. 며칠 동안 곪아서 뱃가죽 아래 쌓여 있던 피고름이 출구가 뚫리자 콸콸 쏟아져 나오기 시작했다. 그렇게 한참 동안 피와 고름이 뒤섞여 나왔다.

그런데 고름이 어지간히 나온 듯한데도 이상하게 피가 그치질 않았다. 본디 침으로 환부를 쨀 후에 고름이 충분히 나오면 더 이상 뽑아내려 해도 나오질 않는다. 그런데 지금 이 소년은 이미 고름이 다 나왔거늘 피가 그치질 않았고 부어 있던 배도 가라앉질 않았다. 어찌된 일인지 아들이 피를 계속 흘리고 의식마저 혼미해지자 어미는 사색이 되었다.

"혹시 시술이 잘못된 것이 아닌가요? 왜 이렇게 계속 피를 흘리는 거죠?"

백광현은 당황스러웠다.

'분명히 가장 곪은 곳을 제대로 찔렀다. 그런데 왜 이렇게 출혈이 과도한 것인가?'

태풍이 몰아치는 바다의 성난 파도 같던 맥은 점차 힘이 빠지면서 미약해져 갔고 아이의 손에서는 냉기가 느껴지기 시작했다. 몇 시간 후 소년은 과다출혈로 사망하고 말았다.

☾

'소년이 죽었다. 나의 첫 환자가 죽어버렸다. 내가 죽인 것이다. 사람에게 쓴 나의 첫 검은 활인지검이 아니라 살인지검이 되

어버렸다.'

얼굴을 때리는 바람이 마치 자신을 질책하는 채찍처럼 느껴졌다. 머릿속이 하얬다. 어디로 가는 줄도 모른 채 미친 듯이 달렸다. 길도 사람도 아무것도 보이지 않았다. 그래도 계속 걷고 달리고 넘어지고 다시 일어나 달렸다. 그렇게 달리다 보니 밤이 되었고 어느 집 처마 밑에서 뜬눈으로 지새우다 날이 밝자 다시 어디론가 걸었다.

'내가 사람을 죽였다. 내가 아니었으면 그 소년은 살 수 있었을지도 모른다.'

때마침 비가 내리기 시작했다. 두 뺨에 흘러내리는 빗물이 죽은 소년의 핏물처럼 느껴졌다. 빗물인지 핏물인지 눈물인지 모를 뜨거운 것이 끝없이 흘러내렸다.

❛

"의원님, 얼른 밖에 나와 보셔요."

사환 아이는 놀라 김우를 불렀다. 밖으로 나온 김우는 처참한 몰골을 한 백광현이 마당 한편에 넋 나간 표정으로 서 있는 것을 발견했다. 상투는 이미 흐트러져 있었고 저고리 옷고름은 풀어헤쳐진 데다 버선은 간밤 빗속에서 어디를 돌아다녔는지 진흙투

성이였다. 흐트러진 상투에 흘러내린 머리카락이 꼭 망나니 같았다.

"아니, 저놈 몰골이 저게 뭐냐?"

그제야 백광현의 귀에 낯익은 김우의 목소리가 들렸다. 주위를 둘러보고는 어느덧 자신이 김우의 집에 와 있다는 것을 깨달았다. 마음이 이끈 것인지 몸이 이끈 것인지 김우의 집에 자신도 모르게 찾아온 것이다.

"스승님."

"그래, 이놈아. 기별도 없이 이런 몰골로 여긴 어찌 온 것이냐?"

"스승님."

"저 미친 놈 좀 보게. 어디서 망나니 꼴을 하고서는 이리 불쑥 나타난 게야?"

"……."

"오호라, 내 알겠다. 네 이놈, 침 들고 설쳐대다 사람 잡았구나. 그렇지?"

"……."

"그럼 그렇지. 그렇지 않고서야 저런 몰골로 여길 찾아올 리가 없지. 순아! 보아하니 저놈이 한 사흘은 밥도 못 먹고 저 꼴로 돌아다닌 듯하니 갈아입을 옷이랑 밥 한 끼 차려주어라."

사환 아이가 차려준 밥상을 받고 보니 허기가 요동을 쳤다. 사람을 죽여 놓고도 배가 고프다니 인간이란 미물은 참 간사하다 싶으면서도 허겁지겁 밥공기를 비우기 바빴다.

밥을 먹자마자 그 자리에서 쓰러져 한나절은 잠이 든 것 같았다. 깨어나 보니 해가 뉘엿뉘엿 서산을 넘어가고 있었다.

"그래, 얘기를 해봐라. 얼마나 설쳐댔기에 사람을 죽이고 이리 삼십육계 도망을 친 것이냐?"

"그 아이가 왜 죽었는지 모르겠습니다. 전 분명히 정확히 진맥했고 정확히 환부를 찔렀습니다. 그런데 피가, 피가 그치지 않았습니다."

"흠."

"그 아이는 장이 곪고 뱃속도 곪아 침을 써서 고름을 빼주지 않으면 어찌 될지 모르는 다급한 상황이었습니다. 제가 보기엔 분명히 다급한 상황이라 침을 썼는데……."

"그래, 사람을 죽여 놓고 보니 기분이 어떠냐? 사람 죽였다고 이렇게 줄행랑을 치는 놈이 어디 의원 노릇을 제대로 하겠느냐?"

"제가 죽이려고 한 것이 아니질 않습니까? 저는 그저 최선을 다했을 뿐……."

"의원이 이런 것인 줄도 모르고 덤볐던 것이냐? 의원이면 다 살리기만 할 줄 알았더냐? 때로는 죽일 수도 있다는 것을 몰랐더냐?"

순간 백광현은 말문이 막혔다. 죽이는 칼만 있는 게 아니라 살리는 칼도 있다는 걸 알고 기꺼이 그 길로 뛰어들고자 했다. 그런데 자신이 든 칼이 그만 사람을 죽이고 만 것이다. 말들은 살렸지만 첫 사람 환자는 죽이고 만 것이다. 자신의 칼 때문에.

"자고로 침이란 피부에 도달하면 십이경락의 흐름을 조절할 수 있는 것이고 살갗 속에 도달하면 나쁜 독기를 헤칠 수 있는 것이야. 하지만 그것이 막을 뚫고 오장육부에까지 들어가게 되면 사람을 죽이는 흉기가 되는 것이지. 그렇다면 이 침이란 것이 백정의 칼과 다를 게 무엇이란 말이냐!"

"……"

"무관인 네가 사람을 살리는 일을 하고자 의업에 뜻을 둔 것은 참으로 가상하다. 하지만 칼로 사람을 살린다는 것에 도취해 칼을 써야 할 곳과 쓰지 말아야 할 곳, 그리고 얕게 찔러야 할 곳과 깊이 찔러야 할 곳을 구분하지 못하고 마구 설쳐댄다면 무관이 칼을 들고 사람을 죽이는 것과 의원이 침을 들고 사람을 죽이는 것이 뭐가 다르겠느냐?"

"……"

"게다가 사람을 죽였으면 부모에게 진정으로 사과하고 그 뒤처리를 해야지 이렇게 도망을 쳐? 그러고도 무슨 사람 목숨을 다루는 의원이 되겠다고!"

"너무 두려워 저도 모르게 그만……."

한동안 방안에는 침묵이 흘렀다. 갑자기 궁금증이 백광현의 머리를 스쳤다.

"스승님, 외람되나 스승님께서도 혹시 사람을 죽인 적이 있으셨는지요?"

뜻밖의 질문에 김우의 눈빛은 방문 밖을 향했다. 그리고 사환 아이를 불렀다.

"순아!"

"예, 의원님."

사환 아이가 방 안으로 뛰어 들어왔다.

"약을 달일 물이 아무래도 부족할 듯싶구나. 가서 길어오너라."

"예."

사환 아이가 대문 밖을 나서는 소리가 들린 후에야 김우는 입을 열었다.

"나는 무수히 살리기도 했지만 무수히 죽이기도 했지. 무수히 죽인 것이 있었기에 무수히 살릴 수도 있었던 게야. 환자를 살리다 보면 자만하는 마음이 생기지. 그 자만심이야말로 의원에겐 독이라네. 그 자만의 독이 내 안에 가득 차 있었을 때 나는 저 아이의 어미를 만났지.

그 어미는 열이 펄펄 끓으며 죽어가고 있었어. 나는 내 신묘한 의술로 살릴 수 있다고 생각하여 덤볐지. 하지만 자만심이 가득 차면 눈이 머는 법. 나의 오판이 결국 전쟁통에 아비를 여의고 홀어미 밑에서 자라던 아이를 고아로 만들어버렸지. 내 실수로 죽어버린 어미의 주검 옆에서 나는 맹세했다네. 내가 당신의 아이를 고아로 만들었으니 내가 거두어 키우겠다고."

"그러셨군요."

"의술이란 그런 것이야. 자신의 손끝에 한 사람의 목숨이 걸려 있고 인생이 걸려 있지. 모름지기 의원이라면 그 무거운 책임을 짊어지고 가야 하는 것이고. 그러니 똑똑히 알아둬야 해. 살리기만 하는 게 아니라 죽일 수도 있어. 하지만 설사 죽였다 하더라도 그 맷돌과도 같은 무거운 자책감을 이겨내야 다음 환자를 살릴 수 있는 게야. 자신이 없다면 여기서 멈추게. 아무도 네게 의원이 되라고 하지 않았으니. 네 스스로 선택한 게 아니더냐? 그러니 관두더라도 아무도 탓하지 않을 게야."

"……."

"허나 그렇게 된다면 네 손에 죽은 그 아이는 네 객기에 개죽음 당한 꼴이 되겠지. 선택은 네 몫이야. 객기 한번 신나게 부리고 여기서 다 때려치우겠느냐, 아니면 이겨내고 사람을 살리는 의원이 되겠느냐?"

백광현의 가슴 속에서는 이미 대답이 울리고 있었다.

'여기서 멈출 수는 없다. 나는 꼭 나의 활인지검을 이뤄낼 것이다.'

6

"오호라, 저 백정 놈이 돌아왔구나. 내 자식 죽인 저 백정 놈이 제 발로 돌아왔어. 야, 이놈아! 너 어디 내 손에 죽어봐라."

아들이 죽자마자 어디론가 사라져버렸던 백광현이 며칠 만에 제 발로 나타나자 소년의 아비가 달려들어 멱살을 잡고 흔들었다.

"네가 내 아들을 죽여? 그래 놓고 도망을 쳐? 네가 어떻게 내 새끼를 죽이냐고, 네가 어떻게!"

백광현이 도망친 사이 소년의 아비는 수차례 백광현의 집을 찾아와 이 집 아들이 내 자식 배를 갈라 죽여놓고는 도망쳤노라, 어디 숨겨놓았느냐, 당장 관아에 가서 고발하겠노라며 어머니와 아내의 머리채와 멱살을 번갈아 잡고 흔들어댔다. 아직 원망과 분노가 가라앉지 않은 상황에서 백광현이 나타나자 득달같이 달려들어 그의 멱살을 거머쥔 것이다.

백광현은 소년의 부모 앞에서 무릎을 꿇고 진심으로 용서를 빌었다. 자신은 살리고 싶었노라고. 살리고 싶었는데 그만 죽이고 말았노라고. 부디 자신의 실수를 용서해 달라고 진심으로 빌었다. 무릎 꿇은 백광현 앞에서 소년의 부모는 한참 동안 서러운 울음을 토해냈다.

"부디 용서해주십시오. 의원이 아무리 살리고 싶은 마음으로 치료했다고는 하나 사람인지라 뜻하지 않았던 실수가 따를 수도 있음을 이번에 크게 배웠습니다. 용서해주신다면 더욱 의술에 정진하여 환자의 귀천이나 빈부에 상관없이 온 마음과 의술을 다하여 치료하는 그런 의원이 되고자 합니다. 부디 저의 실수를 용서해주십시오."

울다가 백광현에게 달려들어 땅바닥에 패대기치고, 또 울다가 달려들어 백광현에게 발길질을 퍼붓고, 그렇게 분노와 슬픔을 토해내고 또 토해내기를 한나절, 그 모든 원망과 비난을 묵묵히 받아내는 백광현의 모습을 보고서 그의 진심 어린 마음이 느껴졌는지 소년의 아비는 누그러진 말투로 말했다.

"됐소, 이제 그만 돌아가쇼. 어차피 없는 살림에 피죽도 제대로 못 먹이며 키운 아이였소. 어디가 아프다고 한들 의원 구경시켜 주는 건 우리 형편에 꿈도 못 꿀 일이었지. 저 죽기 전에 그래도 의원한테 진맥이라도 받아보고 침이라도 맞게 했으니 그걸로 되었소. 제 명줄이 그것밖에 안 되는 걸 어떡하겠소. 그만 돌아가시오."

돌아가라는 부모 앞에 백광현은 한 가지 청을 했다.

"죄송하고 외람되지만 죽은 아이의 시체를 살펴볼 수 있게 해주십시오. 제 침술이 무엇이 잘못되었는지 살펴보고 싶어서 그럽니다. 그래야 다음번에는 똑같은 환자를 만나면 살릴 수 있지 않겠습니까? 그것이 제가 두 분에게 드릴 수 있는 진정한 사죄라고 봅니다."

생각지도 못한 백광현의 말에 소년의 부모는 잠시 말을 잇지 못했다. 어렵게 허락을 얻어 백광현은 소년에게 침을 놓았던 방을 다시 찾았다. 방에는 소년의 시체가 아직 염습도 안 한 채 멍석에 말려 있었다.

시체를 찬찬히 살펴보았다. 자신이 침으로 절개한 부위를 벌려 뱃속에 손가락을 넣어 만져보았다. 절개 부위 아래에 장부를 둘러싼 막을 젖히고 장을 더듬어보던 중 손길이 멈칫했다.

'장이 잘려 있다!'

침이 그만 막을 뚫고 들어가 장을 잘라버렸던 것이다. 말에게 침을 놓을 때와 똑같은 손목 힘을 사람에게 쓴 것이다. 본디 말의 가죽은 인간의 피부보다 두꺼워 말에게 쓰는 침은 사람에게 쓰는 침보다 훨씬 크다. 그리고 침을 찌를 때도 있는 힘껏 찔러야 한다. 그런데 이 환자는 제대로 먹지 못해 바짝 마른 환자였다. 그런 환자에게 말에게 침을 놓던 힘으로 찔렀으니 그만 막을 뚫고 장에까지 침이 들어갔던 것이다.

'내가 말을 치료하던 것에 도취해 큰 실수를 했구나. 팔다리도 아니고 장부가 있는 배에 침을 놓는 것이었는데 내가 그만 과도하게 찌른 것이었어.'

백광현은 다시는 똑같은 실수를 반복하지 않으리라 결심했다. 불은 사람에게 이롭지만 큰 화재가 되면 모든 것을 태워버리고, 물도 사람에게 이롭지만 큰 홍수가 되면 모든 것을 휩쓸어버리듯 칼이 사람에게 이로운 것이 되려면 그것을 사용하는 자가 그 쓰임을 잘 지켜야 한다는 것을 가슴 깊이 새겼다.

해부 解剖

눈을 뜨기

위해

백광현은 또다시 딴 사람이 된 듯 하루 종일 멍하니 벽만 쳐다보고 있었다. 금군에서 말을 잘 치료하기로 소문이 자자하다는 것은 어머니와 아내도 알고 있었다. 그런데 처음으로 사람을 치료하다 그만 뜻하지 않은 일이 생기자 행여 이 일로 관아에 고발이라도 당하면 어쩌나, 죽은 소년의 집에서 해코지라도 하면 어쩌나 하고 어머니와 아내는 매일같이 마음을 졸였다. 다행히 사건은 잘 마무리되었지만 백광현이 방 안에 틀어박혀 벽만 쳐다보고 있으니 어머니와 아내는 애간장이 타들어갔다.

홀로 면벽하고 있는 백광현의 머릿속에서는 태풍이 몰아치고 천둥과 벼락이 치고 화산이 폭발하고 있었다.

'다시는 실수하지 말자. 그러려면 일단 사람 몸을 알아야 한다. 사람의 육신을 알아야 한다.'

사람을 고치려는 자가 사람의 몸을 알지 못하면 어떻게 침을 놓고 살갗을 가르겠는가? 백광현의 머릿속에는 온통 그 생각뿐이었다.

'사람의 육신을 어떻게 알 것인가? 겉으로 보이는 피부 아래에 십이경락이 흐르고 혈맥이 흐르며 뼈와 뼈가 만나 관절을 이루는 그 육신을 어떻게 열어본단 말인가? 오장육부가 어떤 모양으로 어떻게 혈맥과 만나 어떻게 생명을 영위하는지 어찌 알아낸단 말인가?'

사람의 몸이 어떻게 생겼는지 알아야 한 푼을 찌를 것인지, 한 치를 찌를 것인지 알 수 있을 것이다. 의서로만 보았던, 글로만 읽었던, 머릿속에서만 그려보았던 사람의 몸을 직접 보고 만지고 싶었다.

'사람의 오장육부, 그 오장육부도 병이 든다. 겉으로 보이는 살갗만 병드는 것이 아니라 오장육부도 썩고 곪는다. 살갗이 썩고 곪으면 바로 알 수 있지만 뱃속의 오장육부가 썩고 곪는다면 그것을 어떻게 알 수 있을 것인가?'

말도 병들면 평소와 다른 자세와 행동을 보인다. 사람도 병들면 그 병에 따라 겉으로 보이는 징조가 있다. 이는 의서에도 나와 있다.

　　간이 곪아서 병들면 오른쪽 갈비뼈 아래가 은은히 아프고 손으로 누르면 소스라치게 아파하며 입맛이 없고 사람의 얼굴이 검푸르게 변하다가 열이 심하게 뜰 때에는 누렇게 변한다. 폐가 곪아서 병들면 항시 가슴을 답답해하면서 기침을 하는데 그 기침 소리가 고뿔 걸린 사람의 기침 소리와는 분명 차이가 있으며 가슴 부위를 손으로 누르면 고름이 찬 곳이 아프고 환자의 얼굴이 허옇게 뜨게 된다. 신장이 곪아서 병들면 처음에는 허리가 아픈데 그냥 삐끗해서 아픈 것인가 하고 무심코 지나치다가 갑자기 열이 나면서 허리 통증이 더욱 심해진다. 밥통이 곪아서 병들면 늘 소화가 안 되고 속이 더부룩한데 시간이 더 지나면 명치 부위에서 볼록하니 손에 잡히는 것이 생기고 음식을 먹으면 구토가 생겨 제대로 먹지 못하여 점점 말라가며 환자의 피부가 물고기 비늘마냥 거칠거칠해진다.

　　의서에서 외워둔 이 내용은 한낱 글에 불과했다. 그런 환자를 본 적이 없었기에 그것은 가슴속에 새겨진 경험이 아니라 머릿속의 글귀일 뿐이었다. 그는 이 글귀를 경험하고 싶었다. 이 글귀에 생명을 불어넣고 싶었다.

며칠을 방 안에 틀어박혀 한마디 말도 없이 지내던 아들이 드디어 방문을 열고 나왔다. 이제 안 좋은 일을 떨쳐내는 것인가 싶어 어머니는 조심스레 아들의 표정을 살폈다.

　"어머니, 드릴 말씀이 있습니다."

　"그래, 광현아. 이제 안 좋았던 일은 다 잊어라. 그 아이도 좋은 곳으로 갔을 것이다."

　"예, 어머니. 저보다도 어머니께서 마음고생이 크셨을 텐데, 죄송합니다."

　"아니다. 나는 너만 잘되면 된다. 그래, 할 얘기란 무엇이냐?"

　"금군을 그만두고자 합니다."

　그 말 속에서 어머니와 아내는 뭔가 단호한 결심을 느낄 수 있었다.

　"금군을 그만두고 이제는 온전히 의업에만 몰두하고자 합니다. 제가 금군에 몸을 담고 있어야 녹봉이 나온다는 것은 잘 압니다. 하지만 저는 이미 무관의 길을 떠나 의원의 길을 가기로 결심한 지 오래입니다. 그런 제가 금군에 몸을 담고 있으면 의업에 온전히 정진할 수 없기에 비록 가족들에게 끼니 걱정을 끼친다 하더라도 금군을 그만두고 사람을 살리는 제대로 된 의원이 되고자 하니 부디 허락하여주십시오."

　며칠 동안 혼자 생각하면서 둘 중 하나는 버리리라 짐작은 하고 있었다. 의업을 버리고 다시 무관으로 돌아가든가, 아니면 무관을 버리고 온전히 의업의 길로 걸어가든가. 선택은 온전히 아들에게 맡길 생각이었다.

"그래, 네 뜻대로 하여라. 나는 너의 뜻을 따를 것이다. 너는 어려서부터 하겠다고 한 것은 중도에 포기한 적이 없었다. 한번 빠지면 온전히 그것을 익혀야 직성이 풀렸지. 말을 타는 것도 그랬고 활쏘기도 그랬고. 이제 사람 살리는 일을 하겠다고 결심했다면 그 일을 하여라. 다만 그 일이 보통의 정진으로 이뤄질 일이 아닌 것 같기에 걱정이구나. 집안 살림은 걱정할 것 없다. 내가 삯바느질을 해서라도 식구들 밥은 굶기지 않을 테니."

"서방님 뜻이 그러하시다면 저도 따를 것입니다. 살림 걱정일랑 하지 마세요."

"감사합니다, 어머니. 그리고 미안하오, 부인. 내게 주어진 길이 의업의 길인 것 같소. 내 적어도 부끄럽지는 않은 사람이 되겠소."

백광현은 이제 무관의 길을 벗어나 온전히 의인의 길로 들어섰다.

☾

"누구 없소? 아무도 없소?"

"예, 갑니다."

푸줏간의 피비린내가 코를 찔렀다. 여기저기 걸린 고기 덩어리와 쓸개와 곱창과 뼈들이 눈에 들어왔다.

"무슨 고기가 필요하십니까요?"

푸줏간 백정 도개는 말쑥한 차림의 백광현을 보고 눈을 끔뻑이고 있었다.

"고기는 필요 없고, 혹시 푸줏간에서 일할 사람이 필요하지 않나 해서 왔네."

"예? 천하디천한 백정 놈의 푸줏간에서 일을 하신다굽쇼?"

"그렇다네. 내가 이래 봬도 칼 쓰는 솜씨 하나는 쓸 만하다네. 여기 잠시 머물면서 자네가 도축하는 것을 도와주고자 하는데, 혹시 그래도 되겠나?"

백정 생활 20년에 이런 일은 처음이었다. 말쑥한 차림의 양반네가 푸줏간에 찾아와 도축하는 일을 하겠다니, 정신이 이상한 사람이 아닌가 싶었다.

"뉘신지 모르겠으나 이런 곳에서 백정 일을 하시다가 다른 사람이라도 보게 되면 괜히 저만 치도곤당할 것입니다. 그러니 이상한 말씀일랑 거두어주십시오."

"하하, 누가 자네를 치도곤한단 말인가? 내가 내 발로 찾아왔는데. 내 다른 뜻이 있어서가 아니라 짐승의 내장을 들여다보기 위해서 그러는 것이니 정 곤란하면 그냥 옆에서 구경이라도 하게 해주게. 자네 일을 방해하지는 않을 테니."

생전 처음 겪는 일이라 어찌해야 할지 도개는 망설이고 있었다. 그 사이 백광현은 허락이 떨어진 양 푸줏간으로 밀고 들어왔다.

"치도곤당할까 걱정되면 내게 자네가 입던 옷 한 벌 주게. 백정 옷을 입고 있으면 누가 알아보겠나?"

"아이고, 그게 무슨 말씀이십니까? 그게 더 큰일 날 일입지요."

"하하, 그럼 허락한 것으로 알고 내 여기 잠시 머물도록 하겠네. 실은 내가 의원인데 의술을 공부하고자 여기까지 찾아온 것이라네."

"의술을 공부하신다굽쇼? 의술을 왜 푸줏간에서 공부하십니까? 약방에서 공부하셔야지요."

"사람의 몸을 고치려면 그 육신을 알아야 하지 않겠나. 하지만 사람의 몸을 열어볼 수는 없으니 대신 짐승의 몸을 열어보려는 것이지."

"아, 예……."

"암튼 당분간 신세 좀 지세."

소나 돼지를 도축하는 걸 보고 있기란 생각보다 훨씬 고역이었다. 도축하려는 소를 끌고 와서는 망치로 소의 미간 급소를 한 방에 때리면 소는 그 자리에서 기절한다. 그러면 목을 따서 피를 빼낸 뒤 껍질을 벗긴다. 그 다음 배를 갈라 위, 창자, 간, 허파, 심장, 지라 등의 내장을 모두 끄집어낸다. 소머리, 소꼬리, 사골, 등골을 발라내고 살코기를 발라내면 대강 도축이 끝난다.

도개가 소나 돼지의 내장을 끄집어내면 백광현이 냉큼 달려와 내장을 하나하나 유심히 관찰했다. 간은 속이 꽉 차 있고, 허파는 겉은 꽉 찬 듯 보이나 실제 속은 비어 있고, 심장은 속이 텅 빈 바가지가 여러 개 붙어 있는 것 같은 모양새임을 세세히 살폈다.

"여보게, 도개. 혹시 말일세, 가축들 내장이 곪아 있는 경우는 본 적 없었나?"

"왜 없겠습니까요? 소나 돼지가 이상한 것을 먹고 사람이 토사곽란 하는 것마냥 빌빌거릴 때가 있지요. 그런 놈을 나중에 도축하면 꼭 어딘가가 곪아 있습지요."

"그래?"

"저번에 도축했던 소는 간이 곪아서 속에 누런 고름이 가득 차 있었습지요. 또 어떤 소는 뱃속에 고름이 가득 차서 아주 애를 먹었고요. 겉으로 봐서는 간이 곪았는지 허파가 곪았는지 알 수가 없습니다요. 목을 따서 속을 열어봐야 알 수 있습지요."

"그래? 자네는 백정 일을 오래 했는데 내장이 곪은 소를 도축하기 전에 알 수 있는 방법을 모르는가?"

"아이고, 그걸 어떻게 알겠습니까요? 배를 째서 열어보기 전에는 알 수가 없는 노릇입니다요."

사람 몸속의 오장육부가 병들어 곪았을 때 뱃속을 열어보지 않고 이를 어떻게 알아낼 것인가? 바로 이것이 백광현이 이곳 푸줏간을 찾은 가장 큰 이유였다.

'답을 어떻게 찾아야 할까?'

도개가 도축하는 것을 지켜보면서 짐승의 내장은 충분히 보았다.

'병든 사람을 보아야 한다. 그래야 답을 찾을 수 있다.'

푸줏간에서 한동안 시간을 보낸 백광현은 도개에게 이제 그만 가보겠다며 그동안 고마웠노라 덕분에 잘 배우고 가노라 인사했다.

"아이고, 나리. 저 같은 놈에게 잘 배우다니요. 천부당만부당하신 말씀이십니다요."

"아닐세. 내 자네 덕분에 많은 것을 배우고 가네. 내 자네에게 신세를 크게 졌으니 혹시 내 도움이 필요한 일이 생기거든 언제든지 찾아오게."

"네네, 말씀만 들어도 고맙습니다요. 살펴 가십시오, 나리."

백광현은 마음 한편에 풀지 못한 의문을 남긴 채 집으로 향했다. 그리고 머릿속에 담아두었던 의서의 구절을 되뇌었다.

간이 곪아서 간옹의 병이 생기면 오른쪽 갈비뼈 아래가 은은히 아프고 손으로 누르면 소스라치게 아파하며 입맛이 없고 사람의 얼굴이 검푸르게 변하다가 열이 심하게 뜰 때에는 누렇게 변한다. 그 맥은 가늘게 가라앉고 곧게 쭉 뻗으며 빠르다.

'정말 그럴까? 간이 병들어 곪게 되면 정말 환자가 이렇게 될까?'

폐가 곪아서 병들면 항시 가슴을 답답해하면서 기침을 하는데 그 기침 소리가 고뿔 걸린 사람의 기침 소리와는 분명 차이가 있으며 가슴 부위를 손으로 누르면 고름이 찬 곳이 아프고 환자의 얼굴이 허옇게 뜨게 된다. 그 맥은 폐의 맥이 잡히는 부위인 촌부(寸部)에서 마치 구슬이 흘러가는 것과 같으며 빨리 뛴다. 만약 기침하면서 피고름이 섞인 가래를 뱉는데 맥이 파도가 포효하는 것과 같으면서도 그 속에서 구슬이 흘러가는 듯하다면 이는 치료하기 어렵다.

'정말 그럴까? 정말 폐가 곪으면 환자가 그렇게 될까?'
풀리지 않는 의문이 백광현의 머릿속에서 뭉게구름처럼 일어났다.

“계십니까? 아무도 안 계십니까?”

“누구요?”

“예, 저는 의원이온데 혹시 집에 아픈 사람이 있나 해서 왔습니다.”

“우리 집 아이가 황달에 걸려 며칠째 밥도 제대로 못 먹고 있기는 한데요.”

“그럼 제가 좀 살펴봐 드려도 될까요?”

“댁은 누구요? 성함이 어떻게 되시오?”

“저는 한양 서쪽 인달방에 사는 백광현이라고 합니다.”

“인달방 백광현이라…… 혹시 그 말이나 고치다가 사람한테 침 놔서 멀쩡한 목숨 앗아갔다는 자가 당신 아니오? 인달방에 사는 백아무개란 자에 대해 소문이 자자하던데?”

“그것은 피치 못할 실수였……”

“예끼, 이보쇼. 사람 죽여 놓고 실수라니! 한 명 죽였으면 됐지 또 누굴 죽이려고 이리 환자를 찾아다니는 게요. 썩 물러가쇼!”

소년이 죽고 나서 며칠간 방황하고 있을 때 동네에 소문이 퍼졌다. 소문이란, 특히 안 좋은 소문이란 바람보다 더 빨리 퍼지는 법이다. 게다가 금세 터무니없이 부풀려지기도 한다. 멀쩡하게 뛰어놀던 아이를 무단히 침으로 찔렀다는 등, 두 집안이 본디 원수지간이었는데 고쳐준답시고 일부러 죽였다는 등 말도 안 되게 불어난 소문은 바람을 타고 한양 땅에 퍼졌다.

사람을 살리는 의사가 되려면 환자를 많이 만져보고 느껴봐야만 한다. 그러기 위해 직접 한양 땅을 훑으며 집집마다 환자를 찾아다니기 시작했다. 그런데 인달방 백아무개란 얘기만 들으면 모두들 자신을 살인자 취급하니 적잖이 난감했다. 번번이 대문 앞에서 쫓겨나기 일쑤였다.

한참을 그렇게 돌아다니다가 어느 집 앞에 당도했다. 아담한 초가집이었고 문을 열고 나온 이는 글 읽는 유생으로 보였다.

"의원이시오?"

"예, 그렇습니다."

"내가 오랫동안 다리가 아프긴 한데……."

"제가 좀 살펴봐 드려도 되겠습니까?"

"자신 있소? 이미 여러 의원이 다녀갔지만 아무도 고치질 못했소."

"살펴보기만이라도 할 수 있도록 해주십시오."

"그럼 들어와 보시오."

유생의 환부는 허벅지 안쪽이었다. 겉으로 보이는 살갗은 약간 칙칙할 뿐 별다른 색깔 변화는 없었으나 자세히 보니 약간 부은

기가 있었다.

"이 허벅지가 아픈 지 벌써 몇 년이 지났소. 어떤 의원은 종기라 하고, 어떤 의원은 각기(脚氣ㅣ다리가 아픈 병, 관절염과 유사)라하고, 또 어떤 의원은 담종(痰腫ㅣ종양의 일종)이라 하며 치료했으나 모두 허사였다오."

백광현은 허벅지 안쪽을 눌러보았다. 유생이 비명을 질렀다. 유생이 소리를 지르건 말건 뼈에 닿을 때까지 허벅지를 더욱 세게 눌렀다. 딱딱하고 뻣뻣한 뭔가가 잡혔다. 종기인 듯하지만 손끝에서 느껴지는 것이 보통의 종기 상태와는 달랐다. 보통 종기는 물컹한 고름이 쌓이기 때문에 통증이 극심할 지경에 이르면 환부를 만졌을 때 말랑한 느낌이 든다. 하지만 이 유생의 허벅지는 통증이 극에 달해 있지만 환부가 물컹하기는커녕 오히려 딱딱한 결정체가 살갗 아래 쌓여 있는 느낌이었다.

백광현은 백정 도개의 푸줏간에서 소를 도축할 때가 생각났다. 흔하진 않지만 등뼈를 가를 때 간혹 혼자 뚝 떨어져 살 속에 박혀 있는 작은 뼛조각이 잡힐 때가 있었다.

'혹시 이것이?'

종기도 각기도 담종도 아니라면 혹시 떨어진 뼛조각은 아닐까싶었다.

'또 실수하면 안 된다. 다시 자세히 살피자.'

다시 허벅지의 환부를 누르고 환자의 맥을 짚고 환자의 다른 병세를 살폈으나 모두 정상이었다. 오직 허벅지에서 잡히는 딱딱하고 뻣뻣한 그 결정체만 문제일 뿐이었다.

'이것이 뼛조각이라면, 이것이 통증을 일으키는 이유라면 이를 제거해야 다리의 통증이 사라질 것이다.'

생각이 여기에 미치자 백광현은 유생에게 침을 써야 한다고 설명했다.

"이 허벅지 살갗 속의 딱딱한 물체가 통증의 원인입니다. 하여 이곳을 침으로 째서 허벅지 안에 박힌 것을 뽑아내야 합니다."

유생의 눈이 휘둥그레졌다.

"아니, 이보시게. 어떤 의원도 침으로 째야 한다고 말한 적은 없었소. 이 속에 뭐가 있다고 침으로 째야 한다는 말이오?"

"움직일 때마다 허벅지가 아프다고 하지 않았습니까? 그리고 허벅지 안쪽을 깊숙이 만져보면 분명 살 속에 박혀 있는 뭔가가 있습니다. 보통의 각기병이었다면 각기를 치료하는 약을 써서 벌써 나았겠지요. 이건 침으로 째서 살 속에 박힌 것을 뽑아내야만 합니다."

이미 도성 안의 유명한 의원은 다 불러 환부를 보였다. 이제 딱히 더 부를 의원도 없다. 그런데 이자는 여태껏 들어보지도 못한 이야기를 하는 게 아닌가? 유생은 한참을 고민하다 밑져야 본전이니 한번 맡겨보자고 결심했다.

백광현은 침통에서 침을 꺼내어 펼쳤다. 그 가운데서 조심스럽게 폭이 좁은 침을 집어 들었다.

'다행히 환부는 허벅지다. 저번처럼 배가 아니다. 긴장하지 말고 침착하게 하자.'

아무리 다리를 침으로 째는 것이지만 살갗을 길게 째면 나중에 살이 아물 때 시간이 많이 걸린다. 그래서 폭이 좁은 침을 집어든 것이다.

천천히 조심스럽게 그 딱딱한 것이 있는 곳을 향해 침을 찔렀다. 그러자 침 끝에서 느낌이 왔다.

'여기다! 딱딱한 이것!'

침을 뽑아내고 이번에는 끝이 갈고리 모양으로 생긴 침을 집어 들었다. 살갗 속으로 침을 넣고 그 딱딱한 것을 바닥에서부터 훑어 끄집어냈다.

'맞았어! 이것은 떨어져 나온 뼈가 오랫동안 살 속에서 썩은 사골(死骨)이야!'

허벅지에서 이상한 것을 끄집어내자 유생은 기겁했다.

"아니, 이것이 내 살 속에 있었단 말이오? 이 징그러운 것 때문에 내 다리가 그토록 아팠던 것이오?"

"그렇습니다. 연유는 알 수 없으나 뼈가 떨어져 나와 생긴 뼛조각이 이렇게 살 속에 오래 박혀 있어서 통증이 생겼던 것이지요. 이제 뽑아내었으니 침으로 짼 자리만 잘 아물면 됩니다."

"아니, 그대는 어디서 이런 의술을 배웠소? 나는 지금까지 살갗을 갈라 죽은 뼈를 끄집어낸다는 얘기는 들어본 적이 없소이다."

"아직 의술이 일천합니다."

침으로 짼 부위에 고약을 잘 발라주고 며칠 조리하자 유생의 통증은 말끔히 사라졌다. 유생은 지병이 있는 백부 집에 들러 좀 살펴봐줄 수 있겠느냐고 부탁했고 백광현은 흔쾌히 승낙했다.

유생을 고친 것을 계기로 사람에게 침을 놓는 것에도 자신감이 생겼다. 침을 어느 정도 깊이로 찔러야 할지, 침을 찌를 때 어느 정도로 힘을 줘야 할지 그 손끝의 감각에 자신감이 붙었다.

환자의 집을 찾아다니면 다닐수록 그의 경험도 점점 쌓여갔다. 병든 지 얼마 되지 않은 환자, 병의 뿌리가 깊은 환자, 약을 써야 할 환자, 침을 써야 할 환자, 뜸을 써야 할 환자 등 경험이 늘어날수록 그의 의술도 깊어져 갔다. 때로는 성공하기도 하고 때로는 실패하기도 했다. 하지만 그 모든 것이 가르침이 되어 그의 머릿속과 가슴속을 채워줬다.

간혹 치료에 시일이 걸리는 경우도 있었는데 그런 경우에는 환자의 집에 머물면서 치료했기에 병이 깊어가는 과정이나 나아가는 과정을 하루하루 세밀하게 관찰할 수 있었다. 또한 부인이나 아이의 병도 물어오는 경우가 많아 부인병과 소아병에 대한 경험도 차곡차곡 쌓여갔다. 사람의 몸과 병에 대해 그는 이렇게 온몸으로 체득해갔다.

이렇게 하기를 일 년이 지나고 이 년이 지나면서 차츰 그가 품었던 의문에 대한 해답도 찾을 수 있었다. 겉으로 드러나지 않은 채 몸속의 오장육부가 곪아버리면 나중에 병으로 나타나도 이미 손쓸 수 없게 되는데, 이를 조기에 진찰해낼 수 있는 방법은 무엇일지 환자 한 명 한 명의 낯빛을 살피고 맥을 짚고 환부를 만지면서 그 해답을 얻어가고 있었다. 의서에 쓰여 있는 글귀가 아닌 의사의 살아 있는 안목, 환자를 살필 줄 아는 살아 있는 지식을 키워가고 있었다. 그러기까지 몇 해를 넘기면서 백광현은 환자를 살피고 또 살폈다.

무명 無名

서러움

말 타고 활 쏘던 시절이 언제였는지 아련하다. 말에서 떨어져 다친 지도 어느덧 10년이 넘었다. 이제는 무관이란 말보다 의원 이란 말이 더 익숙해졌다. 말을 타는 것보다 환자를 보는 일이 더 자연스러워졌다. 활 쏘고 칼 휘두르는 것보다 침놓고 뜸뜨는 일 이 더 익숙해졌다.

새로운 땅에 옮겨 심은 묘목이 해가 갈수록 뿌리를 깊이 내리 고 튼튼해지듯이 백광현의 의술 또한 점점 깊은 뿌리를 내리고 있었다. 환자를 성공적으로 고칠 때마다 지식은 더욱 풍성해졌 고, 실패의 좌절을 겪으면서 마음은 더욱 단단해졌다. 의술이 깊 어지고 경험이 쌓일수록 환자의 병을 알아차리는 눈빛 또한 더욱 날카로워졌다.

사람들이 백광현을 무관으로 기억하지 않고 의원으로 기억할 즈음 집안에 경사스러운 일이 생겼다. 바로 백광현의 누이가 시집을 가게 된 것이다. 매부가 될 박상건이라는 사람은 내의원에서 어의를 맡고 있는 박군(朴頵)의 아들이었다.

혼례가 있는 날 박상건과 박군이 백광현의 집에 도착했다. 흥겨운 혼례식이 시작되었다.

"신랑 전안례(奠雁禮)!"

신랑이 나무로 만든 기러기를 혼례상 위에 올렸다.

"신랑신부 교배례(交拜禮)!"

신랑과 신부가 서로 절을 올렸다. 신부가 절하고 일어서면서 뒤로 기우뚱 넘어질 뻔하자 여기저기서 웃음소리가 터졌다. 신부의 얼굴이 불그스레해졌다.

"신랑신부 합근례(合졸禮)!"

신랑과 신부가 술잔을 나누어 마셨다. 신랑이 술잔을 벌컥벌컥 비우자 또다시 웃음소리가 터졌다.

그렇게 모두가 기쁘고 흥겨운 가운데 혼례식이 치러졌다. 그런데 백광현은 아까부터 누이의 시아버지가 될 박군이 계속 마음에 걸렸다. 혼례식 중에 연신 기침을 해대는 소리도 마음에 걸렸고 무엇보다 안색이 이상하여 계속 살펴보았다. 특히 박군이 기침할 때마다 극도로 집중해 그 기침 소리를 들었다.

❛

혼례 다음 날이 밝았다. 백광현과 형제들은 신방으로 우르르 몰려 들어갔다.

"우리 새신랑은 어젯밤 잘 주무셨나?"

"예, 우리 처남들께서도 잘 주무셨습니까?"

"우리야 잘 잤지요. 이제부터 재미난 놀이를 좀 해보려고 하는데요, 신방까지 치르고서 그냥 조용히 넘어갈 수는 없지요."

"예? 무엇을 말입니까?"

"얘들아, 새신랑을 묶어라! 하하하."

형제들은 새신랑 박상건의 발을 묶어서 거꾸로 매달았다.

"자, 이제부터 재미난 놀이 시작합니다. 우리 새신랑께서는 어제 첫날밤이 어땠습니까?"

"예? 그걸 어찌?"

"얘들아! 새신랑이 대답을 못 하신다. 한 대 세게 때려라."

형제들은 새신랑의 발바닥을 몽둥이로 세게 때렸다.

"아악, 처남들! 왜들 이러십니까? 좀 살살 하십시오."

"그럼 대답을 해주셔야죠. 어제 첫날밤은 재미났습니까?"

"아이고, 왜 그런 걸 물어보시고……."

"얘들아! 새신랑이 또 대답을 못 하신다. 한 대 더 쳐라."

한참을 쳐라, 때려라 하면서 짓궂게 굴고 나서야 형제들은 새신랑 박상건의 발을 풀어주었다. 부엌에서 어머니와 아내가 차린 술상이 연이어 들어왔다.

술잔이 돌고 한바탕 흥거운 대화가 오고간 후에 백광현은 혼례식 때부터 궁금했던 바를 박상건에게 물었다.

"매부, 내 궁금한 것이 있는데, 혹시 사돈어른께 지병이 있는지요?"

"아니, 왜 그러십니까? 저희 아버님께서는 건강하십니다."

"어제 혼례식에서 뵈니 연신 기침을 하시는 것이 마음에 걸려서 그럽니다만."

"아, 얼마 전 고뿔을 심하게 앓으셨던 적이 있는데 그 후로 기침 증세만 남았습니다. 많이 좋아지셨고 또 지금 약을 쓰고 있으니 곧 좋아지시겠지요. 저희 아버님 기침하시는 것까지 살펴주시고 걱정해주시다니 참으로 고맙습니다."

사돈에 관한 매부와의 대화는 이렇게 끝이 났지만 백광현은 누이가 시댁으로 들어간 이후에도 박군의 기침 소리를 잊을 수가 없었다.

환자를 찾아다니던 중 기침을 심하게 하는 자를 만난 적이 있었다. 고뿔인 줄 알았는데 시일이 지나면서 기침은 점점 심해졌고 발작적인 기침을 연신 해댄 후에야 끈끈한 찹쌀 풀 같은 가래를 겨우 뱉어낼 수 있었기에 무슨 고뿔이 이렇게 가래가 심하냐고 환자가 괴로워했다.

백광현은 환자의 가슴팍을 눌러보고 맥도 짚어보고 숨소리도 들어보았다. 그리고 허옇게 핏기가 사라진 얼굴도 똑똑히 살펴보았다. 그 환자는 고뿔이 아니었다. 그는 폐가 곪아서 고름이 가득 차는 폐옹(肺癰 ㅣ 폐농양)이란 병에 걸린 것이었다. 이후 만난 폐옹 환자들도 상태가 한결같았다.

만약 사돈이 폐옹이라면 가래나 고름이 가득 차 있을 때의 맥인 활맥(滑脈 ㅣ 구슬이 흘러가는 듯한 느낌의 맥)이 잡힐 것이다. 그리고 가슴팍 부위에 분명 살이 약간 불룩한 곳이 있을 것이고 주위의 피부가 물고기 비늘마냥 거칠거칠할 것이다. 그곳이 바로 곪아서 고름이 차 있는 곳이다.

'사돈을 찾아가 확인해봐야 한다. 누이의 시아버지가 아닌가!'

❛

"계십니까? 아무도 안 계십니까?"
"뉘시오?"

"인달방에 사는 백광현이라 합니다. 얼마 전 시집온 이 집 며느리의 오라버니 되는 사람이올시다. 사돈어른을 뵙고자 찾아왔습니다."

"아니, 사돈께서 어쩐 일로 여기까지 오셨는가?"

갑자기 찾아와 다짜고짜 사돈어른을 뵙겠다는 백광현을 박군이 마중했다.

"지난번 혼례식에 사돈어른을 뵙고서 몸에 병이 드신 듯하여 몇 가지 여쭤보고자 결례를 무릅쓰고 찾아왔습니다."

"허허, 그래요? 그래 뭘 확인해보고자 하십니까?"

"혹시 최근에 춥고 열이 나는 증세가 있으셨는지요?"

"그렇소, 얼마 전 고뿔이 심하게 걸려 한참 고생을 했지요. 그때 오한과 발열이 심하게 있었소만."

"최근 입과 목이 마르는 증세가 있으신지요?"

"고뿔이 걸린 후로 기침이 낫질 않아 고생하고 있소. 그래서인지 입안이 건조하고 목이 마르긴 하오만."

"가슴이 은은하게 아프시진 않습니까?"

"하도 기침을 해대니 아프지요."

"한번 기침을 할 때마다 가래가 잘 나오질 않아 수십 번 힘들게 기침한 후에야 끈끈한 가래가 나오진 않습니까?"

"글쎄요, 가래가 나오긴 합니다만 그렇게 뱉어내기 힘들지는 않소."

"외람되지만 사돈어른의 맥을 잡아보고 싶습니다. 허락해주시
겠습니까?"

이것저것 물어보는 것이 귀찮기는 하지만 젊은 사람이 나를 걱
정하여 그러는 것이라 여겨 박군은 손목을 내주었다. 백광현은
온 집중력을 다해 박군의 맥을 짚었다.

촌맥이 분명히 활(滑)하다. 그런데 새끼줄을 만지는 듯한 느낌
의 팽팽한 긴맥(緊脈)도 함께 느껴진다. 만약 이 긴맥이 사라지고
빠른 삭맥(數脈)으로 바뀌면 폐옹이 절정에 이르렀다는 뜻이다.
그때가 되면 지금의 가래는 피고름으로 변할 것이고 치료는 몇
배 더 힘들어진다. 다행히 아직 삭맥은 잡히지 않는 것으로 보아
초기임이 분명하다.

"외람되지만 사돈어른의 가슴을 확인해보고 싶습니다. 한번
저고리를 벗어보시겠습니까?"

순간 박군의 얼굴에서 웃음기가 사라졌다.

'갑자기 찾아와서 이것저것 캐묻더니 이제는 옷까지 벗어보
라고?'

박군의 얼굴이 약간 일그러졌지만 그래도 사돈이 아닌가. 내키
지 않는 손길로 저고리를 벗었다. 도대체 뭐라고 말할지 들어나
보자는 심산이었다.

백광현은 박군의 가슴을 손으로 천천히 훑어보고 조심스럽게 눌러보았다.

'약간 불룩한 부위, 그리고 그 주위로 비늘과 같은 거칠한 느낌의 살결이 분명히 있다. 이는 폐옹 초기가 틀림없다.'

확인을 마친 백광현이 사돈에게 말했다.

"사돈어른의 병은 폐옹이 틀림없습니다. 지금은 초기라서 단순한 기침처럼 느껴지시겠지만 이는 폐옹이 분명합니다. 제가 치료할 수 있으니 저에게 치료를 맡겨주십시오. 반드시 낫게 해드리겠습니다."

백광현의 말에 박군은 더 이상 참지 못하겠다는 듯 피식 실소를 머금었다. 그러자 옆에서 조용히 보고 있던 매부 박상건이 끼어들었다.

"처남께서는 지금 무슨 말씀을 하고 계신 겁니까? 저희 아버지가 누구신지 알고는 계십니까? 내의원 어의십니다, 어의요!"

박군은 스무 살에 그 어렵다는 의과 시험에 당당히 합격하여 전의감(典醫監 | 궁궐에서 쓰는 약재 공급, 의생들의 의학 교육, 의과 시험을 담당하던 관청)에서 의학을 가르치는 의학훈도를 거쳐 내의원 최고 책임자인 정3품 정(正)의 자리에 올라 임금의 시약을 담당했고, 내의원의 명의로 이름을 떨쳐 인조 때는 청나라 황제를 치료하러 중국에 다녀오기도 했다. 그런 사람에게 나이도 훨

씬 어린 자가 맥 한번 짚어보자, 저고리를 벗어보라 이런저런 요구를 하더니 급기야 내가 당신 병을 고쳐주겠노라 큰소리를 치니 어이가 없을 수밖에.

하지만 백광현에게 그런 생각은 안중에도 없었다. 그저 자신이 보기에 병이 있으므로 병이 있다고 한 것뿐이었다. 이미 이름을 얻어 일국의 어의 자리에 오른 사람과 여염집을 떠돌며 환자를 찾아다니는 이름 없는 젊은 의원이 지금 마주하고 있는 것이다.

"사돈 양반이 나를 걱정해주는 그 마음은 참 고맙네만 내 병은 내가 알아서 고칠 것이니 그만 돌아가 보시오."

자못 기분이 상한 박군은 그래도 사돈인지라 화를 꾹 누르며 점잖게 말했다.

"지금은 초기인지라 단순히 기침과 유사하다 느끼실 수 있습니다. 하지만 폐옹이 곪게 되면 고름이 온 폐로 퍼지게 될 것이고 그때에 이르러서는 지금의 가래는 피고름으로 변하게 될 것입니다."

"어허, 그만하라 하지 않았는가. 그만 돌아가래도!"

박군의 목소리에 화가 실렸고 표정은 싸늘해졌다.

"지금 폐옹에 대한 약과 침으로 바로 치료해야 합니다. 그렇지 않으면 점차 가슴의 통증도 심해질 것이고 죽을 듯이 기침을 해야 겨우 폐 속의 고름이 나올 것입니다. 종당에는 고름이 살을 뚫고 나와 가슴 부위에 구멍이 뚫려 줄줄 새어 나올 수도 있습……"

"그만하래도! 자네 지금 대체 몇 살인가? 의업을 한 지 도대체 몇 년이나 되었다고 이렇게 잘난 척을 하는 것인가? 자네같이 어리고 의업이 일천한 사람이 무얼 안다고 이렇게 무례한 것이야? 당장 돌아가게. 내 며느리와 사돈어른의 얼굴을 봐서 더는 책하지 않을 테니 당장 돌아가게. 그리고 내 병은 내가 알아서 고칠 것이니 더 이상 교만 떨지 말게!"

백광현은 결국 매부의 손에 이끌려 반강제로 끌려 나왔다. 일국의 어의가 무명의 젊은 의원의 말을 믿어주기는 힘들었을 것이다.

하지만 그때 박군은 앞일을 전혀 알지 못했다. 결국 그의 기침은 아무리 약을 써도 낫지 않았고 나중에야 백광현의 말대로 폐옹 약을 쓰기 시작했지만 병세가 악화되어 너무 늦어버렸다. 피고름을 토하며 죽어가면서 그때 백광현의 말을 들었어야 했다고 후회하고 한탄해도 소용없었다.

☾

터벅터벅 길을 걸었다. 길다면 길고 짧다면 짧은 세월 동안 해답을 찾고자 피나는 노력을 했다. 이제 조금 눈이 트여가고 있다고 생각했다. 비록 사람들이 알아주지 않더라도 자신이 그토록 찾고자 한 그 해답, 장부의 병을 곁에서 어떻게 찾아낼 것인가에 대한 그 해답의 실마리를 조금씩 찾아가고 있다고 생각했다. 아니, 분명 찾았다. 환자들이 그에게 보여주고 말해주었다. 그가 보고 듣고 만지고 느꼈던 수많은 환자들이.

'나는 잘못 보지 않았다. 하지만 사돈어른께서 받아들이지 않으시니……'

모퉁이를 돌아 집에 도착하자 뜻밖의 얼굴이 그를 기다리고 있었다. 바로 스승 김우의 사환인 박순이었다.

"아니, 순아! 네가 여기 어쩐 일이냐?"

"……"

선뜻 대답하지 못하고 고개를 숙이고 있는 박순의 모습을 보자 불길한 생각이 머리를 스쳤다.

"혹시 스승님께 무슨 일이 있느냐?"

"지금 위독하십니다. 그래서 나리를 모시러 왔습니다. 일가친척 한 분 없는 외로운 분이시라 곁에서 누가 지켜드려야 할 것 같아서요."

"뭐라고? 당장 가자구나."

김우가 위독하다는 소식에 백광현은 바로 길을 나섰다.

자신에게 처음으로 의술을 가르쳐준 사람이다. 자신이 의업의 길을 갈 수 있도록 해준 사람이다. 그리고 자신의 생명을 구해준 은인이다.

한시도 지체하지 않고 김우의 약방으로 내달렸다. 그러고 보니 단 한 번도 김우의 가족이나 친척이 찾아오는 것을 본 적이 없었다.

"순아, 스승님께는 가족이 없으시냐?"

"제가 알기로는 부인과 아들 둘이 있었는데 병자호란 때 청나라 놈에게 죽었다고 합니다. 그 후로는 재취하지 않고 혼자 사셨고요."

"그럼 일가친척은?"

"본디 자손이 귀한 집안이라 이렇다 할 일가친척도 없다고 알고 있습니다. 의원님께서는 본디 의원이 아니셨습니다. 양반집 자손인데 의학을 같이 공부하셨던 것이지요. 그런데 가족이 모두 몰살당한 후로는 과거고 뭐고 다 필요 없다 싶어 그저 남은 인생 아픈 사람들 고쳐주면서 살겠노라 결심하시고는 의원이 되신 것이지요."

"그러셨구나."

김우에게선 듣지 못했던 그의 가정사를 그의 죽음을 앞두고서야 겨우 알게 되었다.

'그래서 그리 외로우셨던 게야.'

그와 함께 지내던 시절 그의 눈빛에서 언뜻언뜻 느껴지던 외로움과 그리움의 정체를 이제야 알 듯했다. 임종을 앞두고 곁을 지켜줄 가족 한 명 없는 김우를 생각하니 못내 가슴이 시렸다. 게다가 자신의 실수로 죽은 사람의 자식을 평생 옆에 두고 지켜보면서 느꼈을 그 자책감은 또 얼마나 컸을까?

'순이는 스승님이 누군지 알고 있을까? 자신의 어미가 어떻게 죽었는지 알고 있을까? 스승님께서는 평생 숨기신 걸까?'

박순에게는 차마 물어볼 수 없어 궁금함을 그대로 묻어둔 채 걸음을 재촉하여 마침내 김우의 집에 도착했다.

"스승님, 저 광현입니다."

김우는 자리에 누운 채로 조용히 눈을 감고 있었다.

"네놈 왔구나."

"스승님, 저 알아보시겠습니까?"

"의술은 좀 늘었느냐?"

"그저 사람 죽이지 않을 정도만 되었습니다."

"허허, 돌팔이 짓으로 사람 죽이지 않을 정도면 늘긴 는 것이겠지."

"스승님, 무슨 병이기에 이리 누워 계십니까?"

"병은 무슨. 나이 들어 이제 갈 때가 된 것일 뿐이지."

"병든 것이 아니시라면 조리만 잘하면 이제 곧 일어나실 것입니다. 제가 여기서 기거하며 보살펴 드리겠습니다."

"그럴 필요 없네. 오늘내일 저승길 떠나려 하니."

김우는 갑자기 발작적인 기침을 하며 숨쉬기가 무척 힘든 듯 헐떡이기 시작했다.

"스승님! 스승님!"

"마침 이 늙은이를 봐주러 왔으니 내 저승길 가기 전에 한마디 하고 가마."

"힘드시면 천천히 말씀하셔도 됩니다. 무리하지 마십시오."

"저기 문갑 첫 번째 서랍을 열어봐라."

김우는 의서를 올려둔 문갑을 가리키며 말했다. 백광현은 얼른 서랍을 열어보았다. 서랍 속에는 하얀 종이 한 장이 곱게 접혀 있었다. 종이를 펼치니 글자 하나가 적혀 있었다.

意

"스승님, 이건 뜻 의 자가 아닙니까?"

"그래. 사람을 살리는 칼을 잡고 싶다 했지? 그러려면 의서를 버리고 뜻을 좇아야 하느니라."

"예? 의서를 버리라니요? 처음 제게 의서를 주실 때는 한 글자도 빠뜨리지 말고 모두 외우라 하지 않으셨습니까?"

"그래, 그랬지. 하지만 그건 의술을 처음 배울 때 얘기라네. 이 세상 수많은 사람의 수많은 병이 모두 의서에 기록돼 있는 건 아니지. 그럼 책에 안 나오는 병을 고칠 때에는 어떻게 해야 하겠느냐? 의서에 없다고 아예 손 놓고 포기할 테냐?"

"그건, 아니겠지요."

"비록 의서에 없는 증상이고 의서에 없는 병이라 할지라도 네가 그동안 익힌 그 의술의 뜻으로 치료할 수 있어야 하네. 그러려면 의서에 적힌 내용을 뛰어넘을 수 있어야 해. 그런 자라야 어떤 희귀한 병을 만나도 고칠 수 있는 법이지."

"예, 스승님. 제발 더 말씀하지 마시고 쉬십시오."

"내 한 가지 부탁이 있네."

"무엇입니까, 스승님?"

김우의 시선은 방 귀퉁이에서 조용히 지켜보고 있는 박순을 향했다.

"저 아이를 거두어다오. 나 죽고 나면 갈 데도 없는 아이니……."

"순이를요? 네, 그리하겠습니다. 걱정하지 마십시오. 순이는 제가 거두겠습니다."

"저 아이가 나한테는 절대 의술을 배우지 않겠다고 하는구나. 박정한 놈 같으니라고."

박순은 이미 알고 있었던 것이다. 자신의 어미가 어떻게 죽었는지를.

"그러니 네가 데려가 의술도 가르쳐주어라. 먹고살 호구책은 있어야지."

"예, 그리하겠습니다."

"할 말 다 했으니 그만 난 자야겠네."

김우는 조용히 눈을 감았다. 다음 날 아침 백광현이 스승을 불렀을 때 그는 깨어나지 않았다.

입명 立名

세상이

알아주다

의서를 버리라는 스승의 유언은 충격적이었다. 지금까지 백광현은 의서에 적힌 내용을 확인하고자 고군분투해왔다. 그런데 의서를 버리라니. 그럼 지금까지 노력한 것을 모두 버리라는 말인가? 김우를 양지바른 곳에 묻고 박순과 함께 집으로 돌아오는 동안 백광현의 머릿속은 종이 울리듯 윙윙거렸다.

'지금은 모르겠다. 의서를 버리고 뜻을 좇아가라니, 그게 무슨 말일까? 내 의술이 더 깊어지면 그땐 알 수 있겠지.'

왠지 스승의 유언이 평생 가슴을 울릴 것만 같았다.

김우의 유언대로 백광현은 박순에게 의술을 가르치기 시작했다. 그의 첫 제자인 셈이다. 이미 오랜 세월 김우 곁에서 온갖 약방 일을 해온 박순은 배움이 무척이나 빨랐다.

이 무렵에는 백광현이 환자를 직접 찾아다니지 않아도 환자들이 백광현을 찾아왔다. 특히 침으로 종기를 잘 치료한다는 소문이 나기 시작하면서 종기 환자들이 알음알음 그의 집으로 찾아왔다.

그러던 어느 날 한 백정이 다리를 절뚝거리며 힘겨운 걸음으로 백광현의 집에 들어섰다.

"나리, 저를 기억하십니까?"

백광현은 백정의 얼굴을 찬찬히 살펴보았다. 옛날 푸줏간에서 도축하는 것을 보여주던 도개였다.

"아니, 자네가 여기 웬일인가? 게다가 다리는 왜 이리 절뚝거리는 것인가?"

도개가 다리를 절게 된 사연은 이러했다. 수십 일 전 어느 집에서 어미 소와 송아지를 도축해달라고 함께 끌고 왔다. 소는 자신이 곧 도축된다는 것을 직감적으로 안다. 그래서 어떤 소는 눈물을 보이기도 하고 어떤 소는 끌려가지 않으려 발버둥치기도 한다. 어미 소와 새끼를 함께 도축해 달라기에 새끼의 숨통을 먼저 끊어 놓으려 망치를 들었는데 새끼의 목숨에 위협을 느낀 어미 소가 달려와 그만 소뿔로 도개를 받아버린 것이다.

소뿔에 엉덩이를 찍힌 도개는 한동안 일어나지 못하고 자리보전하다 겨우 몸을 추슬러 일어났을 때에는 이렇게 다리를 절뚝거리는 신세가 되었다. 엉덩이의 통증이 너무 심해 똑바로 걸을 수가 없었다. 이제 이렇게 병신으로 살아야 하나 한탄하던 중 문득 백광현이 생각났다. 그래서 옛 인연으로 혹시 자기같이 천한 백정도 치료해줄까 해서 찾아왔다는 것이다.

"치료해주고 말고! 내가 자네에게 얼마나 큰 도움을 받았는데. 이렇게 갚을 수 있다니 정말 다행일세. 얼른 들어오게."

백광현은 도개를 방으로 들인 뒤 엎드리게 하고 환부를 살펴보았다. 뿔에 찍힌 곳은 오른쪽 골반 뼈와 허벅지 뼈가 만나는 엉덩이관절에 위치한 환도(環跳) 혈이었다. 처음 찍혔을 때 그냥 자리 펴고 누워만 있었지 어떤 치료도 받지 못했다. 그러다 보니 뿔에 찍혀 생긴 죽은피인 어혈과 상처가 곪아서 생긴 고름이 환도 혈 부위에 엉켜 딱딱한 덩어리처럼 되었다. 게다가 뿔에 워낙 깊이 찍혀 상처 부위도 깊어 보였다. 상처가 깊다 보니 어혈이 엉덩이관절까지 파고들어가 자리 잡고 있었다. 그러니 관절을 제대로 움직일 수 없어 다리를 절뚝거릴 수밖에 없었던 것이다.

"여기 관절에 엉켜 있는 어혈과 고름을 모두 빼내야 하네. 칼로 째면 통증이 있을 텐데 참을 수 있겠나?"

"아이고, 나리. 치료만 해주신다면 뭔들 못 참겠습니까요?"

환도 혈은 여느 다른 혈 자리보다 더 깊숙이 위치한 혈이다. 이 곳의 독기를 뽑아내려면 넓적하고 길쭉한 종침(腫鍼)을 써서 독이 위치한 곳까지 좁고 깊게 절개한 후에 갈고리처럼 생긴 곡침(曲鍼)을 써서 엉킨 덩어리를 긁어낸 후 단지를 이용한 부항을 붙여 피고름을 마저 뽑아내야 한다. 환부가 워낙 깊기에 독기를 깨끗하게 뽑아낼 수 있느냐가 치료의 관건이다. 만약 조금이라도 독기가 남아 있으면 환부 깊은 곳에서 재발할 것이다. 쉽지 않은 작업이다.

먼저 침을 써서 환도 혈을 절개해 통로를 열었다. 그런 다음 곡침으로 수십 일 동안 박혀 있던 피떡을 긁어냈다. 그리고 단지로 부항을 해서 피고름을 뽑아냈다. 예상대로 수십 일 동안 환도 혈에 박혀 있던 어혈과 고름은 쉽게 빠져나올 생각을 하지 않았다.

'안 되겠다. 침만으로는 힘들다. 뜸을 이용해야겠다.'

백광현은 부자(附子)라는 약재를 곱게 가루 낸 것을 꺼내왔다.

'다친 지 이미 수십 일이 지났기에 막 다친 환자와는 상태가 다르다. 열기를 가해 굳어버린 어혈을 먼저 풀어야 한다.'

다친 지 오래된 환자는 어혈이 이미 단단하게 굳어버렸으므로 뜸을 떠서 어혈을 풀어주고 다시 부항을 해야 한다. 그래야 깊은 곳의 독기를 모두 풀어낼 수 있다. 오래된 어혈을 풀어주기 위해서는 온기를 가진 약재가 필요한데 그중에서 부자가 으뜸이다.

부자 가루를 술에 개어서 숟가락 크기로 납작하게 떡처럼 빚어 환도 혈 위에 올렸다. 그리고 잘 말린 쑥을 뭉쳐서 뿔 모양으로 빗은 후 부자떡 위에 올리고 불을 붙였다. 뜸의 장 수가 더해갈수록 환도 혈로 전해지는 열기도 점점 뜨거워졌고 도개의 이마에서도 뜸을 뜨는 백광현의 이마에서도 땀이 흐르기 시작했다. 부자 뜸 백 장을 뜬 후에 다시 환도 혈을 만져 보니 딱딱하던 덩어리가 말랑해진 것이 느껴졌다. 다시 단지로 부항을 했다. 뜸의 열기로 물컹해진 어혈은 시커먼 색을 품고서 단지 속으로 빨려 나왔다.

한나절을 이렇게 씨름하자 처음 잡히던 딱딱한 덩어리가 사라진 것이 느껴졌다. 환도 혈에 고약을 붙인 후 도개에게 일어나 걸어보라고 했다. 오른쪽 어혈 덩어리는 없어진 것이 확실한데 도개는 여전히 절뚝거렸고 제대로 걷지 못했다. 도개를 다시 엎드리게 했다.

"나리, 고치지 못할 병이면 애쓰지 않으셔도 됩니다. 천한 목숨, 다리병신이 된들 무슨 상관이 있겠습니까요? 이렇게 애써주신 것만으로도 저는 고마울 뿐입니다요."

"무슨 소리인가? 내 자네의 다리를 꼭 고쳐주겠네."

말은 이렇게 했지만 백광현은 난감했다.

'어혈은 분명히 다 뽑아냈다. 그런데도 여전히 절뚝거린다. 대체 무엇이 문제일까?'

백광현은 의서에서 읽었던 내용을 떠올렸다.

'환도 혈, 환도 혈…… 환도 혈에서 어혈과 고름을 뽑아냈는데

걷지를 못 한다. 제대로 걷지를 못 한다.'

아무리 의서를 떠올려봐도 이럴 때 어찌해야 하는지 떠오르질 않았다.

'의서에 없다. 그럼 어떻게 해야 한단 말인가?'

그때 번개처럼 머리를 때리고 지나가는 것이 있었다.

'의서를 버려라.'

바로 김우가 남긴 유언이었다.

'그래! 스승님께서는 의서를 버리라고 하셨지. 그런데 애당초 의서에 어떻게 고치라는 말도 없는데 무슨 의서를 버리란 말인 가? 무슨 내용이 있어야 버리든 말든 하지……'

순간 번쩍하며 깨달음이 왔다.

'이런, 바로 이거구나! 의서를 버리라는 것은 의서의 내용을 버리라는 게 아니라 의서에 기대려는 그 마음을 버리라는 것이로 구나.'

생각이 여기에 미치자 도개의 다리부터 다시 자세히 살펴보았 다. 이번에는 엉덩이의 환도 혈을 살피는 것이 아니라 엉덩이에 서부터 허벅지를 거쳐 종아리까지 다리 전체를 천천히 자세히 살 폈다. 그러자 아까는 미처 보지 못했던, 무릎 뒤의 오금에 뚜렷이 자리한 검은색 혈락(血絡 | 불거져 나온 정맥)을 발견했다.

'바로 이거다!'

수십 일간 환도 혈에서 어혈이 막혀 있다 보니 오른쪽 다리로 경락이 흐르지 못해 혈맥이 막혀 있었던 것이다. 환도 혈의 큰 어혈은 풀었지만 그동안 막혀 있었던 다리의 경락 또한 풀어줘야 했던 것이다.

이번에는 끝이 화살촉처럼 생긴 삼릉침(三稜鍼)을 꺼내들었다. 그리고 오금에 보이는 가장 굵고 검은 혈락을 골라 사정없이 찔렀다. 시커먼 피가 솟구쳐 나왔다. 마구 뿜어대는 것처럼 솟구쳐 나오던 검은 피가 잦아들 무렵 백광현은 다시 도개를 일으켜 세워 걷게 했다.

"나리, 걸어집니다! 다리를 들 수 있습니다요, 나리!"

자리에서 일어난 도개는 절뚝거림 없이 똑바로 걷고 있었다. 도개는 감격에 겨워 앞으로도 걸어보고 뒤로도 걸어보며 연신 다리를 굽혔다 폈다 했다.

"아이고, 나리. 이게 웬일입니까요? 수십 일을 절뚝거리던 제 다리가 나리의 침을 맞고 이렇게 돌아왔습니다요! 나리, 고맙습니다. 고맙습니다."

도개는 연신 허리를 굽히며 인사했다.

"하하, 아직 무리하면 안 되네. 환부를 침으로 쨘 상태이니 아물 때까지는 조리를 잘해야 하네. 걸을 수 있는 것을 확인했으니 침으로 쨘 곳이 아물 때까지는 가만히 누워 있게."

"예, 나리. 예, 나리."

백광현은 자신의 집에서 도개를 하루 더 묵게 하면서 침놓은 곳을 잘 살피고 고약을 발라주었다. 그리고 상처가 완전히 아물 때까지는 절대 무리하지 말라고 당부한 후에 집으로 돌려보냈다.

𝄢

도개가 돌아간 후 백광현의 집 앞에는 큰 변화가 찾아왔다. 환자들이 그의 집 앞에 구름처럼 몰려들기 시작한 것이다.

도개는 수십 일간 다리를 절뚝거리며 다녔기에 사람들이 절름 발이 백정 놈이라고 불렀다. 그런데 다리가 말끔하게 나아서 멀 쩡하게 걸어 다니니 사람들이 깜짝 놀라지 않을 수 없었던 것이 다. 만나는 사람마다 어떻게 다리가 나았는지 물었고 그때마다 도개는 침이 마르도록 백광현 이야기를 한 것이다.

절름발이를 하루 만에 벌떡 일으켜 세웠다는 소문이 온 한양 땅에 돌기 시작했고 백광현의 집 앞은 이제 환자로 미어터지게 된 것이다. 아침마다 치료해 달라는 환자들이 줄을 섰다. 가난한 백성에서부터 돈깨나 있는 양반들까지 그를 찾는 사람들은 다양 했다. 때로는 양반 집에서 가마를 보내 초빙하기도 했다. 어떤 집 에서는 말을 보내기도 했다. 눈코 뜰 새 없이 바쁘게 환자를 보면서 하루하루를 보냈다.

무엇보다 큰 변화는 그의 마음속에 있었다. 의서를 버리라 한 김우의 가르침이 그의 마음속에 새겨진 것이었다. 환자 수가 늘어날수록 의서에서 미처 말해주지 않는 병에 대한 경험도 늘어갔다. 어부가 물고기 잡는 법을 익히면 그물을 버린다고 한 것처럼 그 역시 환자를 고치는 방법에 있어서 의서에 얽매이지 않게 되었다.

의서에서 한 치를 찌르라 했어도 환자에 따라 다섯 푼을 찌르기도 하고 한 치 다섯 푼을 찌르기도 했다. 의서에서 침을 쓰지 말라 했어도 환자에 따라 침을 쓰기도 했다. 뜸이나 약도 마찬가지였다. 의서에서 불치라 해도 이리저리 자신만의 치료법을 시도해 성공하기도 하고 실패하기도 했다. 의서를 버리고 뜻으로 치료하라는 게 무슨 말인지 이제 확실히 알게 되었다.

❦

백광현이 한양 땅에서 기가 막히게 침 잘 놓는 의원으로 명성이 드높아지자 어떤 이가 찾아왔다. 병조판서 김좌명 대감의 집사라 밝힌 그는 판서 대감이 부르니 자신과 동행하자 했다.

"김좌명 대감이라 했소?"

백광현이 재차 확인했다.

"그렇습니다. 병조판서이신 김좌명 대감 말입니다. 또한 중전 마마의 아버지이신 김우명 대감의 형님 되는 분이시지요."

현종 임금의 비인 명성왕후의 큰아버지가 되는 김좌명 대감이 자신을 부른다는 말에 백광현은 잠시 자신의 귀를 의심했다.

'무슨 일이지? 병이라도 생기셨나? 그렇더라도 내의원에 날고 뛰는 의관들이 많을 텐데 왜 나를 찾지?'

집사를 따라 김좌명의 집으로 향했다. 김좌명과 백광현은 찻상을 사이에 두고 마주 앉았다.

"자네가 백광현이군. 한양 땅에 자네 명성이 자자하더군. 듣자하니 절름발이를 낫게 해주었다던데 그게 사실인가?"

백광현이 고쳐준 도개가 김좌명의 집에 고기를 대러 드나들다 여기 집사에게도 백광현이 자신의 다리를 고쳐주었노라 전한 것이다. 그렇지 않아도 절뚝거리며 다니던 백정이 얼마 뒤 뛰어 다니는 것을 보고 의아해 하던 집사는 백광현이라는 이름을 전해 듣기가 무섭게 바로 주인에게 고한 것이다.

김좌명이 백광현에게 관심을 가지는 데에는 중요한 이유가 있었다. 김좌명이 바로 내의원의 제조였기 때문이다. 내의원은 기본적으로 의관으로 구성되지만 정승이나 판서 중에서 의학을 깨우친 사람이 감독관의 역할을 맡아 지휘와 감독 임무를 수행한다. 그래서 보통은 정1품 정승이 최고 감독관인 도제조(都提調)가 되고, 정2품 판서가 그 아래 제조(提調)가 되며, 정3품 관리가 또다시 그 아래 부제조(副提調)가 되어 내의원의 주요 업무를 결재하고 지휘하는 일을 맡는다. 김좌명은 지금 병조판서지만 동시에 내의원의 제조이기에 도성에서 이름을 드날리고 있는 백광현에게 관심을 갖게 된 것이다.

"예, 제가 다리를 절뚝거리던 환자를 고쳐준 적이 있습니다."

김좌명은 그 환자가 어떻게 다쳤는지, 어떻게 고쳐주었는지 소상히 물었다. 그리고 의술은 어떻게 시작하게 되었으며 어떤 환자를 주로 고치는지 물어본 후 이렇게 말했다.

"내가 자네를 전의감의 치종교수(治腫敎授)로 천거하고자 하네. 자네 생각은 어떠한가?"

'치종교수?'

백광현은 치종교수에 대해 들어본 적은 있었다. 전의감은 궁궐 안에서 쓰는 약재의 공급을 담당하는 관청이다. 아울러 의과 시험과 의학 교육도 담당하고 있다. 치종교수란 종기를 치료하는 의술인 치종술의 교육을 담당하는 관원을 말한다. 김좌명은 지금 백광현에게 전의감으로 들어와 종기를 치료하는 의술을 교육하라는 것이다.

금군이 되어 나라의 녹봉을 받던 신분에서 민간의 이름 없는 의원이 되었다가 이제 다시 나라의 녹봉을 받는 신분이 되는 것이다. 이제는 군인으로서 왕실을 지키는 것이 아니라 의원으로서 왕실을 지키게 되는 것이다.

그 순간 의사가 되고자 결심한 이후의 시간들이 머릿속을 스쳐 지나갔다. 참 많은 일들이 있었다. 수많은 실패와 수많은 성공이 있었다. 실패가 있었기에 성공도 있을 수 있었다. 그가 치료해준 수많은 환자들의 얼굴도 떠올랐다. 계속 민간의 의원으로 남을 것인가, 아니면 관청으로 들어가 자신의 치료술을 의생들에게 가르칠 것인가?

'나 혼자 볼 수 있는 환자의 수는 한정되어 있다. 하지만 나의 치료술이 더 많은 이들에게 전파된다면 내가 직접 치료하진 않더라도 나의 의술로 치료할 수 있는 환자의 수는 더욱 늘어날 것이 아닌가?'

생각이 여기에 미치자 백광현은 입을 열었다.

"그렇게 하겠습니다."

이름 없는 민초들을 치료하던 백광현에게 제2의 인생이 열리는 순간이었다. 이때가 현종 4년인 1663년, 그의 나이 서른아홉이었다.

2

내의원(内醫院)

폐옹 肺癰

신묘한

안목

봄바람 살랑거리는 이른 아침이었다. 간밤 보슬비가 그친 후 하늘은 맑게 개어 있었고 노비가 새벽 일찍 깨끗하게 쓸어둔 전의감 앞마당은 새 식구가 얼른 첫발을 내딛길 기다리는 것마냥 촉촉하고 부드러웠다. 마당에는 첫 치종 수업을 앞둔 의생들이 모여 있었다.

"얘들아, 너희 그 얘기 들었니? 이번에 새로 오시는 치종교수님 말이야."

"아, 그 절름발이를 하루 만에 낫게 했다는 분?"

"그래! 아주 그냥 한양 땅에 소문이 쫙 퍼졌잖아."

"나도 듣고 깜짝 놀랐어. 어떻게 하루 만에 절름발이를 낫게 할 수 있지? 한 달 만에 낫게 한다면 또 모를까."

"그 소문이 병조판서 대감 귀에까지 들어가서 여기 치종교수로 발탁되었대."

"안 그래도 치종교수 자리가 계속 비어 있었는데 잘됐지."

"어떤 분일지 정말 궁금한걸."

그때 멀리서 전의감을 향해 걸어오는 백광현의 모습이 보였다.

"저기 오신다. 저분이신가 보다. 얼른 들어가 앉자."

전의감에서는 의생들의 의학 교육에 관한 일도 담당했기에 의학교수 한 명을 두어 전반적인 의학에 대해 교육했다. 그리고 종기 치료에 관한 교육은 특별히 치종교수를 따로 두어 교육하도록 했다.

전의감의 의생들은 한동안 비어 있던 치종교수 자리에 새 교수가 온다는 소식에 설레기도 했지만 그 주인공이 절름발이를 낫게 했다는 바로 그 소문의 주인공이라는 사실에 들떠 있었다.

백광현 역시 설레기는 마찬가지였다. 자신이 그동안 익힌 의술을 의생들에게 교육한다는 것이 믿어지질 않았다. 무엇부터 가르칠까 고민하다가 종기 치료에 없어서는 안 될 침에 대해 먼저 얘기하기로 했다.

"오늘은 종기를 치료하는 데 필요한 침에 관해 교육하고자 한다."

새로운 치종교수의 수업에 의생들은 모두 숨을 죽이고 귀를 기울였다.

　"우선 내가 사용하는 침의 종류부터 보여주겠다."

　백광현은 책상 위에 자신의 침을 펼쳐 보였다. 의생들은 책상 주위에 모여 치종교수가 쓰는 침의 모양과 종류를 살폈다.

　"먼저 이것은 곡침(曲鍼)이라고 한다."

　백광현은 끝이 괭이처럼 굽어 있는 침을 가리켰다.

　"우와, 침이 꼭 갈고리처럼 생겼네."

　의생들은 침의 모양을 유심히 살폈다.

　"그리고 이것은 종침(腫鍼)이다."

　백광현은 너비가 다섯 푼, 길이가 다섯 치 정도 되는 넓적하고 기다란 모양의 침을 가리켰다.*

　"이렇게 기다란 침은 어디에 쓰는 것입니까?"

　의생 한 명이 침의 모양이 신기한 듯 질문했다.

　"이 침은 주로 종기의 꼭대기를 절개할 때 사용한다."

　백광현은 계속해서 침의 종류를 설명했다.

　"여기 이것은 인후침(咽喉鍼)이다."

　침의 허리는 길쭉한데 끝부분이 전을 뒤집는 뒤집개마냥 넓고

---

* 다섯 푼≒1.5센티미터, 다섯 치≒15센티미터.

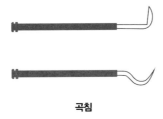

곡침

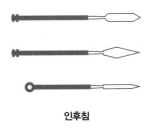

인후침

납작하게 눌려 있지만 그 끝은 뾰족한 침을 가리켰다.

"그럼 이것은 목구멍을 찌를 때 쓰는 침입니까?"

"그렇다. 모든 목구멍이 붓는 병에 이 인후침을 쓸 수 있다."

이번에는 길이가 짧고 끝이 화살촉처럼 삼각뿔 모양으로 생긴 침을 가리켰다.

"이것은 삼릉침(三稜鍼)이다. 나쁜 피가 환부에 쌓여 있을 때에 이 침으로 여러 번 찔러 사혈한다."

"교수님, 머리카락처럼 가는 침인 호침은 안 쓰십니까?"

"왜 안 쓰겠느냐? 여기 이 산침(散鍼)이 바로 호침과 같은 것이다."

펼쳐 놓은 침 중에서 가장 가느다란 침을 가리키며 말했다. 의원들이 주로 쓰는 침이 호침이다. 그런 다음 가장 폭이 넓고 길이가 긴 침을 들어 보였다.

"여기 이것은 거침(巨鍼)이라는 것이다."

무슨 침이 꼭 단도 같아 보였다. 침의 크기에 놀란 의생들이 웅성거렸다.

"교수님! 이렇게 넓고 긴 침은 처음 봅니다. 이것이 과연 사람에게 쓸 수 있는 침이 맞습니까?"

"하하, 물론 사람에게 쓰는 것이다. 하지만 이 거침은 함부로 쓸 수 있는 것이 아니다. 종기의 독이 크고 깊이 박혀 있을 때에

삼릉침

종침

거침

만 쓸 수 있다. 초심자가 절대 함부로 사용해서는 안 되는 침이지. 잘못 썼다간 장부를 보호하는 막을 뚫거나 혈맥을 잘라내 환자의 생명이 위독해질 수도 있다."

거침의 크기에 놀란 의생들은 치종교수의 설명에 한층 놀라 서로 마주보며 웅성거렸다. 의생들의 웅성거림에 아랑곳없이 백광현은 나머지 침에 대해서도 설명을 이어갔다.

의생들은 거침을 보고 잔뜩 놀랐다. 어디서도 본 적 없는 커다란 침을 보고 정말로 저것이 사람에게 쓰는 침인지, 혹시 푸줏간이나 군대에서 잘못 가져온 것은 아닌지 수군거렸다.

"여염집의 환자들을 치료하던 분이라 그런지 침술이 좀 과한 것 같아."

"그러게. 저 거침을 임금님이나 왕실 사람에게 쓰려고 했다간 침을 보이자마자 바로 쫓겨날걸?"

"난 다른 침은 써도 저 거침은 겁나서 못 쓸 것 같아. 침을 잡은 손이 부들거려서 어디 제대로 찌를 수나 있겠니? 그냥 얇고 가늘게 살래. 저런 모험을 어떻게 하라는 거야?"

"교수님은 전통적인 침 말고도 직접 침을 고안해 쓰기도 하셨대. 저 거침이라는 것도 직접 만드신 거래."

한동안 침의 종류와 용도에 대한 수업이 있었고, 그 다음에는 침을 쓰는 방법에 대한 수업이 이어졌다.

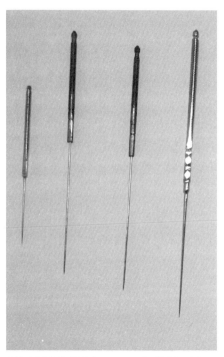

호침 오늘날 한의원에서도 주로 쓰이는 침이다. 경희대학교 한의학역사박물관 제공.

"종기가 처음 생겼을 때 아직 곪지 않았다면 뜸을 뜨는 게 좋다. 하지만 뜸을 뜰 수 있는 곳이 있고 뜸을 뜰 수 없는 곳이 있으니 목 아래로는 뜸을 뜨는 것이 좋으나 머리에 생긴 종기에는 뜸을 뜨지 말아야 한다."

"교수님, 그럼 침은 언제 써야 합니까? 종기가 생겼을 때 아무 때나 침을 써도 되는 건지요?"

"침으로 종기를 쨀 때에는 그 시점이 중요하다. 그러기 위해서는 종기가 잘 곪아서 고름이 생겼는지를 정확히 판단해야 한다. 환부를 눌렀을 때 단단하고 열감이 없다면 이는 아직 고름이 없는 것이다. 환부를 눌렀을 때 반쯤은 말랑하고 반쯤은 단단하다면 곪기는 시작했으나 아직 완전히 곪은 것은 아니니 더 기다려야 한다. 환부를 눌렀을 때 완전히 말랑하고 눌렀다가 손을 뗐을 때 환부가 빠르게 일어난다면 이는 고름이 완전히 익은 것이다. 이때 침을 써서 종기의 꼭대기 부분을 절개해야 한다. 절개하는 시점이 더 빨라서도 안 되고 더 늦어서도 안 된다. 더 빠르면 환자의 건강한 살갗을 다치게 할 것이고 더 늦으면 종기의 독이 장부를 싸고 있는 막을 뚫고 깊은 곳까지 침범할 수 있다. 이 모두 환자를 위험하게 만든다."

"교수님, 깊이는 어느 정도로 해야 하는지요?"

"살갗이 무른 자는 다섯 푼 깊이로 찌르고 살갗이 단단한 자는 일곱 푼 깊이로 찌른다. 등이나 옆구리 같은 곳은 침을 비스듬히 찔러서 장부를 싸고 있는 막을 뚫지 않도록 해야 한다. 종기의 꼭대기를 넓게 절개하고자 한다면 침을 찌른 후 침의 몸체를 비스듬히 뉘어서 빼내고, 좁게 절개하고자 한다면 침을 찌른 후 침의 몸체를 똑바로 세워서 빼낸다."

"침으로 째고 나서는 어찌해야 합니까?"

"고름이 나온 뒤에는 절대 찬 성질의 약을 써서는 안 된다. 겨울철에는 따뜻한 곳에, 여름철에는 햇볕이 잘 드는 창가에 거처를 잡아야 한다. 새살이 잘 돋아날 때까지 빈틈없이 조리해야 할 것이다. 피부가 완전히 아물기 전에 보양을 잘못하면 목숨을 잃을 수도 있다."

이렇게 종기 치료법에 대한 수업이 한참 이어졌다. 의생들은 새로운 치종교수의 수업에 귀를 기울였고, 백광현은 자신의 치종술을 아낌없이 설파했다. 치종술에 대한 수업이 한창 무르익자 백광현은 새로운 내용을 꺼내 들었다.

"이제부터는 의서에는 안 나오지만 내가 경험한 기이한 병에 대해 수업하겠다."

기이한 병이라는 말에 의생들이 눈빛이 더욱 반짝였다.

"음식을 먹을 때 잡스러운 것이 함께 섞여 들어와 담액(痰液 | 체액)이 모이고 뭉쳐서 변하면 물건과도 같은 형체를 이룰 수 있

다. 이럴 때에는 약만 도모해서는 안 된다. 종침을 이용하여 그 형체가 있는 곳을 째고 곡침을 이용하여 그것을 끄집어내야 한다. 어떤 처녀가 여러 달 동안 배에 병이 있어 온갖 침과 약을 다 썼으나 모두 효과가 없었는데 이렇게 종침과 곡침으로 째고 끄집어내자 마치 뱀처럼 생긴 물체가 뽑아져 나왔다."

"뱀 같은 물체요? 사람 몸에서 그런 게 나올 수도 있습니까?"

"그렇다. 비록 고름이 보이지 않는다 할지라도 환자를 보고서 침으로 째 치료할 수 있다는 것이다."

종기가 아닌데도 침으로 쨌다는 얘기에 의생들은 웅성거렸다.

"만약 치통을 앓는 환자가 있다면 그것이 치아가 썩어가는 것인지 혹은 잇몸에서 벌레 먹은 것인지 구분해야 한다. 만약 벌레 먹은 것이라면 종침으로 잇몸을 째고 곡침으로 벌레를 꺼내야 한다. 그러지 않으면 치통은 멈추지 않을 것이다."

"잇몸을 째라고요?"

"그렇다. 잇몸을 째야 한다."

"교수님, 치통이 생겼을 때 약을 달인 물로 입을 씻거나 알약을 귀에 꽂는 방법은 본 적이 있어도 잇몸을 째는 얘기는 처음 들어 봅니다."

"의서에는 없지만 이치가 그러하다."

수업이 진행될수록 의생들은 난생처음 듣는 얘기에 점점 어안이 멍멍해졌다.

"아무 이유 없이 홀연히 기절하는 환자가 있는데 분명 중풍은
아니라면 그 혀 아래를 살펴봐야 한다. 혀 아래를 만져 딱딱한 돌
덩어리가 잡힌다면 역시 종침을 이용해 혀 아래를 째고서 돌덩어
리를 꺼내야 한다. 그러면 환자가 깨어날 것이다. 술을 많이 마시
는 사람에게 간혹 이런 병이 있으니 세심히 살펴야 할 것이다."

"교수님, 너무 잔인합니다. 어찌 사람의 혀를 자르란 말씀입니
까?"

"혀를 자르란 것이 아니다. 혀 아래의 살을 째라는 말이다."

"혀를 자르나 혀 아래를 자르나 그게 그거 아닙니까. 그렇게 혀
에 칼을 댔다가 혹 환자가 벙어리라도 되면 어찌합니까?"

"교수님! 오늘 수업 내용은 정녕 의서에 없는 것인지요? 저희
집안에는 대대로 내려오는 의서가 많이 있는데 돌아가는 대로 찾
아보고자 합니다."

"의서에는 없다. 내가 여염의 수많은 환자들을 치료하면서 보
고 경험한 것이다."

생전 처음 듣는 얘기들인 데다가 그 내용이 온통 환자를 이리
째라 저리 째라 하는 것이니 의생들은 혼란스러울 수밖에 없었
다. 게다가 의서에도 없는 내용이라니. 그 누구에게서도 들어본
적 없는 파격적인 수업이었다.

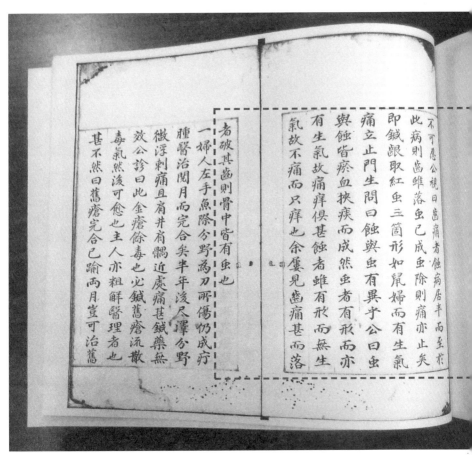

백광현의 치통 치료 백광현의 행적과 치료 사례를 자세히 기록한 《지사공유사 부경험방(知事公遺事 附經驗方)》(저자 미상)C
다음과 같은 내용이 있다. "김세헌은 항상 치통을 앓았다. 여러 해에 걸쳐 치료했고 이가 이미 빠졌으나 통증은 여전히 참을
없을 정도였다. 백광현이 보고서 '치통이라는 것은 썩어 들어가는 병이 절반이다. 그런데 이 병은 치아는 빠졌으나 이미 벌려

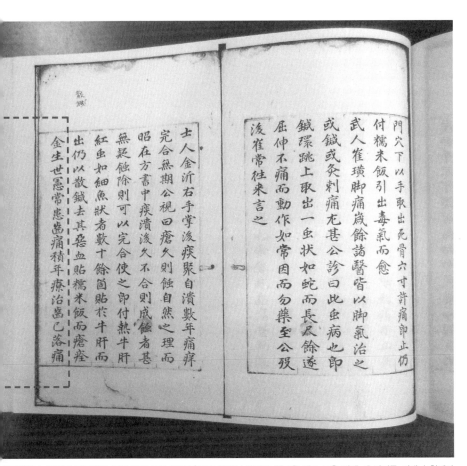

門穴下以手取出死骨六寸前痛卽止仍
付糯米飯引出毒氣而愈
武人崔璜脚痛歲餘諸醫皆以脚氣治之
或鍼或灸刺痛尤甚公診曰此虫病也卽
鍼環跳上取出一虫狀如蛇而長尺餘遂
屈伸不痛而動作如常因而勿藥至公歿
後崔常往來言之

士人金近右手掌後疾聚自潰數年痛痒
完合無期公視曰瘡久則蝕自然之理而
昭在方書中疾潰後久不合則成蝕者甚
無疑蝕除則可以完合使之卽付熱牛肝
紅虫如細魚狀者數十餘箇貼於牛肝而
出仍以散鍼去其惡血貼糯米飯而瘡瘥
金生世憲常患齒痛積年療治齒已落痛

생겨버렸다. 벌레를 제거해야 통증 또한 그칠 것이다'라고 하면서 침으로 잇몸을 째고 붉은 벌레 세 마리를 꺼내니 형체가
서부충(鼠婦蟲 | 쥐며느리)과도 같았고 생기(生氣)가 있었다. 통증은 바로 그쳤다."

"우리 말이야, 수업을 듣기는 듣는데 과연 저런 침법을 쓸 수 있을까?"

"그러게. 도통 뭐가 뭔지 모르겠네."

"그런데 말이야, 교수님께서는 여염의 온갖 희귀한 병자들을 많이 고치셨다 하더라고. 이렇게 의서에도 없는 치료법을 연구해 쓰기 때문에 그게 가능한 게 아닐까?"

신임 치종교수에 대한 의생들의 평가는 이리저리 엇갈리고 있었다.

❛

백광현을 천거한 김좌명은 계속해서 그를 관심 있게 살펴보고 있었다. 몇 달 동안 전의감에서 치종 교육을 한 후 들리는 얘기로는 백광현의 치종술이 워낙 고금에 없는 기이한 내용이라 의생들 가운데 잘 따르는 자도 있고 잘 따르지 않는 자도 있다는 것이다.

내의원의 최고 책임자인 도제조 이경석 또한 새로 들인 치종교수를 유심히 지켜보았다. 도제조란 임금과 왕실의 강녕을 책임져야 하는 자리이기에 왕실의 의약과 관련된 모든 일에 신경을 쓰지 않을 수 없었다. 이경석 같은 충신이라면 더더욱 그러하다.

이경석은 조선 2대 왕인 정종의 열째 아들 덕천군의 6대손이었다. 인조 15년 병자호란에서 패배한 후 청나라가 자신들을 칭송하는 찬양비문을 바치라고 요구했을 때 어느 누구도 비문을 쓰려하지 않았으나 이경석은 훗날 자신에게 쏟아질 모든 비난을 예견하면서도 오직 나라의 안위를 위해 마음에도 없는 '삼전도 청 태종 승첩비문'을 지었다. 자신이 글을 배운 것을 처음으로 후회한다고 한탄하면서 말이다.

이경석은 소현세자가 청나라 심양으로 끌려간 후에는 조선과 청나라를 오가면서 어렵고 까다로운 청나라와의 외교 문제를 풀어나가는 데도 애를 썼다. 인조 20년에 명나라 상선이 밀무역을 하느라 평안도 땅에 들어왔던 일이 청나라에게 발각됐을 때 청나라 장수가 직접 조선까지 찾아와 주모자를 낱낱이 밝히라 다그쳤다. 그때 이경석이 관련자를 두둔하고 나서자 청나라 황제의 분노를 사 결국 관직에서 쫓겨나게 되었다.

다행히 2년이 지난 후 겨우 복직하여 영의정의 자리에까지 올랐으나 얼마 지나지 않아 또다시 조선을 발칵 뒤집어놓은 일이 생겼다. 효종 1년, 권력 싸움에서 밀려난 간신배 김자점이 청나라에다 조선이 북벌을 위해 성을 쌓고 있다고 밀고했다. 이 일로 청나라 사신이 찾아와 조선의 정승, 판서, 중신들을 모두 불러놓고는 북벌계획의 전말을 고하지 않으면 대신들을 싹 쓸어 죽이겠노라 서슬 퍼렇게 협박했다. 이에 이경석이 나서 모든 것이 자신이 혼자 꾸민 일이라 뒤집어썼다. 그를 사형시키라는 명이 떨어졌지만 효종이 직접 사신을 찾아가 간곡히 청한 끝에 겨우 목숨만 구할 수 있었다. 대신 관직에서 내쫓고 의주의 백마산성에 평생 감금하라는 청나라의 처분이 내려졌다. 이후에도 효종이 청나라 황제에게 거듭 사과하고 간청하여 8개월 만에 이경석은 감금에서 풀려났으나 3년간 조정에 출사하지 못했다. 이경석은 효종 4년이 되어서야 영중추부사를 시작으로 관직에 다시 오를 수 있었다. 효종이 승하한 후 즉위한 지금의 현종 임금은 나라를 위한 그의 호국충정에 보답하고자 항상 그를 보살피고 그에게 마음 써주었다.

이러한 이경석의 충정은 온 나라가 다 알았다. 그는 왕실 안팎의 일을 꼼꼼히 챙겼고, 특히 내의원 도제조를 맡고 있었기에 임금의 강녕과 관계된 일에는 더더욱 그러했다.

백광현의 의술을 유심히 살펴오던 김좌명은 내의원에 침의(鍼醫)가 부족하니 새로 들어온 치종교수를 내의원에 들이면 어떻겠느냐고 이경석에게 건의를 올렸다. 이에 내의원 도제조 이경석이 직접 백광현을 만나러 전의감에 들르게 된 것이다.

때마침 치종 수업을 마친 백광현은 이경석과 마주 앉았다. 이경석이 대동하고 온 젊은이도 함께 자리에 앉았다.

"도제조 대감께서 여기까지 어인 일이십니까?"

기별도 없이 갑작스레 방문해 자신을 따로 불러 앉히니 백광현은 그저 의아할 따름이었다.

"병조판서 김좌명의 천거가 있었기에 내 직접 자네를 보고자 이리 불렀네."

예순아홉의 정승은 음성이 쩌렁쩌렁했다. 그러고는 아버지는 누구인지, 의술은 어떻게 배웠는지, 본디 무관인데 왜 의업을 하게 되었는지 등등 백광현에게 연신 질문을 쏟아냈다. 도제조의 질문에 대답을 마친 후 이번엔 백광현이 물었다.

"대감, 옆에 계신 이 젊은 분은 누구신지요?"

"이번에 새로 얻은 내 손자사위인 신이헌이오만, 왜 그러시는가?"

"손자사위분의 안색이 좋지 않습니다. 결례가 안 된다면 진찰을 해봐도 될는지요?"

"그렇소? 한창 젊은이인데 어찌 안색이 좋지 않다 하는 것이오? 그럼 그대 방식대로 진찰해보시오."

안 그래도 백광현의 의술이 궁금했으므로 이경석은 바로 허락했다. 백광현은 신이헌의 얼굴을 다시 자세히 살피고 맥을 짚어보고 옷을 벗겨 뉘인 다음 이리저리 가슴팍을 살펴보고는 입을 열었다.

"손자사위분은 지금 폐에 고름이 가득 차 있는 폐옹이란 병을 앓고 있습니다."

연로한 이경석을 보필하러 여기 전의감까지 함께 온 것인데 갑자기 자신의 안색이 좋지 않다는 둥, 옷을 벗기고 가슴을 만지는 둥 기분이 썩 좋지 않았던 신이헌은 생각지도 못한 백광현의 말에 기가 막혔다.

"이보십시오. 저는 지금 별다르게 아픈 곳도 없고 먹고 자는 것도 평소와 다를 바가 없소이다. 그런데 폐에 고름이 차 있다니 이게 무슨 말씀이십니까?"

백광현은 여염집에서 수많은 폐옹 환자를 보았다. 그들은 겉으로는 별다른 증세가 없었다. 병이 극심해지기 전까지는.

"본디 폐옹이란 병은 먹고 자는 것과 거동하는 것이 평소와 다를 바가 없습니다. 곪을 대로 곪고 폐가 썩을 대로 썩어서야 갑자기 증상이 나타나는데 그때가 되면 치료하기가 백배는 어려워집니다."

멀쩡한 사람을 병자로 만들어 공을 세워 내의원에 날로 들어오려는 것이 아닌가 싶어 신이헌은 점점 불쾌해졌다.

"지금 도제조 대감 앞에서 공을 세우고 일천한 의술을 뽐내고자 교만을 떠는 것 아닙니까? 멀쩡한 사람을 왜 병자를 만드는 것입니까?"

"맥을 짚어보니 삭맥(數脈 | 빠른 맥)이 잡히는 것이 지금 곪을 대로 곪은 상태입니다. 다만 아무 증상을 느끼지 못하는 것은 그

곪은 곳이 폐의 아래쪽이기 때문입니다. 분명 오늘 밤 크게 통증이 생길 것입니다. 만약 며칠이 더 지나면 치료하기가 어려워질 것이니 늦기 전에 지금 바로 치료해야 합니다."

백광현의 의술을 알아보고자 불렀을 뿐인데 갑작스럽게 지금 치료를 안 하면 손녀딸이 과부가 될 것이라는 소리를 들으니 이경석도 선뜻 믿지 않았다. 신이헌은 자신을 며칠 있다 죽을 병자로 모는 이자가 마음에 들지 않았지만 이경석 앞이라 그냥 꾹 참고 냉소만 짓고 있었다.

이경석 또한 일찍이 의학을 익혔고 수많은 의사를 만나보았다. 아무리 김좌명의 천거가 있었다고는 하지만 자신이 보기에도 건강한 손자사위를 며칠 있다 죽을 사람 취급하니 좀 더 지켜봐야 하나 싶었다. 대화는 그 상태로 어정쩡하게 끝이 났고 이경석과 신이헌은 자리를 떴다.

❦

모두가 잠든 한밤중에 누군가 백광현의 집 대문을 거칠게 두드렸다.

"안에 계시오? 백광현 나리 안에 계시오?"

잠에서 깨어 문을 열고 보니 웬 노비였다.

"저는 이경석 대감 댁의 노비입니다. 대감께서 백광현 나리를 지금 당장 모셔오라는 급한 명을 내리셔서 이리 찾아왔습니다. 부디 지금 좀 와주십시오."

부랴부랴 옷을 입고 도제조의 집으로 달려가 보니 낮에 본 신이헌이 가슴팍 부위에 커다란 통증으로 괴로워하고 있었고 온몸에는 열이 끓어올랐다. 아까는 큰 결례를 했으니 부디 손자사위를 치료해 달라고 이경석이 당부했다.

백광현은 침통에서 침을 꺼내어 펼쳤다. 그리고 좀 전에 진찰할 때 살펴본 부위를 다시 조심스럽게 찾았다.

'아까 살펴본 바에 의하면 신이헌의 폐는 아래쪽에 이미 고름이 쌓여 있었고 이것이 피부를 뚫고 나오기 일보 직전이었다. 그 부위를 정확하게 짚어서 침으로 뚫어줘야 한다.'

백광현은 손끝에 모든 집중력을 모아 폐의 고름이 쌓인 부위, 그래서 피부에 그 징조가 나타나는 부위를 찾았다. 정확히 그곳을 침으로 찌르자 그동안 쌓여 있던 고름이 터져 나왔다. 고름이 뿜어내는 비린내가 온 방에 진동했다. 고름이 완전히 그친 후에는 폐를 조리하는 약을 처방했다. 이렇게 치료하기를 한 달여가 지나자 신이헌은 완전히 나았다.

이경석은 백광현과 같은 자가 조선 땅에 있다는 것이 믿기지 않았다. 그동안 종기를 잘 치료할 수 있는 의사를 애타게 찾아왔다. 임금께서 오랫동안 앓고 있는 지병이 바로 종기였기 때문이다. 이경석은 내의원 총책임자다. 임금이 종기로 계속 고생하자 실력 있고 경험이 풍부한 의사가 있다면 꼭 찾아내어 내의원으로 부르리라 전부터 다짐하고 있던 터였다. 그런 그 앞에 백광현이 등장한 것이다.

현종 4년 가을, 치종교수가 된 지 몇 달이 지나지 않아 백광현은 내의원에 입성하게 되었다. 내의원의 도제조, 제조, 부제조 모두가 찬성했고 임금 또한 흔쾌히 윤허했다.

백광현이 내의원으로 등청하기 하루 전날 도제조 이경석은 백광현을 따로 불렀다. 이경석은 백광현에게 선물이라며 책 한 권을 내밀었다. 책을 싸고 있는 보자기를 풀어보자 표지에는 《침구경험방》이라고 적혀 있었다. 백광현이 절대 잊을 수 없는 책이다.

"이는 허임이라는 사람이 쓴 책이네. 노비의 자식으로 태어났으나 침술이 뛰어나 선조 임금 때 내의원에 들어온 사람이지."

이경석이 전해준 허임의 인생은 이러했다. 허임의 아비는 관노비였고 어미는 사노비였다. 어려서 부모가 병들어 의원 집에서 일했는데 그때부터 오랫동안 노력하여 의술에 눈을 뜨게 되었다. 이후 침술로 이름을 날려 선조 대에 내의원 침의로 들어오게 되었고 선조와 광해군 시절에 여러 차례 공을 세워 노비 출신이라는 신분 제약에도 불구하고 당상관으로 승진하기까지 했다. 임금은 그를 무척이나 아껴 수령직을 제수하기도 했으나 천하디천한 노비 출신에게 지방관을 맡길 수 없다는 사헌부의 끈질긴 반대에 부딪혔다. 말년에 허임은 왕실을 떠나 고향으로 내려와 자신이 일생 동안 연구한 침구술을 담은 의서를 집필했다. 그 책이 바로 스승 김우가 자신에게 주었던 책, 그리고 지금 이경석이 자신에게 내어놓은 책인《침구경험방》이다.

이경석의 아버지가 병들었을 때 다른 의원들은 알아보지 못했으나 유독 허임만은 병을 단박에 알아보았고 그의 침술 덕에 아버지는 완쾌되었다. 이경석과 허임에겐 그런 인연이 있었는데, 일흔다섯의 노의(老醫)가 된 허임이 평생의 의술을 쏟아부은 의서를 완성했다는 얘기를 듣고는 당시 내의원 제조를 맡고 있던 이경석이 그의 책에 추천사를 써주고 간행을 도와줬던 것이다.

백광현과 스승 김우와의 인연이 깃든《침구경험방》, 이 책에는 이경석과 허임의 인연이 담겨 있었던 것이다. 그리고 그 이경석과 백광현이 지금 마주 앉아 있다. 사람과 사람 사이의 연(緣)이란 이런 것인가 보다.

이경석은 계속 말을 이었다.

"내가 스물아홉에 문과에 급제하여 조정에 발을 들인 후로 벌써 마흔 해가 지났네. 그동안 수많은 인재를 천거했고 오직 왕실과 나라의 안녕을 위해서만 지금껏 미력을 다해왔네."

"예, 대감의 호국충정은 익히 잘 알고 있습니다."

"내가 자네를 내의원에 천거하는 것은 자네가 가진 의술을 힘껏 다하여 미령하신 전하의 옥체를 부디 강건하게 보필해 달라는 뜻이네. 전하의 강건함이 이 나라의 강건함이고 곧 백성을 안녕하게 하는 길임을 꼭 알아주게."

"대감의 뜻을 잘 받들겠습니다."

예순아홉의 노신이 나라를 위해 천거해 올린 백광현이라는 이가 앞으로 내의원에서 어떤 활약을 할지 그때 이경석은 몰랐을 것이다. 청나라로부터 나라를 구하기 위해 자신을 희생했듯이, 지금 백광현을 내의원에 입성시키는 것 역시 나라를 구하는 일이었음을 그때는 알지 못했을 것이다.

현종 顯宗

병이 많은

임금

"자네가 백광현인가?"

내의원에 등청한 첫날 백광현보다 나이가 스무 살은 더 들어
보이는 한 의관이 말을 걸었다.

"예, 제가 이번에 내의원 침의로 새로 들어온 백광현이라고 합
니다."

한눈에 봐도 훨씬 고참으로 보이는 의관에게 백광현은 정중히
고개 숙여 인사했다.

"그래, 반가우이. 난 윤후익이라고 하네. 자네와 같은 내의원
침의일세."

의관 윤후익은 내의원 침의가 새로 들어온다는 소식에 동지가

늘었다 싶어서 내심 반가워하고 있었다.

"그러십니까? 잘 부탁드립니다. 내의원에 처음이라 아직 서투른 것이 많을 터이니 앞으로 잘 좀 도와주십시오."

"하하, 도와줄 게 뭐 있겠나? 여기 있어 보면 내의원이 어떤 곳인지 차차 알게 될 걸세."

"그래도 미리 조심해야 할 것이라도 좀 알려주시면 좋지요."

"조심할 것? 그래, 정말 조심해야 할 것들이 있지!"

"그게 무엇입니까?"

"그건 바로 신료 조무래기들일세. 그자들만 조심하면 되네."

"예? 그게 무슨 말씀이신지?"

"아니, 임금님 잘 고쳐드리는 것이 내의원의 소임 아닌가? 그런데 임금께서 미령하셔서 진맥하고 침놓고 뜸뜨고 있으면 꼭 신료 조무래기들이 왜 이리 오래 걸리느냐, 왜 이리 자주 시침을 하느냐, 왜 이리 옥체에 병이 잦으냐, 왜 이리 내의들 실력이 형편없느냐, 너희들이 임금의 옥체를 치료 못 해서 매일같이 전하를 붙잡고 있으니 우리가 국사를 처리할 수가 없노라며 사흘이 멀다 하고 아주 지랄을 해대니 모기떼보다 더 성가시다네. 양반입네 하고 목에 힘만 잔뜩 들어가서는 말이야. 병들면 별수 없이 우리한테 찾아와 배 까고 뒷구멍 까고 해야 하는 것들이 무슨 헛소리가 그리 많은지. 내 아주 보통 꼴 보기 싫은 것이 아니네."

입담이 보통 거친 것이 아닌 윤후익의 말에 백광현은 깜짝 놀랐다.

"왜 그리 놀란 표정인가? 내 신료 조무래기들한테 당한 것이 하도 많아서 입이 이렇게 거칠어져버렸네."

"아, 예……."

윤후익은 인조 16년에 백광현처럼 천거되어 내의원 침의로 들어왔다. 그 역시 한양 땅에서 침술이 뛰어나기로 명성이 드높았고 이를 알게 된 내의원 도제조가 그를 추천해 내의원 침의로 채용된 것이다.

내의원에서 근무하는 의관을 내의라고 한다. 내의는 원칙적으로 의과 시험에 합격한 사람들로 구성된다. 하지만 민간에서 침술로 이름을 날리는 자들을 특채로 채용하기도 했는데 이런 의관들은 주로 내의원 산하 침의청(鍼醫廳) 소속의 침의가 된다. 백광현도 윤후익도 모두 침의로 내의원에 발탁된 것이었다.

침의가 침술을 전문으로 하는 의관이라면, 약의(藥醫)는 약을 전문으로 하는 의관을 말한다. 그리고 의약동참의(議藥同參醫)라 하여 경험과 연륜 있는 자들로 구성된 자문 역할의 의관도 따로 두었다. 임금을 진찰할 때에는 내의원의 도제조, 제조, 부제조 및 약의, 침의, 의약동참의가 함께 입시하여 임금의 자세한 증세를 묻고 입진한 의관들이 차례로 환부를 살피고 진맥을 한다. 임금의 상태를 살핀 의관들은 자신이 진맥한 바에 따라 임금의 증세를 의논하고 약을 쓸지 침을 쓸지 뜸을 뜰지 구체적인 처방을 정한다. 처방이 정해지면 임금에게 보고하고 임금이 이를 윤허하면 비로소 치료를 행할 수 있다. 이곳 내의원의 진찰과 치료 방식은 백광현이 민간에서 혼자 진찰하고 시술하던 것과는 완전히 달랐다. 왕실에서의 치료는 이렇게 복잡했다.

윤후익은 인조, 효종, 현종 3대에 걸쳐 내의원에서 임금의 치료를 담당해왔다. 오랫동안 내의원에서 잔뼈가 굵었고, 또 병치레가 잦았던 효종과 현종의 지척에서 치료를 맡아왔기에 왕실의 사정을 아주 잘 알았다.

"임금께서는 저리 환후로 고생하시는데 신료 조무래기들은 만날 치고받고 싸움이나 해대니 나라에 기근과 역병이 그치질 않지!"

백광현은 임금의 환후라는 말에 궁금해졌다.

"전하께서는 옥체에 무슨 환후가 있으신지요?"

"주상전하는 병이 많으시네. 그중에서도 눈병과 종기가 제일 골치지."

"예, 그렇군요. 그런데 윤 의관께서는 신료들과 무슨 안 좋은 일이라도 있으셨습니까? 왜 그리도 신료들을 안 좋게 말씀하시는지요?"

"신료 조무래기들? 그자들이 툭하면 내의원으로 찾아와서 여기 의관들 의술이 하찮아서 임금의 환후가 낫지 않는다고 닦달을 하지 않겠나. 임금의 환후가 저리 오래가는 것은 마음의 병이 깊어서인데 신료 조무래기들은 지네들이 정사를 엉망으로 해 임금님 속이 썩어 문드러지는 건 모르고 우리 의관들만 닦달하는 게지. 얼마 전 선왕 폐하께서 승하하셨을 때만 해도 그렇다네. 대왕대비께서 상복을 3년을 입어야 하네, 1년을 입어야 하네, 지네들끼리 피 터지게 싸워대더구먼. 가뜩이나 선왕 폐하의 승하로 슬픔이 지극하신 전하께서 그 일로 마음의 병이 더욱 깊어지셨던 게지. 게다가 임금 자리가 보통 고단한 자리인가? 환후가 극심하신 옥체를 이끌고 죽을힘을 다해 정사를 보고 계시니 그런 전하를 위해 우리가 치료를 하는 것이 아니겠는가? 그런데 저것들은 장계를 올려야 하는데 왜 이리 시간이 오래 걸리느냐고 닦달이니 내 아주 꼴 보기 싫어 죽을 지경일세. 얼마 전에는 내의원에 와서 하찮은 의관 나부랭이가 어쩌고저쩌고 그러기에 나도 화가 나서 삿대질을 해댔지. 우리가 의관 나부랭이면 네놈들은 신료 조무래기라고 하면서 말일세. 허허허."

"예? 정말로 그러셨습니까?"

"그래, 내 하도 쌓인 게 많아서 아주 배를 쨌네, 배를 쨌어. 그 다음부터는 저들에게 제대로 찍혀버렸지. 작년에는 전하께서 내게 군수 자리를 내리셨는데 아주 그냥 나를 파직시키라고 한 달 내내 상소를 올려대더군. 내 치사해서 군수고 뭐고 관둬버렸네.

자네도 내의원에 있다 보면 알게 되겠지만 이곳이 결코 만만한 곳이 아닐세. 임금의 환후를 낫게 하는 것은 지극히 당연한 것이고, 환후를 낫게 하지 못하는 것은 지극한 불충의 죄지. 만일 시침을 했는데 환후가 악화돼버리면 매서운 처벌이 따르게 되지. 지금의 전하께서는 워낙 환후가 잦으시기에 치료 후 차도가 있으면 의관들에게 이런저런 포상을 내려주신다네. 신료 조무래기들은 그걸 아주 고깝게 여기고 있지. 특히나 현감이나 군수 자리를 하사하는 것에는 아주 치를 떤다네. 양반네들이 차지해야 할 수령관 자리를 의관 나부랭이가 차지한다고 말일세."

"예, 제가 모르는 것이 많으니 앞으로 잘 부탁드립니다."

"하하, 내 처음 등청한 사람에게 쓸데없는 소리가 너무 많았구먼."

한참 윤후익과 백광현이 대화를 나누고 있을 무렵 의관 이동형, 유후성, 정후계, 김유현, 최유태가 내의원으로 등청했다.

"어의께서 등청하셨군요. 여보게, 백 의관. 인사하시게. 여기 세 분이 내의원 어의실세."

윤후익의 소개를 받고 백광현은 이동형, 유후성, 정후계에게 공손히 인사했다.

"또한 여기 두 사람은 침의일세."

윤후익이 이번에는 김유현과 최유태를 가리키며 말했다. 백광현과 김유현, 최유태는 서로 인사했다.

"이름이 백광현이라 했소이까? 내 얘기는 들었소이다. 왕실의 강녕을 책임지는 막중한 임무를 띠고 있는 곳이 바로 이 내의원이오. 한 치의 실수도 허용되지 않는 곳이니 특히 유념하도록 하시오."

이동형의 목소리에는 어의로서의 위엄이 실려 있었다.

"예, 명심하겠습니다."

어의 일행이 자리를 떠나자 윤후익이 백광현에게 말했다.

"이곳 의관들은 모두 날고뛰는 실력을 가진 자들일세. 그래서 하나같이 자존심이 하늘을 찌르지. 특히 아까 최유태란 침의는 6대째 의업을 이어오기로 유명한 청주 최씨 가문의 후손이라네. 어디 그뿐인가? 자네 《침구경험방》을 지은 허임이라고 들어보았나? 바로 그 허임의 수제자이기도 하지."

허임이라는 말에 백광현의 귀가 번쩍 열렸다.

"허임의 수제자라고요?"

"그렇다네. 희한하게도 허임은 아들에게 의술을 전수하지 않고 최유태에게 의술을 전수해주었다네. 최유태 역시 천거로 내의원 침의로 들어왔는데 굳이 치르지 않아도 되는 의과 시험을 자진하여 치러서 철썩 합격했지. 의과에 합격하면 약의가 되어도 되는데 여전히 침의로 남아 있더군. 천거로 들어왔다는 소리가 듣기 싫었던 게지. '난 이렇게 의과에 당당하게 붙을 정도의 실력을 갖춘 자다' 만천하에 보여주고 싶었던 게야. 그만큼 자신의 의술에 대한 자존심이 상당한 자일세. 그런 사람들이 모인 곳이 여기 내의원이라네. 하긴, 신료 조무래기들만 만날 치고받고 싸우는 게 아닐세. 실은 여기 의관 나부랭이들도 만날 치고받고 싸운다네. 여기다가 침을 놔야 한다, 이 탕약을 써야 한다, 저기다가 뜸을 떠야 한다…… 처방 하나 정하려면 아주 골머리가 아프네."

"그렇군요. 그런데 그 의과 시험이란 것이 그렇게 어렵습니까?"

"하긴 자네는 애당초 의과 시험 치를 생각이 없는 사람이었을 테니 잘 모르겠지. 그 의과 시험이라는 것에 붙으려면《찬도맥(纂圖脉)》《동인경(銅人經)》《화제지남(和劑指南)》세 권은 자다가 깨워도 술술 나올 정도로 달달 외워야 하네. 지나가다가 등을 툭 쳐도 저절로 튀어나올 정도로 말일세. 그리고《직지방(直指方)》《득효방(得效方)》《부인대전(婦人大全)》《창진집(瘡疹集)》《태산집요(胎産集要)》《구급방(救急方)》《화제방(和劑方)》《본초(本草)》는 외우진 않더라도 책의 어디를 펼치건 그 내용을 술술 풀어낼 수 있어야 하지. 의과 시험을 보고 싶어도 이 의서가 없는 사람은 아예 꿈도 못 꾼다네. 책이 있어도 저 책들을 외우고 익힌다는 것은 보통 노력이 필요한 게 아니지. 그래서 의과 출신 의관들은 우리같이 천거로 들어온 침의들을 좀 못마땅하게 여긴다네. 날로 먹었다고 말일세. 하하하."

백광현은 어느 정도 예상은 했지만 이곳 내의원에서의 생활이 이전과는 확연히 다르겠다는 생각이 더욱 강하게 들었다. 임금과 의관들 사이, 신료들과 의관들 사이, 그리고 의관들끼리의 사이, 그 어느 것도 만만치 않겠다는 것을 예감할 수 있었다.

현종은 과연 환후가 잦았다. 임금에게 입진하는 자리에 들어 환후를 살펴보니 눈병과 종기가 호전과 악화를 반복하는 상태였다. 나라에 근심이 커지면 마음을 끓여서 그런지 임금의 환후가 악화되었고, 좀 편안해진다 싶으면 임금의 환후도 호전되었다. 확실히 임금의 환후는 마음이 문제였다. 또한 임금의 자리란 것이 보통 격무가 아니기에 그 또한 완치를 방해했다.

현종은 병이 악화되어 도저히 견디기 힘들 지경이 되면 으레 온양에 있는 온천에 다녀왔다. 임금이 궁궐을 나서 온천행을 한다는 것은 보통 행차가 아니었다. 한번 온천을 다녀올 때마다 백성들이 고통스럽다며 신료들은 온천행을 반대했고, 임금은 백성들의 고통은 보이고 나의 이 지극한 고통은 보이지 않느냐며 완강히 온천행을 주장했다. 결국 옥신각신 끝에 온천을 다녀오고 나면 그곳에서 정사를 잊고 편안하게 조리한 덕인지 눈병과 종기가 많이 호전되었다. 그렇게 세월을 보내다가 현종 10년, 임금의 종기는 절정에 이르게 된다.

◖

백광현은 한동안 궁궐을 떠나 있었다. 내의원에 들어온 이듬해에 부친이 돌아가셨기에 삼년상을 치러야 했기 때문이다. 상을 다 치르고 다시 내의원으로 돌아온 지도 이제 2년의 시간이 흘렀다.

현종 10년 11월, 궁궐에서 바라본 하늘은 눈부시게 맑았지만 내의원 의관들의 마음은 늦가을 서늘한 바람 같은 수심으로 가득 차 있었다. 수년간 임금을 괴롭혀오던 종기가 절정에 이르렀기 때문이었다.

현종의 종기는 생김새가 좀 특이했다. 보통 종기는 처음 생겼을 때 벌겋게 색깔이 변하다가 점차 부어오르고 시간이 지나면 한가운데에 노란 고름이 잡힌다. 그런데 현종의 종기는 처음부터 동그란 구슬 모양의 멍울 형태로 목에 볼록 솟아났다. 그렇게 생긴 멍울은 몇 달이 지나도록 고름이 잡히지도 않고 그렇다고 없어지지도 않아서 애를 태우게 했다.

요즘 들어 목에 생긴 멍울이 더 커지고 있었다. 게다가 몇 달 전부터는 수라의 양도 점점 줄어 임금은 눈에 띄게 수척해졌다. 발열 증세도 생기기 시작했다. 누가 봐도 증세가 심상치 않았다.

의관들은 종기의 치료법대로 멍울이 생긴 부위에 이미 수차례 뜸 치료를 했다. 그러자 턱 밑에 생겼던 딱딱한 멍울이 그 속에 고름이 생긴 것처럼 점차 말랑해졌다. 멍울이 말랑해지면서 그 크기는 점차 커져갔다.

이른 아침 도제조 이하 여러 의관이 임금의 환후를 살피기 위하여 입진했다. 백광현도 이 자리에 함께했다. 어젯밤 잠을 제대로 못 잤는지 임금의 얼굴엔 힘들고 지친 기색이 역력했다. 점점 커지고 있는 턱 아래의 멍울 때문에 마치 혹부리 영감처럼 보였다. 도제조 허적이 안부를 물었다.

"전하, 밤새 멍울의 증세는 어떠했사옵니까?"

"여전히 힘들구려. 어젯밤에는 멍울 부위가 붉은색으로 달아올라서 자칫 통증이라도 생길까 두려웠소이다. 이 턱의 혹을 얼른 떼어내고 싶은 마음뿐이오. 과인의 생각엔 이곳이 이제 말랑해졌으니 오늘내일 중으로 침으로 쨌으면 하오. 그대들의 생각은 어떠하오?"

당장 침으로 쨰고 싶다는 말에 도제조 허적이 나섰다. 백광현을 내의원에 추천했던 이경석은 고령으로 벼슬에서 물러나고 지금은 새로운 도제조인 허적이 내의원을 지휘하고 있었다.

"전하, 전하의 환후는 종기가 멍울 모양으로 생기는 나력(瘰癧)

이라 하는 병으로 다른 말로 결핵(結核)이라고도 하는 병입니다. 의관들에 따르면 결핵은 침으로 째지 않는다고 하는데 어떤 의서를 살펴보면 침으로 째라는 말도 있다고 하옵니다. 하여 신중을 기해야 할 것이옵니다."

"다른 의관들도 의견을 말해보시오."

"전하, 의관 이동형 아뢰옵니다. 무릇 종기를 침으로 째는 것은 그 고름이 완전히 익어야 가능한 일이옵니다. 하온데 지금 전하의 멍울은 부어는 있으나 아직 열이 심하지 않으니 고름이 완전히 익지 않은 것으로 사료되옵니다. 하여 아직 침을 써서는 아니될 것입니다."

"그럼 어찌해야 한단 말이오?"

"뜸을 며칠 더 뜨고 또한 고름이 빨리 익도록 하는 약을 써서 고름이 완전히 익었을 때에 침으로 째야 할 것으로 보옵니다."

"다른 의관도 말해보시오."

"전하, 의관 정후계 아뢰옵니다. 전하의 멍울에는 절대 침을 써서는 아니 되옵니다. 저 멍울 속에 있는 것이 만약 담수(痰水 | 고여서 썩은 체액)라면 이는 전하의 옥체를 크게 상하게 하는 일이옵니다. 혹여 저 멍울 속에 든 것이 혈류(血瘤 | 혈관종)이기라도 한다면 선왕 폐하와 같은 망극한 일이 생길지도 모르옵니다. 하여 지금 부어 있다고 하여 조급한 마음에 침으로 째는 것은 절대 불

가한 일임을 아뢰옵니다."

선왕 폐하라는 말에 현종의 용안이 일그러졌다. 선왕 효종은 종기를 침으로 쨌다가 그만 과다출혈로 승하했기 때문이다. 왕실과 내의원 사이에서 가장 비극적인 사건이었다.

"또 다른 의관의 뜻은 어떠하오?"

"의관 최유태 아뢰옵니다."

최유태가 말문을 열자 의관들은 과연 최유태가 뭐라고 할지 궁금해졌다.

"전하의 멍울은 나력이 확실하옵니다. 이 나력이란 병은 주로 간경(肝經)과 담경(膽經)이 지나는 부위에 잘 생기는데 이는 이 병이 분노하는 마음과 연관이 깊기 때문입니다. 또한 나력은 다른 종기와는 달리 병정이 느리고 낫는 데 시일이 걸리니 지금 함부로 침으로 째서 속효를 보고자 했다간 큰 낭패를 볼 수도 있사옵니다. 하여 지금은 조금 불편하시더라도 조급한 마음을 달래시고 마음을 편히 하시면서 독기를 삭히는 약을 써 더욱 안전한 방법을 도모하는 것이 옳다고 보옵니다."

최유태 역시 침을 써서는 안 된다는 의견이었다. 현종은 턱 아래의 멍울이 너무 불편하고 걸리적거려서 당장 째서 고름을 뽑아내고 싶은 마음이 굴뚝같았다. 그런데 자신의 마음과 같은 말을 하는 의관이 없으니 짜증이 나기 시작했다. 당장 째자는 의관은 없고 온통 기다리라고만 하니 답답한 노릇이었다.

환자는 한 명인데 의관은 여러 명이니 이렇게 의견이 분분하기 십상이었다. 절대로 침을 써서는 안 된다, 침을 써야 하는데 아직 때가 아니다, 침을 쓰건 약을 쓰건 며칠 더 지켜보고 결정하자, 대강 이런 식으로 의견이 갈렸다.

"전하! 전하의 목에 자리한 저 멍울 속에 든 것은 고름이 틀림없습니다. 그리고 바로 오늘이 침으로 째야 할 적기입니다. 만약 지금 째지 않으면 독기가 더욱 깊은 곳으로 들어갈 것입니다."

들던 중 반가운 소리에 현종은 어느 의관인지 살펴보았다. 백광현이었다.

"신이 보기엔 저 멍울 속에 든 것은 고름이 틀림없습니다. 게다가 이미 충분히 익었습니다. 오늘 당장 터뜨려야 합니다. 한시도 지체할 수 없습니다."

거침없이 의견을 쏟아내는 백광현에게 모두의 뜨거운 시선이 쏠렸다.

"백 의관! 그대가 보기에는 오늘 과인의 멍울에 침을 쓰는 것이 옳다는 말이오?"

"그렇습니다, 전하. 분명 오늘이 침을 써야 하는 적기임이 틀림없습니다."

"전하, 신 허적 아뢰옵니다. 침으로 째는 것은 신중히 결정할

일이옵니다. 의관 한 사람의 말에 기대어 결정할 일이 아닌 줄로
아뢰옵니다."

"의관 한 사람의 말이 아닙니다!"

누군가 외치자 모두 고개를 돌렸다. 윤후익이었다.

"의관 두 사람의 말입니다. 저 또한 백 의관과 의견이 같습니다. 무릇 종기란 고름이 익었을 때를 판단하는 것이 제일 중요한 법. 지금이 바로 고름이 충분히 익은 때입니다."

이제 오늘 당장 침을 써야 한다는 둘과 째건 째지 않건 오늘은 아니라는 다수로 의견이 나뉜 셈이다. 의견 통일을 보지 못하자 도제조인 허적이 버럭 소리를 높였다.

"의관들이 의원이라는 이름만 지녔지 무슨 제대로 된 소견이 있습니까? 의학을 익힌 사대부 중에서 멍울을 잘 고치는 이를 수소문하여 전하의 옥체를 살피게 한 후에 결정하는 편이 좋겠습니다."

가뜩이나 임금이 병치레가 잦아 의관에게 치료받느라 시간을 다 뺏겨 정사가 잔뜩 밀려 있는데 이렇게 저들끼리 서로 옳다고 맞서는 상황이 허적은 심히 마땅치 않았다. 현종도 슬슬 화가 나고 지치기 시작했다.

"의관들이 이렇게 많은데 누구를 또 부른단 말이오? 지금 있는 의관들도 의견이 이리 다르거늘! 고름을 따는 것을 지체하다가

두통이나 오한이라도 오면 어쩌려고 하시오? 과인은 지금 당장 침으로 따야겠소. 속히 침놓을 준비를 하시오."

한참의 설왕설래 끝에 결국 현종 스스로가 침을 쓰기로 결정한 것이다.

◖

치료가 성공하면 의관에게 포상이 주어지지만 실패하면 처벌이 내려진다. 혹시나 옥체가 크게 상하기라도 한다면 처벌은 더욱 가혹해진다. 만약 치료가 실패한다면 침으로 따자고 주장한 의관은 가장 큰 벌을 받을 것이고, 다른 의견을 냈던 의관이라 할지라도 끝까지 반대하지 않고 수수방관했다 하여 함께 처벌받을 것이다.

임금이 침으로 멍울을 따려고 한다는 소식을 들은 조정의 신하들은 모두 침을 쓰는 것이 경솔하다 아뢰었다. 종기를 침으로 절개했다가 승하한 선왕 효종의 일이 현종뿐 아니라 신료들에게도 큰 충격으로 남아 있기 때문이었다.

"전하, 선왕 폐하의 일을 벌써 잊으셨습니까? 종기에 침을 함부로 써서 승하하신 그 망극한 일을 벌써 잊으셨습니까? 함부로 침을 써서 절개하는 것은 절대 불가한 일이옵니다."

"그렇습니다, 전하. 어찌 선왕 폐하의 일뿐이겠습니까? 멀리는 문종 임금께서도 종기로 인해 승하하셨음을 잊으셨사옵니까? 이런 망극한 일을 벌이고자 하는 의관을 잡아다가 물고를 내야 할 것입니다. 어찌 그런 요사스런 말로 전하를 미혹케 하여 용안에 칼을 댄다는 말이옵니까?"

가뜩이나 신료들과 의관들 사이가 안 좋은데 이 일이 잘못되기라도 한다면 저들은 벌떼같이 들고 일어나 내의원 의관들을 모두 쓸어버리려 들 것이다. 이 살벌한 상황에서 백광현과 윤후익은 멍울을 절개할 때 쓸 침을 골라 침반 위에 준비하고 있었다.

"백 의관 자네도 참 어지간하구먼. 그냥 조용히 있어도 중간은 갈 터인데 꼭 그 자리에 그렇게 나서서 튀어야 했나? 허허허."

"그러는 윤 의관께서는 왜 제 편을 들어주셨습니까? 윤 의관께서야말로 그냥 가만히 계셔도 될 일이었는데요."

"나야 내 생각을 말한 것이지, 그게 어디 자네 편을 들어준 것이었나?"

"저도 제 생각을 말한 것뿐입니다. 튀려고 그런 것은 아니었습니다."

두 사람은 이렇게 농을 섞어가며 침반을 준비하고 있었지만 내의원의 다른 의관들은 모두 안색이 퍼레졌다.

"이거 지금 보통 일이 아닙니다. 전하께서 잘못 생각하신 것입니다. 탕약을 잘못 올려 옥체가 잘못되어도 큰일 나는 판에 침을 써서 무슨 일이라도 난다면 이는 감당이 안 될 일이지요."

"그러게요. 저는 아직도 선왕께서 승하하실 때의 일이 생생합니다. 신가귀가 전하의 용안에 침을 대었다가 그만 지혈이 되지 않아 망극하게도 승하하지 않으셨습니까? 신가귀는 바로 처형되었고요. 혹시 오늘도 그러진 않을지 불안하기 짝이 없습니다. 하지만 전하께서 고집을 꺾지 않으시니……. 그때 선왕께서도 그리 고집을 꺾지 않으시고 신가귀에게 지금 당장 침을 쓰라 하셨다가 그리 가셨는데."

"일이 잘못되면 저 두 사람만 물고를 치르는 것이 아닙니다. 옆에서 막지 못했다고 오늘 입진한 모든 의관들이 함께 벌을 받게 될 것입니다."

이동형, 정후계, 최유태는 근심을 토로하고 있었다.

바람은 서늘했지만 정오가 갓 지난 하늘에선 태양이 활활 타오르고 있었다. 마치 의관들의 서늘한 등골처럼 그리고 애가 타는 심정처럼.

침을 놓을 시각은 미시(未時)로 정해졌다. 침반을 들고 임금에게 나아가기 전에 누가 침을 잡을 것인지 결정해야 했다. 마땅히 침을 쓰자고 주장한 이가 잡아야 할 것이다.

"누가 침을 잡겠소? 백 의관이 하겠소, 아니면 윤 의관이 하겠소?”

만약 실패한다면 가장 혹독한 벌을 받게 되는 사람은 침을 잡은 이가 될 것이다. 두 사람 중 윤후익이 나섰다.

“내가 침을 잡겠소이다. 혹시라도 불미스런 일이 생기게 되면 신료들이 벌떼같이 들고 일어날 것이 뻔하지요. 나야 이제 늙은 몸이고 또 워낙에 예전부터 중신들에게 미운털이 제대로 박힌 사람이니 죄목이 더해진다고 무슨 상관이 있겠소이까? 백 의관은 아직 이곳에서 할 일이 많은 사람이니 내가 침을 잡겠소이다.”

그렇게 해서 침을 잡을 의관은 윤후익으로 정해졌다. 이제 모두 임금께서 침을 맞을 장소인 집상전(集祥殿)으로 향했다. 도제조 허적을 비롯해 제조, 부제조, 내의원 의관들이 모두 집상전에 모였다.

현종은 침을 맞기 위해 곤룡포를 벗기 시작했다. 하지만 집상전에 오기 직전까지도 편전을 찾아와 침을 맞으면 절대 안 된다고 읍소하던 중신들의 말이 아직도 귓가에 맴돌았다.

‘모든 약의들과 신료들이 침을 써서는 안 된다고 했는데 내가 일부 침의들 말만 믿고 경솔히 판단한 건 아닌가?’

현종은 여전히 갈등하고 있었다. 이를 알아차린 것인지 도제조 허적이 다시 아뢰었다.

“전하, 지금이라도 늦지 않았으니 어심을 돌리소서.”

현종은 대답이 없었다. 멍울이 너무 걸리적거리고 두통까지 생기려 하므로 침을 쓰고 싶은 마음은 굴뚝같았다. 하지만 자꾸 선왕 폐하의 일이 떠오르는 것은 어쩔 수 없었다.

'아니다. 그런 일은 다시 없을 것이다. 오히려 지금 침을 쓰지 않으면 병세가 더 나빠질 것이다. 그러니 침을 쓰는 것이 옳다.'

현종은 흔들리는 마음을 다잡았다.

"침의는 속히 침술을 시행하라."

임금의 명이 떨어지자 윤후익은 멍울을 절개할 종침을 집어 들었다.

"잠깐! 윤 의관은 들으시오. 만약 오늘의 침술에 머리카락 한 올만큼이라도 착오가 생긴다면 그대는 참형을 면치 못할 것이오. 또한 여기 있는 모든 의관들 또한 그 죄를 함께 받을 것이오. 이 점 명심하고 침술을 시행하도록 하시오."

도제조 허적의 서슬 퍼런 경고가 있었다. 지켜보던 의관들은 모두 가슴이 쿵 하고 내려앉는 것만 같았다. 하지만 윤후익은 대꾸도 하지 않고 종침을 임금의 멍울 부위로 가져갔다. 의관들의 눈길이 온통 윤후익이 쥐고 있는 침 끝에 쏠렸다.

'저 멍울 속에 있는 것이 만약 고름이 아니면 어찌할 것인가?'

'혹시나 저 속에 혈류가 가득 차 있어 침으로 찌르자마자 피가 솟구쳐 나온다면 어찌할 것인가? 또다시 그 끔찍했던 신가귀의

악몽이 되풀이되는 것인가?'

종침이 임금의 멍울에 점점 가까워지자 의관들의 머릿속에 온갖 불길한 생각이 스치고 지나갔다.

윤후익은 허적의 경고 따위 이미 한 귀로 듣고 한 귀로 흘렸다. 또한 지켜보는 모든 의관들의 초조한 시선도 떨쳐냈다. 그의 머릿속에는 오직 한 가지, 멍울의 핵을 정확히 찾아야 한다는 생각뿐이었다.

'멍울의 핵을 찾아서 찔러야 한다. 그곳이 고름이 쌓여 있는 곳일 터이니.'

한쪽 손으로 임금의 멍울을 천천히 만지며 핵의 위치를 더듬었다.

'찾았다, 여기다. 바로 이곳을 정확히 찔러야 한다.'

멍울의 핵을 찾은 윤후익은 호리병만큼이나 커져버린 멍울의 정중앙을 향해 침을 찔러 넣었다. 침이 환부를 파고 들어갔다. 침으로 멍울의 핵을 뚫고 피부로 나올 입구를 열어준 후 양쪽 손으로 멍울을 잡고 힘껏 짰다.

마치 기다렸다는 듯이 멍울 가운데서 세차게 솟구쳐 나온 것은 피도 담수도 아닌 누런색의 고름이었다. 활화산이 용암을 뿜듯이 고름이 콸콸 쏟아졌다. 지켜보고 있던 의관들은 자신들도 모르게 박수를 치면서 소리를 질렀다.

"고름이다, 고름!"

허적 또한 고름이 터져 나오자 소리를 질렀다.

"전하, 고름이옵니다. 고름이었사옵니다!"

윤후익이 멍울을 계속 짜내자 고름은 한 되가량 쏟아진 후에야 그쳤다. 침으로 짼 곳은 고름만 깔끔하게 나왔고 다른 출혈은 전혀 없었다. 윤후익이 멍울의 핵을 정확하게 찾아서 찌른 것이다.

현종 또한 얼굴에 기쁜 표정이 깃들었다.

"오늘 몹시 당겼기 때문에 기어코 침으로 따고 싶었소. 종기를 따버리고 나니 마음이 아주 시원하구려."

침술이 잘 끝나고 호리병만 하게 커졌던 멍울도 사그라졌다. 침 한번 쓰는 것에 절차가 이리 복잡하다니, 백광현은 앞으로 왕실에 환후가 생길 때마다 이렇게 난리를 치를 생각을 하니 머리가 지끈했다.

"백 의관, 자네 이번에 보았겠지? 여기 내의원은 뭐 하나 하려면 목숨을 내놓고 해야 한다네. 하하하."

"윤 의관께서 멍울의 핵을 정확히 찔러주셨기에 잘 끝난 것이지요."

"자네가 오늘 침을 써야 한다고 전하께 아뢰었기에 가능한 일이었지. 나 혼자 그런 소리 했다면 씨알도 안 먹혔을 게야."

침술이 끝나고 내의원에 모인 의관들은 천만다행이노라, 큰일 나는 줄 알았노라, 아주 등골에서 식은땀이 났노라 떠들며 오늘 있었던 침술 얘기로 이야기꽃을 피웠다.

얼마 후 뜻밖의 전교가 내려졌다. 이번에 공을 세운 의관들에게 포상을 내린다는 것이었다. 교지를 받은 백광현은 자신의 이름 뒤에 붙은 포상을 보고 깜짝 놀랐다.

'백광현을 정3품 통정대부(通政大夫)에 봉하라.'

이제 겨우 종6품인 자신에게 정3품이라니! 백광현은 믿을 수가 없었다. 이 정도면 특진 중의 특진이었다.

현종은 백광현이 썩 마음에 들었다. 모두가 몸을 사리고 침을 써서는 안 된다고 할 때 그는 침을 써야 한다고 주장했다. 워낙에 병치레가 잦았기에 신료들 없이는 살아도 의관들 없이는 살 수 없는 현종이었다. 윤후익이 연로하여 그의 뒤를 이을 침의가 필요하다고 생각하던 중 마침 백광현이 눈에 들어온 것이다. 임금은 그에게 힘을 실어주고 싶었다.

대비 大妃

위험한

절개

　현종을 괴롭히던 목의 멍울은 잘 사그라졌다. 그 후로 쇄골 부
위와 반대쪽 목, 겨드랑이 부위에 멍울이 생기기도 했으나 모두
침으로 째서 사그라지게 했다. 그때에는 백광현이 직접 침을 잡
았다.

　종기란 놈은 조선 왕실을 무척이나 괴롭히던 폭군 같은 존재였
다. 백성들도 종기에 잘 걸려 고생했지만 왕실에서도 종기는 꽤
나 골치 아픈 불청객이었다. 선왕인 효종은 이 종기로 죽었고, 현
종도 종기가 지병이다. 그리고 또 한 사람, 아무도 환영해주지 않
는 이 종기가 찾아간 사람이 또 있었으니 바로 효종의 비이자 현
종의 어머니인 대비 인선왕후였다.

현종 13년 2월, 대비전을 담당하는 의녀들이 바쁘게 움직이고 있었다.

"대비마마, 밤새 침수는 편안하셨는지요? 대비전의 상궁이 내의원에 연통을 넣었기에 저희 의녀들이 이리 달려왔습니다. 마마의 발제(髮際 ㅣ 뒷목의 머리카락이 끝나는 경계 부위)에 생긴 종기가 점점 커지고 있다 하니 부디 환부를 보여주소서."

대비는 얼마 전부터 발제 부위에서 종기가 생기고 있음을 감지했다. 하지만 자신 때문에 아들이 걱정할 것이 염려되어 크게 알리지 않고 있었다. 그런데 이제는 크기가 너무 커져버려 그냥 두고 볼 수 없는 지경이 되었기에 상궁을 시켜 내의원에 연통을 넣은 것이다.

"내의원 의녀로구나. 내 발제에 생긴 종기가 자꾸 커지고 있으니 살펴봐다오."

의녀가 확인한 종기의 크기는 상당했다. 머리카락이 끝나는 곳에서부터 시작된 종기는 독기가 퍼져 이미 뒷목의 대추(大椎) 혈까지 내려와 있었다.

의녀는 대비의 상태를 확인한 후 바로 내의원으로 달려와 의관들에게 보고했다. 왕실의 여인들에게 병이 있을 때에는 의녀가 진맥을 하고 환부를 살핀 후에 의관들에게 이를 세세히 보고한다. 그러면 의관들은 의녀의 보고를 바탕으로 처방을 의논한다.

처음부터 의관들이 왕실 여인들을 진맥하고 환부를 살피는 것은 아니다.

"그래? 그 정도로 종기의 크기가 상당하단 말이냐?"

어의 이동형은 의녀의 보고를 듣고 짐짓 놀랐다. 종기가 생긴 위치도 아주 위험한 곳이다. 발제는 뇌수(腦髓)와 가까이 있기에 빨리 독기를 꺼뜨리지 않으면 생명이 위험해질 수도 있다. 종기가 생긴 부위와 그 크기에 대해 보고받자 의관들의 마음은 모두 어두워졌다. 임금에게 난 종기의 기세를 눌러놓은 지도 얼마 되지 않았는데 왕실의 불청객이 또 찾아온 것이다. 이를 임금께 어찌 아뢰어야 할지, 자전(慈殿ㅣ임금의 어머니)께 종기가 생겼다는 것을 아시면 임금께서 얼마나 근심하실지, 또 그 근심이 얼마나 임금의 마음을 짓누를지 생각하니 어의의 마음 또한 무거워졌다.

"얼른 처방을 정해 올려야지요. 종기는 하루 이틀 사이에도 불이 번지듯이 독기가 퍼져나갈 수 있습니다. 얼른 서둘러야 합니다."

이동형, 정후계, 최유태, 김유현, 윤후익, 백광현은 대비에게 올릴 처방을 의논하기 시작했다.

"대비께서는 그동안 참 힘들게 지내오셨는데, 어찌 이리 위험한 곳에 종기가 걸리셨는지……."

윤후익은 안타까운 마음을 내비쳤다.

"대비께서는 열세 살 때 왕실로 시집을 오셨지. 병자호란에서 패한 후 스무 살에 청나라 심양으로 끌려가 8년간 볼모 생활을 하고서야 겨우 돌아오셨네. 꽃다운 나이를 적국의 땅에서 인질 생활 하며 보내신 게지. 어디 그뿐인가? 소현세자께서 의문의 비명횡사를 하신 후에는 뜻하지 않게 세자빈이 되셨으나……"

"이보시게, 윤 의관. 비명횡사라니! 말조심하시게. 아무리 세월이 흘렀어도 그 일은 입에 올리지 않는 것이 좋으이."

윤후익의 입에서 소현세자의 비명횡사란 말이 나오자 잔뜩 놀란 이동형은 잽싸게 윤후익의 말을 잘랐다.

"그렇다는 얘기요. 그때 일이야 다 아는 공공연한 비밀 아니겠소? 어쨌든 왕비의 자리에 오른 후에도 청나라의 갖은 횡포와 핍박에 끊임없이 시달렸지요. 또 나라에서는 기근과 전염병이 끊이질 않았으니 어찌 마음 편할 수 있었겠소이까? 참으로 어려운 세월을 보낸 분이시지요."

청나라와의 처참한 전쟁 이후로 왕실이 겪어온 고통이 매우 컸음을 백광현은 내의원에 들어온 후 절실히 느낄 수 있었다.

종기가 난 부위가 십이경락 중 담 경락에 속하기에 대비에게 올릴 처방은 간담 경락에 생긴 종기를 치료하는 처방인 시호청간탕(柴胡淸肝湯)으로 정했고, 발제 부위에는 뜸을 뜨기로 했다. 의관들이 처방을 정하면 실제 시술은 의녀들이 맡는다. 특별한 경우가 아니라면 진찰도 시술도 의녀들의 몫이다.

현종은 애가 타고 있었다. 처음 내의원에서 올린 보고를 듣고는 가슴이 철렁했다. 자신이 세상에서 제일 싫어하는 병이 바로 종기였기 때문이다. 현종은 열아홉 살 나이에 갑작스레 보위에 올랐다. 선왕께서 자신의 학질(瘧疾 | 말라리아)을 걱정하시느라 정작 폐하의 용안에 난 종기에는 마음을 쓰지 못해 하루 이틀 사이 온 용안에 종기의 독이 퍼져버렸다.

'그때 신가귀가 침을 잘못 놓지만 않았어도……'

이미 10년이 훌쩍 넘는 세월이 흘렀지만 그날 일은 아직도 생생히 기억하고 있었다. 그렇게 침을 쓰는 것을 말렸건만 선왕께서 기어이 고집을 부리셔서 신가귀로 하여금 침을 잡게 하셨다. 아니, 신가귀가 당장 침으로 째야 한다 했기에 선왕께서 그리하라 허락하신 것이었다. 평소 수전증이 있던 신가귀는 손을 부들부들 떨면서 용안의 종기를 침으로 쨌는데 처음에는 고름만 나오더니 나중에서 선혈이 연이어 나오고 아무리 약을 써도 지혈이 안 되는 지경에 이르렀다. 결국 선왕께서는 출혈이 멈추지 않아 승하하고 말았던 것이다.

현종은 보위에 오르자마자 신가귀부터 처형했다. 그런데 신가귀의 귀신이 썬 것인지 임금의 자리에 오른 후부터 여기저기서 종기가 나기 시작했다. 보위 내내 자신을 괴롭히는 이 종기가 마치 신가귀가 내린 저주 때문인 것만 같았다. 이제 자신에게 난 종기가 잠잠해지는 듯하니 갑작스럽게 어머니이신 대비께 종기가 났다는 소식을 듣게 된 것이다.

"전하, 도제조와 내의원 의관들 입시이옵니다."

상선내시가 아뢰었다. 그렇지 않아도 자전의 종기로 마음이 시끄러웠는데 때마침 내의원 의관들이 편전을 찾아왔다.

"도제조와 의관들은 모두 들으시오. 당장 자전의 종기를 낫게 하시오. 무슨 수를 쓰든지 간에 당장 자전의 종기를 낫게 하란 말이오."

"예, 전하. 그렇지 않아도 탕제를 올리고 뜸을 뜨면서 종기의 독을 사그라뜨리고 있사옵니다."

영의정이자 내의원 도제조인 허적은 현종의 근심과 초조함, 노기가 함께 서린 명령에 조심스럽게 대답했다.

"의관들이 자전의 환후를 직접 확인한 것이오?"

"의녀들의 보고에 따라 처방을 정하고 있사옵니다."

"병을 보지도 않고서 어떻게 처방을 제대로 정할 수 있겠소? 지금 당장 대비전으로 가서 그대들의 눈으로 직접 환부를 확인하고 진맥을 한 연후에 처방을 정하도록 하시오."

왕실 여인들의 병은 의녀가 진찰하는 것이 상례인데 이 상례

를 깨고서라도 어머니를 낫게 하겠다는 것이 아들 현종의 마음
이었다.

᠎

᠎

대비전에는 점심 수라상이 올라와 있었다. 종기가 난 이후로는
영 입맛이 떨어졌는데 그래도 수라를 거를 수는 없기에 대비는
수저를 들고 식사를 시작했다.

그런데 뭔가 이상했다. 밥알을 씹고 삼키려 하는데 삼켜지지가
않았다. 아무리 목구멍을 꿀꺽거리며 음식을 삼키려 해도 음식이
삼켜지지 않았다. 얼굴을 찡그리며 목을 부여잡고 괴로워하자 대
비전 상궁이 깜짝 놀랐다.

"대비마마, 왜 그러시옵니까?"

대비는 대답도 하지 못하고 연신 괴로워만 했다.

"마마, 삼키기 힘드시면 뱉으시옵소서."

상궁은 옆에 놓인 소반을 가져와 대비의 입에 갖다 대었다. 입
안에 들었던 음식을 겨우 뱉어내고서야 대비는 말을 할 수가 있
었다.

"어찌된 일인지 식관(食管 | 식도)이 움직여지질 않는다. 아무
리 삼키려 해도 식관이 움직이질 않아."

"마마, 그럼 여기 물을 드셔보시옵소서. 물은 삼킬 수 있으실지 모르옵니다."

대비는 상궁이 내민 물을 입에 넣었다. 그리고 물을 삼키려 식관을 움직여봤으나 역시 물도 삼켜지지 않았다. 결국 입안에 넣었던 물도 토해냈다.

"안 된다. 식관에서 삼키는 것이 안 된다. 아무리 물을 삼켜보려고 해도 식관이 움직이질 않는다."

순간 대비는 얼굴색이 백짓장처럼 하얗게 변했다.

'발제에 난 종기 때문인가? 음식도 물도 삼킬 수가 없다니, 이것도 종기 때문에 생긴 증상인가?'

종기가 생긴 것도 그렇지만 평생 겪어본 적 없는 증상에 대비의 마음은 공포로 물들어가고 있었다.

'주상이 알면 또 근심이 넘칠 것인데 이 일을 어찌할꼬. 가뜩이나 돌봐야 할 정사도 많은데 이 어미 걱정까지 짊어지게 해서는 안 되는데.'

결국 물 한 모금 마시지 못하고 수라상을 그대로 물릴 수밖에 없었다. 때마침 임금의 명을 받은 내의원 의관들이 대비전에 당도했다.

"대비마마, 전하의 명을 받고 내의원 의관 이동형, 정후계, 최유태, 김유현, 윤후익, 백광현이 마마의 환후를 살피고자 하옵니다."

"그리하시게. 부디 내 몸의 이 종기를 꼭 좀 고쳐주시게."

대비는 몸을 돌려 뒷목에 난 종기를 보였다. 종기의 상태를 확인한 의관들의 표정이 일제히 굳어버렸다. 생각보다 훨씬 심각했다. 임금을 진찰할 때처럼 의관들은 차례대로 돌아가면서 대비의 환부를 직접 눈으로 살피고 손으로 확인했다.

"고칠 수 있겠는가?"

"신들이 최선을 다하여 치료하겠나이다."

이렇게 대답하고 대비전을 물러나오긴 했지만 직접 대비를 진찰하고 나온 의관들의 마음은 무겁기만 했다.

"이렇게 크기가 크고 독기가 맹렬한 종기는 내 평생 본 적이 없소이다."

대비의 상태를 살피고 온 의관들은 한결같이 말했다. 이제 대비의 병을 어떻게 치료할 것이냐가 문제였다. 처방을 정하러 내의원에 모인 의관들은 다들 꿀 먹은 벙어리처럼 말이 없었다. 한참 동안의 침묵을 윤후익이 깨뜨렸다.

"문제는 종기의 근(根)이오. 내가 확인한 바로는 이 근의 크기가 보통 큰 것이 아니었소."

"예, 저도 그렇게 보았습니다. 아무리 독기를 누르는 약을 쓴다고 하나 근이 저렇게 커서는 약의 힘보다 독의 기운이 훨씬 빨리 커질 것이니 그것이 제일 걱정입니다."

최유태가 뒤이어 말했다.

"이렇게 해보면 어떻겠습니까? 일단 독기를 풀어주는 약을 써야 하니 시호청간탕을 선전화독탕(仙傳化毒湯)으로 바꾸어 올리고, 또 뜸을 세 배로 떠서 약력을 도와주도록 하는 것 말이오."

김유현이 고심 끝에 의견을 냈다. 선전화독탕은 종기의 독기를 사그라지게 하는 데 쓰는 처방이다.

"하지만 근의 크기가 자못 커서 그것이 걱정입니다. 더 커지기 전에 침으로 근을 먼저 도려내는 것이 어떨까 합니다."

백광현 또한 대비를 살피고서 느낀 바를 말했다. 하지만 근을 도려낸다는 말에 다른 의관들은 펄쩍 뛰었다.

일단 김유현의 의견을 따르기로 했다. 탕약을 올리고 뜸의 강도를 세 배로 올렸다. 하지만 종기의 독기는 꿈쩍하지 않았다. 결국 현종은 도제조와 의관들을 모두 편전으로 불렀다.

"선왕께서 종기로 돌아가셨소이다. 자전까지 종기로 잃을 수는 없으니 무슨 수를 쓰든 환후를 빨리 낫게 해야 할 것이오. 내 의원에서 생각하는 방책은 무엇인지 내 듣고자 하오."

대비의 병세가 호전되지 않자 현종 또한 피가 말랐다. 도제조 허적이 대답을 올렸다.

"전하, 지금 독기를 풀어주는 탕약을 올리고 있사옵고 뜸도 평소보다 세 배의 강도로 뜨고 있으니 조만간 환후의 차도가 있을 것이라 보옵니다."

"그건 이미 내가 알고 있는 바이오. 하지만 아직 아무런 차도가 없질 않소? 더 확실한 방책을 내놓으란 말이오!"

임금의 목소리가 격앙되자 의관들은 선뜻 대답하지 못하고 있었다. 노기 어린 눈으로 의관들을 살피던 현종의 눈에 백광현이 들어왔다.

"백 의관! 그대 의견은 어떠하오? 그대는 여염에서 수많은 종기 환자들을 치료했다고 들었소. 그대는 자전의 종기를 어찌 치료해야 한다고 보시오?"

자신이 지목되자 백광현은 내의원에서 다 펼치지 못한 말을 여기서 해야겠다고 생각했다.

"전하, 자고로 사람의 몸에 종기가 생기면 죽을 수도 있는 부위가 다섯 군데 있습니다. 첫째가 복토(伏兎), 즉 허벅지 중앙이요, 둘째가 비(腓), 즉 장딴지이며, 셋째가 배(背), 즉 등이고, 넷째가 오장지수(五藏之兪), 즉 오장의 수혈(兪穴)이 있는 곳이며, 다섯째가 항(項), 즉 뒷목인데 지금 자전께 종기가 생긴 부위가 바로 이 다섯째에 해당하옵니다."

대비에게 종기가 생긴 곳이 죽을 수도 있는 부위라는 말에 현종의 얼굴이 굳어버렸다.

"또한 종기가 생겼을 때 치료할 수 있는 증세와 치료할 수 없는 중세가 있는데, 종기 부위에 열이 나고 높게 부어오르며 환자가 통증을 느낀다면 비록 그 크기가 동이만큼 크다 할지라도 치료할 수 있습니다. 반대로 종기 부위에서 열도 나지 않고 환자가 통증을 느끼지도 못하며 환부가 움푹 꺼져 들어만 간다면 비록 그 크기가 아무리 작다 할지라도 이는 치료할 수 없는 증상입니다."

"그렇다면 자전은 치료할 수 있는 쪽이오, 치료할 수 없는 쪽이오?"

현종의 목소리에는 불안함이 잔뜩 묻어 있었다.

"종기에는 여섯 가지의 난치증이 있습니다. 첫째는 양쪽 볼이 연지를 바른 것처럼 빨갛게 되는 것으로 이는 심장까지 병이 든 것이고, 둘째는 종기가 생긴 지 오래되었으나 전혀 붓지도 아프지도 않은 것으로 이는 장부에까지 병이 깊게 든 것입니다. 셋째는 환부가 마치 소가죽처럼 딱딱한데 아무리 약을 써도 말랑해지지 않는 것이고, 넷째는 환자의 정신이 온전치 못하고 실성한 사람처럼 웃기만 하는 것입니다. 다섯째는 종기가 겉의 구멍은 작으나 그 속은 넓고 항시 퍼런색의 고름이 나오는데도 통증을 느끼지 못하는 것이고, 마지막 여섯째는 고약을 붙였는데 선홍색 피와 검은색 피가 섞여 나오는 것입니다."

두려워진 임금은 섣불리 다음 질문을 하지 못했다.

"자전의 종기는 비록 그 위치가 자못 위험한 곳에 있으나 다행인 것은 여섯 가지 난치증이 전혀 보이지 않으며, 비록 종기의 크기는 크지만 열이 나고 붓고 통증을 느끼는 순증을 모두 보이고 있다는 것입니다. 하여 이는 치료할 수 있는 종류라 여겨지옵니다."

치료할 수 있다는 말에 현종의 용안에는 금세 화색이 돌았다.

"그렇소? 그렇다면 당장……."

"하오나 다만……."

백광현은 자신이 올려야 할 가장 중요한 마지막 말을 남겨두고 숨을 골랐다.

"다만이라니? 무엇이 또 문제란 말이오?"

현종은 애가 탔다. 어머니의 병이 나을 수만 있다면 무엇이든 허락할 생각이었다.

"다만 위험한 곳에 위치한 종기의 근이 그 크기가 상당하므로 침으로 절개하여 근을 확실하게 도려내야 할 것으로 사료되옵니다."

"종기의 근을 도려내야 한다? 절개를 한다면 어느 정도로 절개해야 한단 말이오?"

"근의 크기로 보아 네 치 정도는 절개해야 확실하게 근을 제거할 수 있을 것으로 보옵니다."

네 치(약 12센티미터)라는 말에 현종의 용안은 찬물을 뒤집어쓴 것처럼 굳어버렸다. 얼음처럼 차가운 침묵이 잠시 흘렀다. 어느 누구도 질문도 대답도 하지 않았다. 오직 숨소리만 들렸다.

침묵을 깬 것은 현종이었다.

"아무리 자전의 병환이 중하다고는 하나 네 치를 절개하는 것은 내가 윤허할 수 없소. 아니 될 일이오."

다시 침묵이 흘렀다. 그리고 이제 그만 물러가 다른 방법을 연구해보라는 명이 떨어져 백광현 외 모든 의관들은 편전을 물러나왔다.

⸺

그날 밤 현종은 꿈에서 신가귀를 보았다. 그의 손에는 선왕 폐하의 용안에 침을 놓을 때 쓰던 그 침이 들려 있었다. 신가귀는 처형당할 때의 옷을 입고 대비전으로 향하고 있었다. 현종이 뒤에서 신가귀를 불렀다. 멈추라고 아무리 소리를 질러도 신가귀는 멈추지 않았다. 그는 대비전의 문을 열고 들어가 어머니의 종기를 향해 있는 힘껏 침을 찔렀다. 피가 사방으로 터져 나왔다. 놀란 현종은 신가귀를 붙잡았다. 그런데 얼굴을 돌려 보니 자신이 처형한 신가귀가 아니었다. 백광현이었다! 그 순간 눈이 떠졌다.

'꿈이었군!'

현종은 온몸이 식은땀으로 젖어 있었다.

'꿈이야, 현실이 아니야.'

백광현이 내뱉은 네 치라는 말이 하루 종일 머리에서 떠나지 않았던 현종은 그날 밤 악몽에 떨었다.

'네 치를 절개하다니 그건 안 될 말이다. 하지만 그냥 이대로 있으면 어마마마께서 어찌 되실지 모른다. 그래도 네 치를 절개하는 것은 안 될 일이다.'

악몽에서 깨어난 현종은 다시 잠을 이루지 못하고 갈등했다. 이부자리에서 튕겨져 나오듯 벌떡 일어났다가 다시 누가 끌어당기기라도 하는 것처럼 쓰러지기를 되풀이했다.

☾

백광현이 편전에서 네 치를 절개해야 한다는 말을 내뱉은 이후 내의원은 들쑤신 벌집마냥 시끄러웠다.

"이보게, 백 의관. 자네가 무슨 배짱으로 왕실의 몸에 그렇게 과도하게 칼을 댄다는 말인가?"

김유현은 이 백광현이란 사람이 참으로 신기했다. 도대체 무슨 배짱인지 알 수가 없었다.

"내가 보기에도 백 의관이 너무 과한 말을 했네. 대비를 살리는 것도 좋으나 그 전에 자네 목숨부터 날아갈 걸세. 신가귀의 일을 모르는 것인가? 내 그 꼴을 다시 보고 싶지는 않네. 부디 이번 일은 나서지 마시게."

윤후익도 말리고 나섰다.

"전하께서 윤허하실 리가 없습니다. 절대 윤허하시지 않을 겁니다."

최유태도 종기의 근이 심상치 않은 크기임은 알고 있었다. 그러나 여염의 이름 없는 백성이라면 모를까 임금의 어머니 몸을 그렇게 길게 절개하는 건 생각조차 할 수 없었다. 그런데 백광현이 그리해야 한다고 임금 앞에 나선 것이다. 참으로 흥미롭고 묘한 인물이다 싶었다.

"저도 제가 올린 말이 얼마나 위험한지 잘 압니다. 하지만 저대로 두면 대비께서는 어찌 되실지 알 수 없습니다. 그냥 앉아서 죽음을 기다리느니 무엇이든 시도는 해봐야 하지 않겠습니까?"

백광현은 안타까운 듯 대답했다. 하지만 윤후익은 더욱 말리고 나섰다.

"그런 소리 마시게. 자네 점점 큰일 날 소리 하는구먼. 자네 말이 무슨 뜻인지는 내 잘 아네. 하지만 자네도 직접 손으로 만져 보지 않았나? 대비의 종기에 자리 잡고 있던 독이 얼마나 단단했는지를. 그런 종기의 근을 도려내는 것은 보통 까다로운 일이 아닐세. 자칫 혈맥을 베어내거나 멀쩡한 살을 다치게 했다가는 종기 때문에 죽는 것이 아니라 그 침 때문에 죽을 수도 있네. 어찌 그리 과한 짓을 하려는 겐가? 무슨 자신으로 그런 말을 내뱉은 겐가?"

"자신이 있어서가 아닙니다. 가장 빠른 방법이라 여겼기에 그리 말을 올린 것입니다."

"이 사람 아직도 정신 못 차렸구먼. 일이 잘못되면 자네 혼자 죽는 것이 아니라 우리가 다 같이 죽는 걸세. 아니네, 더 말할 필요도 없네. 어차피 전하께서 허락하시지도 않을 일이네."

예상대로 임금의 윤허는 떨어지지 않았다. 시시각각 대비전 의녀가 달려와 전하는 대비의 상태는 여전히 좋지 않았다. 대비가 물 한 모금 삼키지 못한 지 사흘째가 되어갈 때에 대전에서 내의원으로 보낸 내시가 어명을 전했다.

"내의원 의관 백광현은 침술을 위한 준비를 갖추고 대비전으로 들라."

설마 하던 어명이 떨어지자 의관들은 모두 놀랐다. 백광현은 침반에 침을 하나씩 올리며 대비전으로 들 준비를 했다.

"그럼, 다녀오겠습니다."

백광현이 대비전으로 출발하려 하자 윤후익이 붙잡았다.

"나도 함께 가겠네. 자네 혼자 가게 할 수는 없으이."

"하지만 그랬다가 혹여 잘못되기라도 하면……."

"됐네. 나야 어차피 더 이상 내의원에 있고 싶은 마음도 없는 늙은이인 것을."

두 사람이 출발하려 하자 또 한 명의 의관이 동행을 청했다.

"잠깐, 저도 함께 가겠습니다."

김유현이었다. 그는 백광현이 어떻게 침을 쓸 것인지 몹시 궁금했다. 혹여 일이 잘못되어 나중에 함께한 의관들에게 처벌이 내려진다 할지라도 그의 침술을 보고 싶었다.

백광현, 윤후익, 김유현은 침반을 준비하여 대비전에 들었다. 현종 임금도 그 자리에 함께했다.

"과인은 도저히 이 침술을 허락할 수 없네만 자전께서 백광현의 침술이라면 믿어볼 만하다 하시며 허락하셨소. 과인은 여전히 내키지 않지만 자전의 뜻이 이러하시니 어쩔 수 없이 윤허하오. 다만 내가 옆에서 침술이 끝날 때까지 지켜볼 터이니 터럭만큼의 실수도 없이 침술을 시행하도록 하시오."

대비인 인선왕후는 어차피 물 한 모금도 먹지 못하고 약 한 방울도 삼키지 못한 지가 사흘이 지났는데 이렇게 가다가 곡기가 끊겨서 죽으나 침을 맞다가 죽으나 죽는 것은 매한가지니 네 치든 다섯 치든 침술을 받게 해 달라 임금을 설득한 것이었다.

내의원에 들어와 침의로서 왕실을 보필한 이후 지금만큼 긴장되고 떨리는 날은 없었다. 백광현은 다시 한 번 대비의 종기를 살폈다.

'악성 종기로다. 위치도 아주 위험한 곳에 있는. 여염의 환자들에게도 이 정도로 큰 악성 종기는 흔한 것이 아니었다.'

종기를 손으로 지그시 눌러 고름을 한 번 더 확인했다.

'고름의 양은 얼마 되지 않고 또 익을 만큼 익었다. 만약 종기의 근을 빼내지 못하면 분명 악화일로를 걸을 터. 지금 대비께서는 물조차 삼키지 못하고 계신다. 이는 여기 뒷목에 자리 잡은 종기의 근으로 인해 식관이 움직이지 않기 때문이다. 어떻게 해서든 저 종기의 근을 빼내야 한다. 그래야 대비께서 사실 수 있다.'

백광현은 거침을 집어 들었다. 침반 위에 놓인 침 중에서 가장 큰 침을 집어 들자 옆에서 지켜보던 현종의 얼굴이 사색이 되었다. 백광현은 환부를 짚어 종기의 근의 위치와 가장자리를 정확히 확인했다.

'이 근을 완전히 뽑아내려면 한 번의 절개로는 안 된다. 적어도 세 번은 절개하여 그 뿌리를 밑에서부터 도려내어 분리한 후 들어내야 한다.'

백광현은 종기의 한가운데를 거침으로 갈랐다. 그리고 그 좌우를 같은 길이로 갈라서 절개의 형태는 천(川) 자와 같은 모양이 되었다.

이번에는 침의 종류를 바꿨다. 거침보다는 크기가 좀 더 작은 종침을 집었다. 세 갈래로 절개한 곳 중 가운데를 제외한 좌우에서 각각 종침으로 파고 들어가 근의 바닥을 살살 도려내었다.

도살할 때에나 쓸 것 같은 생전 본 적 없는 침으로 어머니의 뒷목을 이리 파내고 저리 파내자 더 이상 보고 있기가 힘들어진 현종은 어수를 올려 백광현의 침술을 저지했다.

"이제 그만하게. 대체 어디까지 하려는 것인가?"

"자전께서 허락하셨으니 부디 제 침술이 끝날 때까지는 믿고 맡겨주시옵소서."

이 말만 내뱉은 후 백광현은 다시 침술을 이어갔다. 근이 분리된 것을 확인하자 이번에는 근을 뽑아낼 때 쓰는 갈고리 모양의 곡침을 집어 들었다. 가운데 절개 부분을 좌우로 벌린 후 곡침으로 근을 찍어 들었다. 그렇게 커다랗던 근이 마침내 빠져 나왔다.

백광현은 소금물로 절개 부위를 잘 씻었다. 그리고 독기가 잘 사그라지고 새살이 잘 돋도록 자신만의 비법으로 만든 소독비방(消毒秘方)을 환부에 잘 바르고, 약재를 먹여둔 법지로 그 위를 잘 덮어주었다.

'근은 뽑아냈으니 이제 이 약이 독기를 없애고 새살이 잘 돋게끔 해줄 것이다.'

침술은 다 끝났다. 이제 살이 잘 아물도록 해주는 탕약을 쓰면서 조리하는 것만 남았다. 빠져 나온 커다란 근을 놀란 눈으로 쳐다보고 있던 현종은 침술이 끝났다는 백광현의 말에 알았으니 물러가 있으라 했다.

터벅터벅 대비전을 걸어 나오던 백광현은 다리가 후들거리고 있음을 느꼈다. 침술을 할 때에는 온 정신을 집중하느라 얼마나 긴장하고 있는지 몰랐던 것이다. 돌아갈 기력도 없는 백광현은 대비전 담벼락의 출입문 앞에 털썩 주저앉아 버렸다. 마치 온몸에서 썰물이 빠져나간 듯했다.

"이보게, 백 의관. 괜찮은가? 정말 수고가 많았네."

윤후익이 백광현의 어깨를 두드리며 말했다.

"예, 제가 아직 오십 평생도 못 살았지만 오늘처럼 길고 힘든 하루가 또 없었습니다."

백광현은 크게 안도의 숨을 내쉬며 대답했다.

"하하, 자네만 그런 줄 아는가? 나 또한 오늘이 내의원에 발을 들인 이후로 제일 오금이 저린 하루였네."

"백 의관, 정말 대단하십니다. 저 또한 백 의관이 거침을 집어 들 때 아주 놀랐습니다."

김유현 또한 백광현의 침술을 지켜보는 내내 마음을 졸였다. 다리가 풀린 세 사람은 잠시 대비전 출입문 앞에 앉아 숨을 고르고 있었다. 그때 갑자기 대비전에서 크고 다급한 임금의 목소리가 들려왔다.

"백 의관은 당장 들어와 보라. 지금 당장!"

다급한 임금의 목소리에 세 사람은 얼굴이 사색이 되었다.

"무슨 일이지? 혹여 대비께서 잘못되기라도 하셨나?"

"얼른 들어가 봅시다."

놀란 세 사람은 바로 대비전으로 뛰어 들어갔다. 눈앞이 아득했다. 입안이 바짝 타올랐다. 출입문에서 대비전 안으로 뛰어 들어가는 그 시간이 마치 억만 년처럼 길게 느껴졌다.

'왜 그러시지? 침술을 마칠 때에는 대비께서 멀쩡하셨는데. 혹여 대비께서 정신이라도 잃으신 걸까? 혹여……'

백광현의 가슴은 미친 듯 방망이질치고 있었다.

대비전 안으로 들자 임금과 대비가 마주 앉아 있었다. 둘 사이에는 미음이 놓인 상이 놓여 있었다. 며칠을 굶은 대비가 미음이라도 먹어야겠다고 하자 수라간에서 바로 미음을 만들어 올렸는데 며칠 동안 물조차 삼키지 못하던 식관이 침술이 끝나자마자 바로 움직이면서 미음을 삼킬 수 있게 된 것이다. 미음을 드시는 어머니의 모습이 감격스럽고, 돌아가시는 줄 알았던 어머니가 다시 살아나자 기쁜 나머지 임금은 애타게 백광현을 불렀던 것이다.

놀람이 다시 안도로 바뀌자 백광현은 다리 힘이 완전히 풀려 그만 대비전 바닥에 주저앉아버리고 말았다. 여전히 후들거리는 다리를 겨우 일으켜 집으로 돌아왔다. 집에 도착하자마자 그는 식구들에게 이렇게 말했다.

"내 오늘 일로 수명이 십 년은 줄어든 것 같구나."

이윽고 임금의 포상이 내려졌다.

"의관 백광현을 종2품 가선대부(嘉善大夫)에 봉하라."

이어 대비의 포상도 내려졌다. 침술을 행한 며칠 후 내의원으로 좋은 술이 하사되었다. 이때가 현종 13년인 1672년, 그의 나이 마흔여덟이 되던 해였다.

편태 偏胎

희귀한

병

　백광현이 대비의 종기를 치료한 일은 궁궐 담벼락을 넘어 바람을 타고 널리 알려졌다. 특히 그에게서 치종 수업을 받았던 의생들은 수업 시간에 보았던 그 무시무시한 거침을 들어 대비의 뒷목에 생긴 종기의 근을 도려냈다는 소문에 놀람을 감추지 못했다.

　한동안은 두 사람만 모여도 대비의 일에 관해 얘기했다. 사람들은 침술에 함께했던 윤후익과 김유현을 보기만 하면 소매를 붙잡고 그때 백광현이 침을 어떻게 놓은 것이냐며 당시 상황을 소상히 물었고 마치 《삼국지》의 전쟁 이야기를 듣는 것마냥 귀를 쫑긋거리며 듣곤 했다.

　그렇게 시간이 흘러 대비의 흥미진진한 종기 이야기가 시들해

져갈 즈음 내의원에도 변화가 생겼다. 백광현을 항상 가까이서 챙겨주던 윤후익이 노령을 이유로 사직서를 올려 내의원을 떠나게 된 것이다.

내의원을 떠나는 날 윤후익은 백광현에게 마지막 인사를 했다.

"이보게, 백 의관. 내 아무래도 이제 살날이 얼마 안 남은 것 같네. 이렇게 자네 얼굴을 보는 것이 오늘이 마지막일지도 모르겠네."

"그게 무슨 말씀이십니까. 강건하게 오래 사셔야지요."

떠나는 자를 앞에 둔 백광현의 마음은 섭섭하기 그지없었다. 처음 내의원에 오면서부터 자신을 안팎으로 많이 챙겨주고 도와준 이가 바로 윤후익이었다.

"내 그동안 자네같이 별난 사람과 함께 지낼 수 있어서 심심하지 않고 아주 재미났네그려. 하하하."

"윤 의관님도 참."

"자네가 나를 재미나게 해준 보답으로 내 내의원에서 오래오래 살아남는 비결을 알려주고 가겠네."

"예? 그런 것도 있습니까?"

"그럼, 있고말고. 내 자네한테만 특별히 알려주지."

윤후익은 미리 준비한 듯 소매 자락에서 편지 한 장을 꺼냈다. 백광현이 편지를 열어보자 하얀 종이 위에 또렷하게 적힌 글자들이 보였다.

中心 無心 忠心

"중심, 무심, 충심이라…… 이게 내의원에서 오래 살아남는 비결입니까?"

"하하, 왜? 시시한가? 아니야, 절대 시시한 게 아니야."

"무슨 뜻인지 여쭤봐도 되는지요?"

"중심을 지킬 수 있다면 궁궐에서 비명횡사하지 않고 내의원에서 오래오래 지낼 수 있을 것이네. 무심을 이룰 수 있다면 자네의 의술은 당대에 빛날 것이야. 그리고 충심까지 품을 수 있다면 자네의 이름은 만대에 이어질 것이네. 자세한 뜻은 내의원에서 통뼈가 더 굵어지면 차차 알게 될 걸세. 하하."

그렇게 윤후익은 내의원을 떠났다. 그리고 얼마 후 노환으로 사망했다는 소식이 전해졌다.

◖

내의원에 또 한 가지 변화가 있었으니 영의정 허적을 대신하여 좌의정 김수항이 새로 내의원 도제조를 맡게 되었다는 것이다.

김수항은 온 궁궐을 떠들썩하게 했던 대비의 종기 사건을 익히 들어 알고 있었다. 그 일화를 전해 들은 김수항은 생각했다.

'혹시 그자라면?'

백광현이 종기를 잘 치료한다는 얘기는 전에도 들었다. 하지만 어디 조선 천지에 종기를 잘 치료하는 의원이 백광현 하나뿐이겠는가? 그런데 대비의 종기 사건을 전해 듣고서는 혹시 백광현이라면 자기 집안의 오랜 고민을 해결해줄 수 있지 않을까 싶었다. 그러면 몇 달째 자신의 집안에 드리워진 어두운 먹구름을 걷어줄 수 있지 않을까 하는 일말의 희망을 느꼈다. 그래서 내의원 도제조를 맡게 된 것도 내심 기뻤다. 백광현을 가까이서 만날 수 있는 기회였기 때문이다.

어느 날 도제조 김수항은 퇴청하려는 백광현을 따로 불렀다.

"백 의관이 내의원에서 소임이 바쁜 줄은 아네만 내 집안 식구 중 괴이한 병을 앓는 이가 있어 이리 자네를 불렀네. 외람되지만 퇴청하는 길이라면 나와 함께 질녀의 집에 들러 진찰 좀 해줄 수 있겠나?"

"질녀분께서 무슨 병이 있기에 그러십니까?"

"실은 내가 무척이나 아끼는 조카딸인데 얼마 전 혼례를 올렸지. 그런데 시집간 지 얼마 되지 않아 뱃속에서 혹이 생기기 시작했는데 시간이 지날수록 점점 부풀어 오르질 않겠나? 혹시 종기

김수항 출처 《한국민족문화대백과사전》.

인가 하여 도성의 이름 난 치종의(治腫醫)를 불러보기도 하고, 종기는 아닌가 하여 장안의 유명한 의원들을 불러보기도 했는데 결국 치료가 안 되어 온 집안이 근심하고 있다네. 내 어려서부터 예뻐했던 조카딸이라 정이 남다르다네. 혼례를 치른 지 얼마 되지도 않아 이런 병이 생기니 시댁도 친정도 무척이나 난감해하고 있지. 자네가 잠시 질녀의 집까지 가줄 수 있겠는가?"

"그리하시지요. 지금 대감께서도 바로 퇴청하는 길이시면 함께 가보시지요."

◖

김수항의 질녀 집에 들어섰다. 그런데 웬 여인 둘이 싸우는 듯한 소리가 들렸다. 한 명은 크게 흐느끼고 있었고, 또 한 명은 소리를 지르며 '같이 죽자'라는 말을 연신 내뱉고 있었다.

"질녀에게 괴병이 생긴 이후로 여기가 이렇게 웃음기가 가신 곳이 되었다네. 지금 질녀가 며칠째 스스로 식음을 전폐하고 굶어 죽기만을 기다리고 있다네. 그러니 이해하시게."

김수항은 내의원에서 용한 의관을 데려왔으니 어서 환자를 보이라 일렀으나 안채에서는 이제 의원은 그만 보겠다고 하지 않느냐는 대답만 돌아왔다. 기껏 부탁해서 백광현을 데려온 김수항으로서는 참으로 민망한 상황이 아닐 수 없었다.

"백 의관을 잠시 사랑채에 모시도록 해라."

김수항은 백광현을 사랑채에서 기다리게 하고는 질녀를 타이르고자 안채로 향했다.

"큰아버님, 이제 제가 죽은 몸과 무엇이 다르겠습니까? 이 혹이 커지면 이제 곧 저승으로 갈 터이니 그냥 이대로 죽겠습니다. 그러니 더 이상 애쓰실 필요 없습니다. 큰아버님께서 그동안 저에게 베풀어주신 정은 저승에 가서도 결코 잊지 않겠습니다. 저승에서 큰아버님의 만수무강을 빌겠습니다."

"이제 정말 못 하는 소리가 없구나! 네가 이리 며칠째 식음을 전폐하고 자리에 누워 있으면 네 부모 심정이 어떨지 모르는 것이냐? 어찌 이리 철없이 행동하느냐? 병이 들면 의원에게 보여 치료하면 될 것을! 어찌 갈수록 어리광이 심해지는 것이야!"

"그동안 장안의 유명한 의원들에게 다 보이지 않았습니까? 아무도 제 병을 고쳐준 이가 없었으니 이는 틀림없이 불치의 병이 분명합니다. 어차피 이 뱃속의 혹이 커져서 괴물이 되어 죽으나 지금 굶어 죽으나 죽는 것은 매한가지니 조금이라도 덜 흉측할 때 곡기를 끊고 죽겠습니다. 허니 음식을 먹으란 말씀도 하지 마시고 의원에게 보이란 말씀도 하지 말아 주십시오."

"내 너를 어릴 때부터 친자식처럼 생각하고 키웠다. 좋은 곳에 시집가서 행복하게 사는 것을 보는 게 내 바람이었는데 이리 병이 들어 자리에 누워 있으니 이 큰애비의 심정도 말로 다 표현할 길이 없구나. 죽을 때 죽더라도 할 수 있는 일은 다 해봐야 하지 않겠느냐? 어찌하겠느냐? 지금 나랑 같이 가서 내의원에서 모셔 온 의관에게 진맥을 맡겨 보겠느냐, 아니면 지금 이 자리에서 이 큰애비와 함께 목을 매달고 같이 죽겠느냐? 네가 선택하여라."

같이 목매달고 죽자는 말에 질녀는 울음을 멈췄다.

"내 항시 너를 생각하고 걱정하고 있다. 네 병을 고쳐줄 수 있는 의원이라면 팔도를 다 뒤져서라도 네 앞에 앉혀 놓을 것이다. 그러니 이제 그만하고 얼른 의원에게 함께 가보자."

그렇게 김수항의 설득에 이끌려 질녀는 백광현 앞으로 나아왔다. 한눈에도 질녀의 배가 남산만 하게 부풀어 있음을 알 수 있었다. 부풀어 있는 쪽은 왼쪽 배였다. 오른쪽은 아무 이상이 없었고 왼쪽으로만 배가 부풀어 있었다.

"이렇게 배가 불러온 지가 얼마나 되었습니까?"

"일곱 달 정도 되었습니다. 어떤 의원은 괴증(塊症 ㅣ 종양)이라 하고 또 어떤 의원은 담병(痰病 ㅣ 체액의 이상으로 인한 병)이라 하면서 온갖 처방을 했지만 낫기는커녕 이 혹이 점점 커지고만 있습니다. 몇 달 더 지나면 뱃속에서 이 혹이 터져버릴까 봐 하루하루 피가 마르고 조바심이 납니다."

백광현은 질녀의 배를 만져보고 가볍게 그리고 세게 눌러보았다.

'이상하다. 뱃속에서 생기는 종기라면 이렇게 딱딱할 수는 없다. 게다가 아무리 큰 종기라 할지라도 지금처럼 이렇게 커질 수는 없다. 종기란 본디 커지면 고름이 생기고 고름이 생기면 말랑해지고 말랑해지면 터지는 법인데, 일곱 달을 이렇게 터지지도 않고 말랑해지지도 않고 계속 커져가고만 있다니 이것이 종기일 리 없다.'

백광현 또한 처음 보는 증세에 고민이 되었다.

"혹시 뱃속에서 뜨거운 열이 느껴지거나 혹은 뱃속이 아프거나 설사를 심하게 한 적이 있었습니까?"

"그런 적은 한 번도 없었습니다. 그저 크기만 이렇게 커지고 있습니다."

백광현은 이번에는 질녀의 맥을 짚었다. 손목의 촌관척(寸關尺 | 맥진을 하는 세 군데 부위)에서 감지되는 맥의 흐름에 온 감각을 집중했다.

'이건 구슬이 흘러가는 것과도 같은 느낌의 활맥이다. 그것도 촌관척 세 군데에서 고르게 느껴지는 활맥! 그렇다면 혹시?'

맥을 짚으면서 불현듯 백광현의 머릿속에 무언가 스쳐 지나갔다.

"마지막 달거리는 언제 하셨습니까?"

달거리를 물어보자 질녀는 선뜻 대답하지 못하고 머뭇거렸다.

"너희 백부께서 특별히 내의원에서 모셔온 임금님을 치료하는 의원이시다. 무얼 부끄러워하느냐? 어서 사실대로 대답하여라."

옆에서 지켜보던 시어머니가 재촉했다. 갓 시집온 며느리가 시댁에 오자마자 병이 덜컥 생기니 한편으론 안쓰러우면서도 한편으로는 내내 못마땅하던 차였다.

"실은 이렇게 배가 부풀어 오른 후부터는 달거리도 사라졌습니다. 그래서 어떤 의원은 이것이 자궁 속에서 생기는 덩어리인 징가(癥瘕)라고 하기도 했습니다."

달거리가 사라졌다는 말에 백광현의 눈빛에 더욱 확신이 실렸다.

"혹시 이 뱃속의 혹이 점점 커지면서 뱃속에서 뭔가가 움직이는 느낌이 들었는지요?"

"그걸 어떻게 아시는지요? 발병한 지 다섯 달째 되는 때부터는 이 혹이 뱃속에서 꿈지락거리듯 꼬물거려 정말 징그러워 죽겠습니다. 뱃속에서 벌레가 제 피를 빨아먹어 이리 커진 건 아닌가 싶어 더욱 죽고 싶은 심정입니다."

질녀의 대답을 듣고 백광현은 확신했다.

'틀림없다. 형세를 보나 맥을 보나 이는 틀림없다.'

확신이 생긴 백광현은 자신의 진단을 말해주었다.

"질녀분의 병은 병이 아닙니다. 질녀분께서는 아주 건강하십니다."

뜻밖의 말에 방 안에 있던 사람들 모두 백광현을 놀란 눈으로 쳐다봤다. 제일 놀란 사람은 질녀 본인이었다.

"의관님, 지금 무슨 말씀을 하시는 겁니까? 제가 병에 걸린 것이 아니라니요?"

"네, 질녀분께서는 지금 아주 건강하십니다. 질녀분의 상태는 바로 편태(偏胎)라는 것입니다."

생전 처음 들어보는 편태란 단어에 모두 눈이 휘둥그레졌다.

"하하, 질녀분께서는 지금 회임하셨습니다. 간혹 태(胎)가 정중앙에 위치하지 않고 어느 한쪽으로 기울어진 경우가 있는데 이런 분이 회임을 하게 되면 한쪽 배만 불러오게 됩니다. 의서에서는 이를 '편태'라고 부르지요. 지금 질녀분께서 바로 이 편태로 회임을 하신 것입니다."

생각지도 못한 백광현의 진단이 모두들 믿기지 않았다. 한 번도 이렇게 한쪽 배만 불러오는 경우를 본 적이 없었다. 그래서 이것이 회임이라고는 꿈에도 생각지 못했다. 죽을병에 걸린 것이라고만 생각하고 있었는데 회임이라니 믿을 수가 없었다.

"저, 의관님. 그런데 혹시 정말 뱃속에서 혹이 자라고 있는 것일 수도 있지 않을까요?"

질녀는 선뜻 믿기지 않는다는 듯 물었다.

"제가 내의원에 들어오기 전 여염집을 돌면서 수천수만 사람들의 맥을 잡아보았습니다. 그중에는 어린아이도 있었고 아낙네도 있었고 노인도 있었지요. 물론 회임한 임신부의 맥도 수없이 잡아보았습니다. 임신한 여인네는 그 고유한 맥이 뜨는 법이지요. 지금 질녀분의 맥은 제가 수없이 잡아본 그 임신 맥이 확실합니다."

놀람에서 불안으로 바뀌었던 질녀의 표정은 이제 불안에서 기쁨으로 바뀌었다.

"그러니 이제부터 걱정하실 필요도 두려워하실 필요도 없습니다. 일곱 달 정도 되었다고 하니 이제 곧 열 달을 채우게 되면 틀림없이 산기가 느껴질 것입니다. 게다가 맥으로 보아하니 사내아이의 맥이올시다. 이제부터 아무 걱정 마시고 좋은 음식 많이 드시면서 편안하게 지내십시오."

그제야 질녀와 시어머니, 백부인 김수항과 다른 모든 식구들이 기뻐했다. 불치의 희귀병에 걸린 줄로만 알았는데 임신이었다니! 며칠 있다 초상이라도 치를 것 같았던 집이 잔칫집으로 바뀌었다. 질녀와 시댁 식구들은 백광현에게 여러 차례 고개 숙여 감사를 표했다.

당장이라도 목매달 것 같았던 질녀는 백광현이 다녀간 후 금세 일어나 앉아 허기지다며 밥 한 그릇을 뚝딱 비웠다. 일곱 달 동안의 절망이 의관의 말 한마디에 더할 나위 없는 행복으로 바뀐 것이다. 석 달이 지나 과연 산통이 왔고 백광현의 말대로 건강한 사내아이를 낳았다.

김수항은 조정에서 백광현을 만날 때마다 조카를 살려줘서 고맙다며 연신 감사의 인사를 했다. 그뿐이 아니었다. 만나는 사람마다 백광현에 대한 칭찬을 늘어놓기 바빴다.

"종기만 잘 치료하는 줄 알았더니 어떻게 그렇게 맥까지 잘 진찰하는지!"

"모든 의원들이 기이한 병이라고 포기했지만 백광현은 맥을 정확히 짚어 편태라는 것을 알아냈지 뭔가!"

"온갖 잡병과 기이한 질병도 백광현은 맥을 짚어 알아내니 우리 조선의 왕실에 화타와 편작에 견줄 만한 명의가 나타난 걸세!"

❦

세월의 부름을 거역할 수 있는 자는 아무도 없다. 현종 15년에 인선왕후는 그만 승하하고 말았다. 열세 살의 나이에 처음 왕실과 인연을 맺고 청나라의 모진 수난을 고스란히 감내했던 대비는 쉰일곱에 굴곡진 삶을 마감했다.

대비가 승하하자 궁궐은 새로운 소용돌이에 휩싸이게 되었다. 당시 왕실의 내명부에는 어른이 두 분 계셨으니 대비인 인선왕후와 대왕대비인 장렬왕후였다. 그런데 며느리인 대비가 먼저 승하했으므로 시어머니인 대왕대비가 며느리의 초상을 치러야 하게 되었다. 그러니 시어머니 되는 대왕대비가 상복을 입기는 입어야 할 텐데 대체 얼마 동안 상복을 입어야 하느냐 하는 문제가 조정에 난리를 불러일으켰다.

서인 측은 소현세자가 장자이므로 차남인 효종의 비인 인선왕후는 둘째 며느리니 대왕대비는 상복을 일곱 달만 입으면 된다고 주장했다. 반면 남인 측은 소현세자는 왕이 되기 전에 죽었으니 효종이 장자이고 따라서 인선왕후는 맏며느리가 되니 대왕대비는 상복을 일 년은 입어야 한다고 주장했다. 결국 이 논쟁에서 승리하여 권력을 잡은 쪽은 효종을 장자로 인정한 남인이었다.

중신들은 대의명분을 앞세워 자기의 이익을 위한 권력다툼에 빠져 있었다. 이는 결국 더욱 큰 화를 불러일으켰다. 바로 현종 임금의 승하였다.

현종은 이미 한 해 전에 열다섯 살짜리 큰딸인 명선공주와 아홉 살짜리 둘째 딸 명혜공주를 한꺼번에 잃었다. 그 슬픔이 채 가시기도 전에 어머니마저 승하하자 현종은 가족을 잃은 지극한 슬픔을 이겨낼 수 없었다. 그런데 중신들은 상복을 일 년 입느냐 일곱 달 입느냐 가지고 연일 논쟁을 해대니 이러한 권력싸움에 현종은 진절머리가 났다. 결국 오랫동안 앓아온 지병이 악화되어 인선왕후가 승하한 지 여섯 달 만인 현종 15년 8월 18일 결국 승하하고 말았다.

임금이 승하하자 중신들은 내의원을 추궁했다. 누군가는 임금의 승하에 책임을 져야 한다. 내의원의 누구에게 어떤 처벌을 내릴 것인지 논의한 끝에 중신들은 현종 임금에게 마지막으로 탕약을 올렸던 어의 이동형을 잠시 유배 보내기로 결정했다.

3

권력을 가진 자들

안종 眼腫 뜻으로 살려라

상기 上氣 욕심으로 끓는 심장

흉통 胸痛 돌처럼 굳은 심장

각통 脚痛 마음이 몸을 병들게 하다

두창 痘瘡 한 사람을 살리기 위해

현감 縣監 백성들 틈에서

안종 眼腫

뜻으로

살려라

　왕실의 연이은 초상으로 인한 슬픔을 딛고 새로 등극한 임금은
열네 살의 숙종이었다. 아직 수염도 안 난 어린 군주는 백발이 성
성한 정치 9단의 노정승들에게 둘러싸여 나라를 이끌어야 했다.

　비록 나이는 어렸지만 숙종은 선왕들과 달랐다. 숙종은 정실
왕비의 몸에서 태어난 적장자의 신분이었다. 선조에서 광해군,
인조, 효종까지는 모두 장자가 아니었던 탓에 항상 정통성 시비
에 휘말렸다. 하지만 숙종은 정통성 문제에 있어서 당당하고 자
유로웠다. 영특한 새 임금은 어린 나이에도 이를 아주 잘 간파하
고 있었다.

　숙종 임금이 즉위할 당시 권력을 잡고 있던 쪽은 남인이었다.

그런데 현종의 승하로 대비 자리에 오른 명성왕후는 서인 세력이었다. 숙종의 비인 인경왕후 또한 서인 세력이었다. 권력은 남인이 잡고 있고 외척은 서인 세력이기에 미묘한 권력의 줄다리기가 팽팽하게 이어지고 있었다.

현종 임금은 영의정 허적에게 유지를 남겼다.

"과인이 죽으면 보위에 오르게 될 나이 어린 새 임금에게 부디 충성을 다해 달라."

예순다섯의 노정승은 선왕의 유지를 받들어 어린 숙종에게 충성을 다했다. 숙종 또한 그런 허적의 마음을 잘 알았기에 계속해서 그를 영의정에 중용했다.

남인의 영수인 허적이 영의정 자리에서 임금의 신임을 받자 서인 측에서는 애가 달았다. 어떻게 하면 허적과 숙종을 이간질할까 호시탐탐 기회만 엿보고 있었다. 이런 서인 세력을 이끄는 책략가가 있었으니 바로 백광현을 치종교수로 발탁했던 김좌명의 아들 김석주였다.

김석주는 아버지 김좌명이 추천한 백광현을 오래전부터 사사로이 잘 알고 지냈다. 또한 그의 의술을 높이 샀다. 하지만 서인의 책략가 김석주에게 중요한 건 그의 의술이 아니었다. 그가 아버지의 추천으로 치종교수가 되었다는 사실만이 중요했다.

김석주는 숙종에게 내의원 이야기를 할 때마다 백광현을 칭찬했다. 숙종 역시 선왕의 온갖 병을 치료할 때마다 성심을 다한 백광현이라는 의관을 신뢰의 눈길로 바라보고 있었다. 그리하여 숙종 3년, 백광현의 신분에 중요한 변화를 가져온 교지가 내려졌다.

"의관 백광현을 어의(御醫)에 봉하라!"

품계가 정3품 이상인 자 중에서 의술에 정통하여 공로한 바가 크거나 아니면 임금이 직접 지목하는 경우에 어의가 될 수 있다. 오촌 당숙인 김석주의 천거가 있기도 했지만 그렇지 않았더라도 이미 숙종은 백광현의 의술을 높이 평가하고 있었기에 그를 주저 없이 어의의 자리에 올려주었다. 이때 백광현의 나이 쉰셋이었다.

❛

이 무렵 백광현의 집안에도 작은 변화가 있었다. 백광현의 동생 백광린과 큰아들 백흥령이 형님과 아버지를 따라 의업에 몸을 담겠다는 뜻을 세운 것이다. 그동안은 환자를 치료하는 백광현의 의술을 옆에서 돕기만 했으나 이제는 온전히 의업에 뜻을 세우고 정진하겠다고 마음먹었다. 형님과 아버지의 의술을 곁에서 오랫동안 지켜보며 감화된 바가 있었기 때문이었다.

백광현의 집에는 치료를 받으러 찾아오는 병자들의 발걸음이 끊이질 않았다. 왕실에 환후가 있지 않으면 백광현은 자신의 집을 찾는 환자들을 치료하는 데 시간을 쏟을 수 있었다. 백광현에게 의술을 배우고자 하는 제자들도 하나둘 늘어나기 시작했다. 백광현의 첫 제자였던 박순 역시 그동안 열심히 의술을 익혀 종기를 꽤 잘 치료하는 의원으로 이름을 얻고 있었다. 그런 후에도 박순은 백광현의 곁을 떠나지 않고 항상 그와 함께했다.

❛

권력을 빼앗아올 기회를 호시탐탐 살피던 병조판서 김석주에게 마침내 좋은 기회가 왔다. 권력을 잡고 있는 남인이 삼정승의 자리를 틀어쥐고 있었는데 영의정 허적, 우의정 민희, 좌의정 권대운 모두 남인이었다. 이들 중 한 명이라도 꼬꾸라뜨릴 수 있다면 일이 수월해질 거라 생각해 궁리를 거듭하고 있었는데 마침 우의정인 민희로부터 계(啓 | 관청이나 벼슬아치가 임금에게 올리는 말)가 올라왔다는 소식이 들려왔다. 민희가 올린 계의 내용은 눈에 생기는 종기인 안종(眼腫)을 심하게 앓아 도저히 눈을 뜨지 못해 등청할 수 없다는 것이었다.

'흐흐, 기회가 이리 쉽게 오다니!'

미리 심어놓은 간자를 통해 계의 내용을 듣자마자 쏜살같이 편전으로 향했다. 그리고 숙종에게 어의 백광현이 안종 환자를 무

수히 치료하는 것을 보았노라 슬쩍 흘리고 나왔다. 김석주가 편
전에서 물러난 후 민희의 계가 숙종에게 올라왔고, 계를 읽은 숙
종은 민희의 안종을 치료할 어의로 주저 없이 백광현을 지목했다.

❛

임금의 명을 받은 백광현은 안종을 치료하는 데 필요한 약재인
만형자(蔓荊子), 백질려(白蒺藜), 밀몽화(密蒙花), 감국(甘菊) 등을
내의원에서 준비해 우의정 민희의 집으로 향했다. 그런데 궐을
나선 지 얼마 되지 않아 웬 낯익은 얼굴이 백광현의 길을 가로막
았다. 가만히 보니 병조판서 김석주의 집사였다.

"아니, 병판 대감의 집사가 아니오?"

"예, 백 태의(太醫). 병판 대감께서 백 태의를 지금 긴히 뵙기를
청하시옵니다."

태의란 어의에 오른 사람을 공경하여 부르는 호칭이다. 그래서
백광현이 어의가 되자 사람들은 그를 백 태의라고 불렀다. 영문
모를 일이지만 평소 친분이 두텁던 병조판서가 자신을 찾는다니
가던 길을 멈추고 병판 대감의 집으로 향했다.

찻상을 가운데 두고 김석주와 백광현이 마주 앉았다.

"병판 대감, 무슨 일이신지요?"

"하하, 백 태의. 내 백 태의가 보고 싶어서 잠시 불렀지요. 식구들은 다들 편안하오?"

"살펴주신 덕택에 잘 지냅니다. 돌아가신 김좌명 대감의 보살핌을 항상 감사히 여기고 있었는데 이제는 병판 대감께서 살펴주시니 그저 고마울 따름입니다. 그나저나 무슨 급한 일이시기에 따로 부르셨는지요?"

김석주는 백광현 앞에 곱게 접힌 종이를 내밀었다. 백광현이 종이를 펼쳐보자 그 속에는 푸른색의 고운 가루가 담겨 있었다.

"이것이 무엇입니까?"

"내 듣기에 우의정 대감이 평소 눈이 침침한 병세가 있다고 하더이다. 그런데 이번에 안종에 심하게 걸려 눈도 뜨지 못한다고 하니 어찌나 안타깝던지요. 그래서 내 청에서 들여온 약재 중에 눈병이 걸린 자에게 쓰면 눈이 번쩍 뜨인다고 하는 귀한 약재가 있어 이리 백 태의에게 드리는 것이오. 이걸 가져다가 우의정 대감의 눈에 살짝 뿌려만 주시게. 민희 대감의 눈이 번쩍 뜨일 것이오."

백광현은 푸른색 가루를 가까이 가져와 조심스럽게 냄새를 맡아 보았다. 한 번도 맡아본 적 없는 비릿한 냄새였다.

"이 약재 이름이 무엇입니까?"

"약재 이름은 알 필요 없소. 그냥 뿌려만 주면 되오."

"그래도 약재 이름을 알아야 뿌리든 말든 할 것이 아닙니까?"

"그건 태의가 알 바 아니오."

갑자기 김석주의 목소리가 싸늘하게 변했다. 그리고 지금까지 단 한 번도 본 적 없던 싸늘한 미소가 그의 얼굴에 스치고 지나갔다.

"제가 아니 하겠다고 하면요?"

"아니 될 소리요. 태의께서 누구 덕에 왕실에 발을 들이게 되었는지 그걸 잊으면 아니 되오."

김석주는 아버지 김좌명을 들먹거렸다.

"돌아가신 김좌명 대감께서 저를 왕실에 들이신 것은 오직 왕실의 강녕에 힘을 쓰라는 뜻이었지 이렇게 권력의 편에 서서 아픈 환자에게 농간을 부리라는 뜻은 아니었소."

백광현은 김석주의 서늘한 시선을 대담하게 받아내며 말했다.

"그렇지 않지요. 돌아가신 아버님께서는 태의께서 한 번 정도는 은혜를 꼭 갚아야 한다고 생각하고 계실 겁니다. 그냥 뿌려만 주시오. 내의원에서 가져온 좋은 약재라고 하면서. 그것만 해준다면 내 태의의 동생과 아들을 내의원에 천거하여 평생 떵떵거리며 살게 해주겠소."

자신의 동생과 아들이 의업을 시작한 것은 또 어떻게 알았을까.

"내 병판 대감이 이런 분인 줄은 몰랐소이다."

"난 남인에게 억울하게 빼앗긴 것을 원래대로 되찾아오려는 것뿐이오."

"어쨌든 난 못하겠소."

"눈이 번쩍 뜨이는 아주 좋은 약재요. 다른 그 어떤 약도 아니오."

"그렇습니까? 안 그래도 요즘 나이 들어 눈이 침침하던 차인데 그렇게 좋은 약이면 어디 내 눈에 먼저 뿌려봐야겠소."

백광현이 종이 위에 놓인 푸른색 가루를 손가락으로 집어 자신의 눈에 뿌리려 하자 놀란 김석주는 번개같이 달려들어 백광현의 손을 밀쳤다. 가루가 온 방바닥에 흩뿌려졌다.

"이게 무슨 짓이오?"

생각지도 못한 백광현의 행동에 김석주는 잔뜩 놀랐다.

"눈이 번쩍 뜨이는 좋은 약이라면서요?"

김석주는 씩씩거리면서 대답을 못 하고 있었다. 백광현은 뒤도 돌아보지 않고 병판의 집에서 물러 나왔다.

'이런 것이었구나. 윤 의관이 내게 말해주었던 것이.'

백광현은 윤후익이 내의원을 떠나면서 자신에게 남겨주었던 글귀 중 중심(中心)이 떠올랐다.

'권력의 어느 편에도 붙지 말고 그저 가운데를 지키면서 가라는 것이었구나.'

백광현은 평소와 전혀 다른 김석주의 모습에 등골이 시릴 지경이었다.

'분명 그 가루약은 눈을 멀게 하거나 목숨을 앗아가는 약일 것이다. 당장 죽게 만들면 의심을 살 수 있으니 아마도 눈을 멀게 하는 약이겠지. 병판 대감이 이렇게 무서운 자였단 말인가? 권력을 차지하기 위해 멀쩡한 사람을 장님으로 만들어 우의정에서 끌어내리려는 것이 아닌가? 정치란 저런 것이구나. 정적의 눈도 뽑아버릴 수 있고 목숨도 베어버릴 수 있는 것, 그것이 바로 정치로구나.'

생각할수록 김석주의 서늘한 미소가 낯설고 잔인하게 느껴졌다.

*

우의정 민희의 집에 도착했다. 민희는 병으로 등청을 못 하는 것도 황송한데 임금께서 어의까지 보내셨노라며 더욱 황감해 했다.

백광현은 민희의 눈을 찬찬히 살폈다. 양쪽 눈두덩이 시뻘겋게 퉁퉁 부어 있었다. 위아래 눈꺼풀이 퉁퉁 부어 있으니 눈을 뜰 수도 없었다. 손으로 슬쩍 눈두덩을 만져보자 마치 불타는 듯한 뜨거운 열기가 느껴졌다. 안구의 상태를 확인하고자 부어 있는 눈꺼풀을 위아래로 벌려보았다. 그나마 상태가 덜한 오른쪽 안구는 정상으로 보였으나 상태가 심한 왼쪽 눈의 흰자위는 가장자리에서부터 시뻘겋게 충혈되어 부어 있었다. 게다가 충혈이 심한 왼쪽 안구에서는 누런색 진물이 줄줄 흘러나오고 있었다. 한마디로 처참한 상황이었다. 눈을 뜨지 못하니 앞을 볼 수가 없고 앞을 보지 못하니 등청하여 업무를 처리하는 것이 불가능했다.

"이렇게 되신 지는 얼마나 되셨습니까?"

상태를 살핀 후 백광현이 우의정에게 물었다.

"십여 일 전 눈이 좀 가려워 약간 비볐더니 그 이후 눈두덩이 붓는 것을 느꼈네. 가려움이 여전히 가시질 않아 계속 비볐는데 사나흘 전부터는 눈두덩이 더욱 부어올랐고 어제 아침 일어나보니 이렇게 눈이 퉁퉁 부어 아예 떠지질 않고 눈에서 진물이 줄줄 흐르는 지경이 되었다네. 이보게, 백 태의. 내 이러다 눈이 멀게 되는 것인가?"

"제가 보기에 이는 안종으로 치료하면 좋아지는 병이니 시력을 잃으실 일은 없습니다. 걱정 마십시오."

"부디 잘 살펴주시게."

"지금 눈에 독기가 심하게 몰려 있는 상태입니다. 먼저 이 독기부터 배설하여 악혈(惡血 | 나쁜 피)이 되지 않도록 해야 합니다."

"그럼 침을 써야 하는가?"

"그렇습니다."

백광현은 끝이 화살촉처럼 뾰족한 삼릉침을 집어 들었다.

"눈꺼풀의 독기로 인한 부기를 빼기 위해 가장 먼저 침을 놓아야 할 곳은 콧속에 자리한 내영향(內迎香)이라는 혈입니다. 침을 놓기 위해 잠시 일으켜드리겠습니다."

백광현은 누워 있던 우의정을 일으켜 앉혔다.

"아프시겠지만 잠시만 참으시지요."

말을 마치자마자 백광현은 한쪽 손으로 민희의 얼굴을 잡아 고정한 후 삼릉침을 왼쪽 콧구멍 깊숙이 찔러 넣었다.

"으악!"

민희는 자신도 모르게 비명을 질렀다. 갑자기 뭔가가 코로 불쑥 들어오더니 머릿속을 도끼로 찍는 듯한 통증이 느껴지는 것이 아닌가. 그리고는 뜨거운 무언가가 코에서 흘러내려 오는 것이 느껴졌다.

"지금 사혈을 하는 것인가?"

"그렇습니다. 내영향이란 혈에서 악혈을 사혈했습니다. 눈꺼풀의 독기를 빼기 위해서는 이 혈자리를 놓칠 수 없지요. 오른쪽도 사혈할 터이니 아파도 잠시만 참으십시오."

"아니, 잠시만……"

백광현은 다시 삼릉침으로 오른쪽의 내영향 혈을 찔렀다. 양쪽 콧구멍에서 뜨거운 피가 흘러나오고 있는 것이 느껴졌다. 그런데 침으로 찌를 때의 강렬한 통증이 조금씩 가시면서 희한하게도 눈두덩의 그 강렬한 열기 또한 조금씩 식어갔다.

"무슨 침이 이렇게 아픈가? 이제 끝났나?"

"몇 군데 더 침을 놓아야 할 곳이 있습니다."

백광현은 이번에는 가느다란 호침을 집어 들었다. 그리고 민희의 뒷목 머리카락 끝나는 곳의 움푹한 혈 자리를 잘 찾아서 세 푼 깊이로 침을 찔렀다.

"이곳은 풍지(風池) 혈이라는 곳입니다. 바람 풍, 연못 지 자를 써서 풍지라고 하지요. 모든 풍의 기운이 마치 연못처럼 모인 곳이란 뜻입니다."

그 다음엔 정강이 바깥 부분을 더듬어 복숭아뼈에서 다섯 치 올라온 곳의 혈 자리에 일곱 푼 깊이로 침을 찔렀다.

"이곳은 광명(光明) 혈이라는 곳입니다. 빛 광, 밝을 명 자를 써서 광명이라고 하지요. 빛처럼 밝게 사물을 보게 해주는 혈 자리입니다."

그 다음엔 발등의 첫 번째와 두 번째 발가락 사이 움푹 들어간 곳의 혈 자리를 찾아서 세 푼 깊이로 침을 찔렀다.

"이곳은 태충(太衝) 혈이라는 곳입니다. 클 태, 찌를 충 자를 쓰는 태충입니다. 간의 열이 치성하여 위로 공격해올 때 쓰는 혈 자리입니다."

이렇게 혈 자리 하나하나를 세세히 더듬어 찾고 찌르면서 혈의 이름과 효능을 설명해주었다.

"이제 끝났습니다. 오늘 놓을 침은 모두 놓았으니 잠시 쉬셔도 됩니다. 그동안 저는 내의원에서 가져온 약재를 달여 올리도록 하겠습니다."

"알았네. 수고가 많았네."

백광현은 바깥으로 나와 약재 상자를 열었다. 민희의 상태에 가장 알맞은 약재를 고르는 사이 코끝을 찌르는 어떤 냄새를 느꼈다.

'이게 무슨 냄새지? 분명히 맡아본 냄새인데?'

분명 자신이 가져온 약재 상자에서 나는 냄새였다. 다시 약재 상자 속의 약재를 자세히 들여다보다가 좀 전에 김석주의 집에서 본 그 푸른색 약재에서 나던 냄새라는 것을 기억해냈다.

'바로 그 냄새다! 병판 김석주가 나에게 내밀었던 그 푸른색 약재의 비릿한 냄새다! 이게 어떻게 된 거지?'

백광현은 김석주의 집에 도착하여 방 안으로 들어가려 하자 군이 집사가 자신이 잘 지킬 것이니 거추장스러운 짐은 마루에 놔두고 들어가라 했던 게 떠올랐다.

'병판과 얘기하는 동안 이 약재 상자에 그 가루를 뿌려둔 것이다. 내가 거절할 것까지 다 예상하고서.'

생각이 여기에 미치자 백광현은 자신의 약재 상자에 담긴 약을 쓸 수가 없었다.

'이제 어떡하나? 이 약재는 쓸 수가 없다. 이걸 우의정 대감에게 쓰는 순간 대감은 눈이 멀 것이다.'

우의정의 집사에게 약재를 구해오도록 시킬까 생각했으나 중간에 누가 무슨 농간을 부릴지 모를 일이었다.

'약을 써야 한다. 약을 쓰지 않고서는 안종의 뿌리를 뽑을 수 없다. 그런데 지금 이 약은 쓸 수가 없다.'

생각에 생각을 거듭하던 백광현은 문득 깨달았다.

'의서를 버리고 뜻으로 치료하라! 그래, 그거야! 의서에 일일이 적혀 있지 않다 할지라도 그 원리를 좇아 치료하라!'

의서에서 말한 안종에 쓰는 약재들은 지금 쓸 수가 없다. 그렇다면 눈병을 치료할 수 있는 원리를 좇아야 한다. 먼저 백광현은 눈이라는 것에 대해 생각하기 시작했다.

눈은 간의 상태가 겉으로 나타나는 창이다. 눈의 정기는 간에 저장돼 있다. 간이 품고 있는 정기가 남으면 쓸개로 들어가 청정한 액으로 저장된다. 이 청정한 액이 눈과 잘 통하면 사물을 밝게 볼 수 있다.

백광현은 눈으로 사물을 볼 수 있는 원리를 설명한 의서의 내용을 떠올렸다.

'그렇다면!'

백광현은 바로 우의정의 집사를 불렀다.

"잉어라굽쇼?"

궁궐에서 나왔다는 어의가 난데없이 강가에서 잉어 열 마리를 구해오라 하자 집사는 영문을 몰라 그저 눈만 끔벅이며 재차 물었다.

"그렇다네. 반드시 살아 있는 놈들로 구해오게. 잉어가 자네 주인의 눈을 낫게 해줄 것이네."

약방에 가서 약재를 구해오라고 하면 오가는 길에 김석주의 하수인이 농간을 부릴 수도 있다. 하지만 강에 가서 잉어를 잡아오라 하면 설사 저들이 미행한다 할지라도 먹을 것이라 생각하지 약으로 쓸 것이라 생각하지는 못할 것이다. 백광현은 그걸 노렸다.

집사는 어리둥절했지만 임금님이 보낸 어의의 명이기에 하인 몇 명과 함께 강가로 나갔고, 백광현은 다시 돌아와 우의정의 환부를 살폈다.

민희는 노곤했는지 살짝 잠이 들어 있었다. 눈꺼풀의 부기는 처음보다 절반가량 줄어들었다. 이제 약만 준비하면 된다.

두어 시간 정도 지나 집사는 잉어를 산 채로 통에 담아 들고 왔다. 집사는 궁궐의 최고 의원이라야 될 수 있다는 이 어의가 하고

자 하는 일이 도대체 뭔지 어리둥절하기만 했다. 게다가 이어지는 백광현의 행동에 집사는 한층 더 놀랐다. 백광현이 잉어의 머리를 때려 쳐서 죽이고 있는 것이 아닌가! 그러더니 칼로 잉어의 배를 갈라 뱃속에서 뭔가를 열심히 찾더니 쓸개를 끄집어내는 것이다. 그러고는 작은 종지에 잉어의 쓸개즙을 짜 받아내더니 그 쓸개즙을 대감의 눈에 조금씩 떨어뜨렸다.

잉어 한 마리에서 꺼낸 쓸개의 즙을 양쪽 눈에 번갈아 떨어뜨리고 한 시간 정도를 기다렸다. 그리고 또 다른 잉어의 쓸개즙을 눈에 떨어뜨리기를 몇 차례 반복했다. 그러자 우의정 민희의 눈에서 흘러내리던 누런 진물이 조금씩 줄어들었다.

아침나절에 도착하여 치료를 시작한 것이 어느덧 밤이 되었다. 그렇게 하루가 지나고 다음 날 아침, 우의정의 눈은 어제와 확연히 달라져 있었다. 삼릉침으로 출혈시킨 후부터 눈꺼풀의 부기는 가라앉기 시작했고 쓸개즙을 뿌린 후부터는 진물이 그치고 흰자위의 핏발이 사그라지기 시작해 둘째 날에는 훨씬 호전되었다.

"태의의 치료로 증상이 훨씬 가라앉았소. 오늘은 어떤 치료를 하실 것인가?"

"남은 잉어로 쓸개즙을 더 뿌려야 할 것입니다. 마저 뿌리를 뽑아야지요."

그렇게 쓸개즙을 안구에 뿌리기를 몇 차례 더 하여 부기와 충혈이 거의 잡힐 즈음 백광현은 민희의 흰자위를 다시 자세히 살펴보았다. 흰자위에 뭔가가 끼어 있었다. 흰자위의 가장자리에서 시작하여 검은자위까지 뻗어 있는 어떤 이물질이 보였는데 가까이서 살펴보니 그것은 눈동자에 끼는 막인 예막(瞖膜)이었다.

"대감! 평소에 왼쪽 눈이 껄끄럽고 이물이 껴 있는 듯한 느낌이 들지 않으셨습니까?"

"그렇다네. 어찌 알았나?"

"평소 눈물이 자주 나오고 입이 쓰지 않으셨습니까?"

"맞네, 그렇다네."

백광현은 이 예막 또한 제거해야겠다 싶었다. 그가 이번에 침통에서 꺼내 든 것은 거위의 깃털이었다. 거위의 깃털은 가위로 잘려 있어서 끝이 날카로운 상태였다.

조심스럽게 거위의 깃털을 흰자위의 예막에 올렸다. 그러자 엉켜 있던 예막이 깃털 부위로 몰려들었다. 이렇게 예막을 한곳으로 모은 후 이번에는 곡침을 집었다. 그런 뒤 깃털에 몰려 있는 예막을 곡침으로 찍어서 잡아당겼다. 그리고 종침을 꺼내어 예막을 살살 베어냈다. 예막 주위에서 약간의 출혈이 있었는데 이 부위는 목화솜을 대고 지그시 눌러주었다.

"예막을 걷어내어 제거했으니 사나흘은 조금 불편한 감이 있으실 것입니다."

저녁 무렵이 되자 우의정은 눈을 뜰 수 있었다.

"태의의 치료로 내가 이렇게 눈을 뜰 수 있게 되었소. 참으로 수고가 많았소이다. 내 물고기의 내장을 약으로 써보기는 처음이오. 백 태의가 쓰는 약재는 내가 만나본 의원들과는 사뭇 다른 듯하오."

백광현은 다른 말은 할 수가 없었기에 그저 웃기만 했다. 그렇게 인사를 건넨 다음 날 우의정은 등청을 했다. 아직 완치된 것은 아니었지만 눈을 뜨고 사물을 분간할 수는 있었다. 그래서 급한 국사를 처리하기 위해 가족들의 만류를 뒤로하고 등청했던 것이다.

한동안 바깥바람은 쐬지 않는 것이 좋다고 백광현이 주의를 주었기에 대궐과 집을 오가는 동안에는 붕대로 눈을 감았다. 임금에게 그는, 전하께서 보내주신 어의의 치료로 이틀 만에 부었던 눈이 떠졌다며 이런 사람을 곁에 둔 것이 전하의 홍복이시라 아뢰었다.

상기 上氣

욕심으로

끓는 심장

김석주는 우의정 민희가 등청했을 때 계획이 실패했음을 직감
했다.

'백 태의가 어떻게 알았을까? 분명히 집사가 표 나지 않게 잘
뿌려두었다 했거늘⋯⋯.'

하지만 이 정도로 좌절할 김석주가 아니었다. 남인의 삼정승
주변에 간자를 풀어서 조금이라도 꼬투리가 될 만한 것이 있는지
삼정승 집을 드나드는 쥐새끼까지도 잘 감시하라고 일러두었다.

'언젠가는 걸리는 게 있을 것이다. 그때는 반드시 놓치지 않으
리라.'

남인 세력을 몰락시키기 위해서 가장 좋은 방법은 남인의 영수

인 영의정 허적을 찍어내는 것이었다. 그래서 허적 주변에는 간자를 특별히 많이 심어두었다. 간자들로부터 첩보를 차곡차곡 모으던 중 드디어 그럴 듯한 미끼를 발견했다. 바로 허적의 골칫덩어리 서자인 허견이었다.

허적에게는 적자가 단 한 명도 없었고 첩에게서 난 유일한 아들이 있었는데 그가 바로 허견이었다. 그런데 이 허견의 행실이 엉망이었던 것이다. 아버지의 위세에 기대어 팔도에서 뇌물을 받아들이고, 남의 아내를 납치하기도 했으며, 마음대로 남의 노비를 빼앗는 등 온갖 행패를 일삼았다. 그뿐이 아니었다. 허견의 아내 또한 외간 남자와 간통하는 등 아들과 며느리가 동시에 망나니 같은 행동을 일삼고 다녔다.

'일국의 영상이라는 자가 자식 간수는 엉망이로구먼.'

허견의 망나니짓은 좋은 미끼였다. 하지만 함부로 터뜨릴 수는 없었다.

'지금은 임금과 허적 사이의 신뢰가 매우 돈독하다. 이걸 지금 터뜨려봤자 괜히 강직한 영상을 모함한다는 소리만 할 터이니 숨죽이고 기다렸다가 결정적인 순간에 터뜨려야 한다.'

김석주는 잘 알고 있었다. 임금과 영의정 사이에 신뢰가 깊을 때에는 어떤 얘기도 임금의 귀에 들리지 않는다는 것을. 오직 그 신뢰가 깨졌을 때에 모아뒀던 미끼를 쏟아부어야 한다는 것을.

그러면 종잇장 두께로 얇게 벌어졌던 신뢰라 할지라도 순식간에 땅이 쩍쩍 갈라지듯이 벌어져버린다는 것을.

권력의 맛을 보면 반드시 교만해지게 돼 있다. 남인의 기세등 등함이 극에 달하면 반드시 자기 발에 걸려 넘어지는 때가 올 것이다. 그때를 기다렸다가 이 미끼를 던지리라 김석주는 기다리고 있었다. 그런 김석주에게 드디어 놓칠 수 없는 기회가 찾아왔다.

"영의정 허적에게 궤장(几杖)을 하사한다. 또한 그의 조부인 허 잠에게는 충정(忠貞)이란 시호를 하사한다."

숙종 임금의 명이 내려졌다. 궤장이란 나라에 공로가 많으면서 일흔이 넘은 정2품 이상의 신하에게 왕이 특별히 내리던 의자와 지팡이를 말한다. 일흔 살이 넘을 만큼 장수하는 경우도 흔치 않았고 또 나라에 세운 공로를 인정받아 임금에게서 직접 받는 것이므로 이 궤장을 받는다는 것은 조선의 신하로서는 개인과 가문을 빛내는 최고의 영예였다.

백광현을 내의원에 천거한 이경석도 궤장을 하사받았다. 영의정 허적 역시 일흔한 살이 되자 숙종으로부터 그 공로를 인정받아 궤장을 하사받게 된 것이다. 과연 숙종과 허적의 신뢰가 절정

《사궤장연회도첩(賜几杖演會圖牒)》 중 〈내외선온도〉 현종이 이경석에게 내린 궤장 하사 의식을
마치고 연회가 벌어지는 모습을 그렸다. 경기도박물관 제공.

궤장 현종이 이경석에게 내린 궤장. 《사궤장
연회도첩》과 함께 전주 이씨 덕천군파 백헌
상공 종중에서 기증한 것으로, 보물 제930
호로 지정되었다. 경기도박물관 제공.

에 이른 순간이었다.

허적은 궤장을 하사받고 그의 조부는 시호를 하사받았으니 집안의 경사가 겹친 셈이었다. 허적은 성대한 축하연을 열기로 했다. 그런데 축하연을 열기로 한 날 아침부터 비가 내리는 게 아닌가! 하지만 이미 잔칫상도 다 준비하고 중신들까지 초대해둔 마당이라 축하연을 그대로 강행하는 수밖에 없었다.

김석주는 허적이 축하연을 열기로 한 날 내리는 빗방울을 바라보고 있었다.

'영상도 참 재수가 없군. 하필 축하연 날에 비가 내리다니. 참석한 중신들이 비를 쫄딱 맞게 될 텐데 잔치를 어떻게 열려나?'

순간 책략가 김석주의 머리에 번쩍하고 계략이 떠올랐다.

'그래! 바로 그거야! 임금과 영상 사이를 찢어놓을 수 있는 방법!'

김석주는 그 길로 중전인 인경왕후의 아버지인 김만기를 찾아갔다. 같은 서인 세력이자 임금의 장인이었던 김만기의 힘이 필요했기 때문이다.

"부원군, 부원군께서 도와주서야 하겠습니다."

"제가 무엇을 어찌 도와드리면 될까요?"

"오늘 영의정 허적의 축하연에 참석하십시오."

"거기는 왜요? 남인들 잔치판에 가서 박수쳐줄 일이 무에 있겠소이까."

"그렇지 않습니다. 부원군께서 가셔서 몇 말씀만 해주시면 됩니다."

"무슨 말을요?"

"나라의 중신들을 비 맞게 하면서 잔치를 열다니 남인들은 손님 접대를 이렇게 하느냐, 임금의 장인이 연회에서 비를 쫄딱 맞았다는 것을 나중에 임금께서 아시면 얼마나 마음이 아프시겠느냐, 유악(油幄) 정도는 진즉 준비되어 있을 줄 알았노라 이렇게 말씀하시면 됩니다."

"유악이라고요?"

김만기는 소스라치게 놀랐다. 유악이란 기름칠을 하여 비가 새지 않도록 만든 천막으로 왕실에서만 사용하는, 임금의 허락 없이는 절대로 사용할 수 없는 아주 귀한 물건이었다.

"예, 그렇습니다. 그 말씀만 해주시면 됩니다. 나머지는 제가 다 알아서 하겠습니다."

"알겠소이다. 그럼 병판께서는 축하연에 참석하지 않으시는 게지요?"

"예, 저는 궁으로 가서 해야 할 일이 있습니다. 그리고 나중 일을 위해 거짓 소문을 퍼뜨리려 합니다."

"거짓 소문이라니요?"

"허적이 술에 독을 타서 저와 부원군을 암살할 것이고 그의 서자인 허견이 그 자리에 군사를 매복시킬 것이라는 소문입니다."

"아니, 어찌 그런 소문을 내려고 하십니까?"

"밑밥입니다. 나중에 한꺼번에 남인들을 싹 쓸어버릴 수 있는 밑밥이요. 하하하."

그렇게 김석주는 임금의 장인인 김만기를 허적의 축하연에 보냈고, 수하들에게 거짓 소문을 도성 내에 퍼뜨리도록 지시한 후에 궁으로 향했다.

허적의 축하연이 한창 열리고 있을 시각에 김석주는 오촌 조카인 숙종을 알현하고 있었다. 그리고 영의정 허적이 오늘 축하연을 여는데 마침 비가 내려 잔치를 열기가 매우 곤란할 것이라며 비를 막을 수 있도록 유악을 그에게 내리심이 어떠하겠느냐고 고했다.

김석주의 말을 들은 숙종은 유악을 영상의 집에 내리라 내수사에 명했다. 하지만 어명을 전하러 내수사로 갔던 내시가 잠시 후아주 당황스러운 얼굴로 돌아왔다. 어명대로 유악을 내리려 했는데 알고 보니 이미 영의정 허적의 집에서 나온 사람이 가져갔다는 것이다. 이때 숙종의 얼굴에 스쳐 지나가는 분노의 표정을 김석주는 놓치지 않았다.

'이제 됐다! 이제 그동안 모아뒀던 미끼를 던지기만 하면 된다!'

그렇게 자신의 계략대로 모든 일이 진행되어 득의만만하게 집으로 돌아오던 중 김석주는 갑자기 심한 어지럼증을 느꼈다. 또한 열기가 위로 확 올라왔고 숨이 차면서 가슴이 답답했다. 겨우 집으로 돌아와 관복을 벗자 걷잡을 수 없을 정도로 왈칵 코피가 쏟아지기 시작했다. 몇 종지만큼의 코피가 쏟아지고 나서야 겨우 지혈이 되었으나 가슴 부위가 답답하고 숨이 차서 음식도 제대로 먹을 수 없고 몸을 숙이는 것조차 힘들었다.

'내가 왜 이러지? 이 중요한 시점에 쓰러지면 안 되는데.'

결국 다음 날 김석주는 갑작스런 일신의 불편함으로 등청하지 못한다는 계를 올렸다. 이를 본 숙종은 김석주의 병을 살펴줄 어의로 백광현을 지목했다.

☾

백광현과 김석주는 다시 마주했다. 이번에는 병자와 그를 치료해주려는 의원으로 만난 것이다.

백광현은 아무 말 없이 김석주의 얼굴빛을 찬찬히 살폈다. 길쭉하게 위로 쭉 찢어진 눈매는 강렬한 기개를 풍겼다. 눈썹 또한 굵고 위로 치켜 올라가 있어 눈매의 강렬함을 더욱 강하게 해주었다. 뭉툭한 콧날, 얇고 다부진 입술 그리고 네모지고 두툼한 턱

김석주 출처 《한국민족문화대백과사전》.

살과 각진 턱선. 언제 봐도 병조판서 김석주의 얼굴은 기세등등한 장군의 상이었다. 게다가 몹시도 비대한 그의 거구는 위압감을 더했다. 하지만 검고 붉은 그의 낯빛은 뭔가 심상치 않은 병이 있음을 암시했다.

'단순한 코피는 아닌 듯하군.'

"어찌 그리 날 쳐다보는 것이오?"

아무 말 없이 자신을 쳐다보기만 하는 백광현에게 김석주가 물었다.

"의원이 환자의 얼굴을 살피는 것이야 당연한 것 아닙니까?"

"내가 죽을병인지 아닌지만 살펴주시면 되네."

"혹시 평소에도 가슴이 답답하면서 어지러우셨습니까?"

백광현은 병을 찾아내기 위해 질문을 던지기 시작했다.

"간혹 그럴 때가 있었소."

"허리와 다리에 자주 힘이 빠지거나 붓는 것을 느낄 때가 있었는지요?"

"그 역시 그럴 때가 있었소."

"조금만 높은 곳을 올라가도 숨이 가쁘진 않으셨습니까?"

"항시 가마를 타고 다니니 높은 곳을 올라갈 일은 거의 없소."

"대감께서는 보통 거구가 아니십니다. 고량진미를 항시 가까이 하시는지요?"

"난 상 위에 고기가 없으면 아예 수저를 들지 않소. 남아로 태어났으면 당연히 술과 고기를 즐길 줄 알아야지."

이제 백광현은 김석주의 맥을 살폈다. 심장 부위에서 가라앉고 뻣뻣한 느낌의 침현(沈弦)한 맥이 분명하게 느껴졌다. 그렇다면 틀림없었다.

"대감께서는 상기(上氣ㅣ가슴이 답답하고 숨이 잘 차는 일체의 병)의 병을 앓고 계십니다."

백광현의 진단에 김석주는 의아하다는 듯 반문했다.

"상기? 내 병은 육혈(衄血, 코피)이 아니란 말이오?"

"대감의 병은 심장과 폐가 병들어 기와 혈이 사지로 퍼지지 못하고 심장과 폐에 갇혀 있는 병입니다. 그래서 가슴이 답답하고 숨이 차고 어지러움을 느끼게 되는데 바로 이것이 상기입니다."

"그렇소? 그런데 왜 이렇게 코피가 왈칵 쏟아지는 것이오?"

"그것은 기와 혈이 심장과 폐에 갇혀 있어 열이 쉽게 생기기 때문입니다. 조금만 마음에 격동이 있어도 그 열이 머리로 뻗어 올라와 코피로 터지게 되지요. 그러니 대감의 코피는 단순한 육혈이 아니라 심장과 폐가 병들어 생기는 상기의 한 증상인 것이옵니다."

"그럼 이것이 고칠 수 있는 병이오, 아니면 죽을병이오?"

"고칠 수 있는 병이지요. 하지만 때로는 고칠 수 없는 병이기도 합니다."

"그건 또 무슨 말씀이시오?"

"심장과 폐에 갇혀 있는 기혈을 풀어주는 치료를 한다면 얼마든지 고칠 수 있는 병입니다. 하지만 환자가 자꾸 마음에 격동을 일으킨다면 이는 고칠 수 없는 병이 됩니다."

"그럼 낫고 안 낫고는 내 탓이다?"

"꼭 그런 것은 아니지만 이 상기란 병이 가벼이 볼 병은 절대 아니기에 환자의 마음가짐과 섭생이 중요하다는 뜻입니다."

"내가 뭘 어찌하라는 말이오?"

"심장과 폐에 갇혀 있는 기혈을 풀어주는 침술은 오늘 제가 해드리고 갈 것입니다. 하지만 대감께서 꼭 해주셔야 할 일이 세 가지 있습니다."

"세 가지라…… 그게 무엇이오?"

"정확히는 세 가지 마음을 버려야 합니다. 첫째로 버려야 할 것은 입을 기름진 것으로 채우려는 마음입니다. 모든 기름진 음식, 튀기고 볶은 음식, 고기로 만든 음식, 그리고 술을 버리셔야 합니다. 둘째로 버려야 할 것은 육신을 편안하게 하려는 그 게으른 마음입니다. 등청과 퇴청을 하실 때에는 가마를 버리시고 두 발로 걸으십시오. 셋째로 버려야 할 것은 두 손을 권력으로 채우려는 마음입니다. 두 손을 권력으로 채우려 하시니 매번 분노하는 마음과 노심초사하는 마음이 대감의 심장에 가득한데 그 조바심치는 마음이 대감의 심장에 불을 질러 다음번에 언제 또 코피가 터지고 심장을 조일지 모를 일이옵니다."

"흠, 언제 죽을지 모른다고 날 겁박이라도 하는 것 같소이다."

"의원으로서 겁박이라면 겁박이라 할 수도 있겠지요."

"알았으니 태의께서는 그 기혈을 풀어준다는 침술이나 해주고 가시오. 지금은 정국이 살얼음판 같은 때라 내 다른 것은 생각할 겨를이 없소."

백광현은 침술을 하기 위해 저고리를 벗게 한 후 김석주를 걸상에 앉혔다. 먼저 목 아래 움푹 들어간 곳에 위치한 천돌(天突) 혈의 피부를 손으로 집어 올려 세 푼 깊이로 침을 찔렀다. 그리고 천돌 혈 아래와 좌우로 두 치 떨어진 곳에도 침을 찔렀다. 그리고 단지로 된 부항으로 그곳에 부항을 했다. 또 명치 부위에서 아래로 세 치 떨어진 곳을 잡아 아래와 좌우로 세 곳의 혈 자리에도 침을 놓고 부항을 했다. 모두 심장과 폐에서 막힌 기혈을 뚫어주는 혈 자리들이다.

어지러운 증상을 잡기 위해 머리의 백회(百會), 상성(上星), 풍지(風池) 혈을 취했고, 심장에서 막힌 혈을 풀어주기 위해 금진옥액(金津玉液) 혈 또한 함께 취했다. 또한 코피가 나는 것을 예방하기 위해 아문(啞門) 혈에 뜸을 떠주었다.

시술이 끝나고 백광현은 돌아갈 때가 되었다.

"대감, 부디 제 말씀을 명심해주십시오. 이 병은 언제든 재발할 수 있는 병입니다."

"알았소. 내 태의의 당부를 명심하겠소."

명심하겠다고 말은 했지만 김석주는 백광현이 뭘 조심하라고 했는지 벌써 안중에도 없었다. 침을 맞는 내내 오직 영의정 허적을 찍어내기 위한 다음 계략만이 머릿속에 가득 차 있었다.

❛

숙종은 속에서 부글부글 화가 끓어올랐다.

'제아무리 영의정이라지만 내 허락도 없이 감히 왕실의 유악을 가져가? 궤장도 받았으니 이제 나이 어린 임금 따위는 무시하는 겐가?'

아무리 선왕의 유지를 받은 정승이라고는 하지만 이제 조선의 신하가 누릴 수 있는 최고의 영예인 궤장까지 받자 임금과 왕실을 업신여기는 마음을 품은 것이라고밖에 볼 수 없었다.

'남인 세력이 기고만장해지고 있다. 이들의 숨통을 조여줘야 해.'

보위에 오른 지 6년, 이제 숙종도 스무 살이 되었다. 일흔한 살의 영의정 허적에게 자신은 어려도 한참 어린 손자뻘이었다. 유악을 자신의 허락 없이 가져간 일 이후로 숙종의 마음에는 조금씩 허적에 대한 불신이 자라고 있었다.

"광성부원군 김만기를 훈련대장에 임명하노라."

숙종은 자신의 장인인 김만기에게 훈련대장의 자리를 내려 군권을 넘겼다. 그리고 사간원과 사헌부에 서인을 임명했다. 이러한 숙종의 교지를 들은 김석주는 때가 되었음을 바로 알아차렸다. 또한 숙종의 마음속에 조금씩 싹트고 있는 남인의 영수 허적에 대한 불신도 간파했다.

사간원과 사헌부에 새로이 임명된 서인 세력을 움직여 허적의 망나니 아들인 허견이 종실인 복선군, 복창군, 복평군과 함께 모반을 꾀했다는 고변을 올리도록 했다. 또한 지난 허적의 축하연 때 허견이 군사를 매복해놓고 서인 사람들을 독살하려 했다는 소문 역시 고해 올리도록 했다.

고변을 접한 숙종은 허견과 복선군, 복창군, 복평군을 모두 잡아들이도록 했다. 그리고 참혹한 국문이 진행되었다. 국문장에는 병조판서 김석주가 추국자로 자리했다. 대역을 꾀했노라 실토하라 해도 허견은 계속 부인했다. 주리를 틀고 형장을 가해 뼈가 틀어지고 살점이 뜯겨 나가는데도 허견은 계속해서 자신은 모반을 꾀한 적이 없노라 완강히 부인했다.

"저놈이 실토를 하지 않는구나. 여봐라, 더욱 주리를 틀어라!"

김석주는 허견이 완강히 버티면 버틸수록 더욱 잔인하게 고문을 지시했다.

"더 틀어라! 더! 더!"

그렇게 비명이 터지고 피비린내가 진동하던 중 김석주는 갑자기 또 어지러움을 느꼈다. 열기가 오르고 하늘이 빙빙 돌며 가슴이 답답하고 숨이 턱 막혔다. 김석주는 그 자리에 쓰러지고 말았다. 또다시 코피를 왈칵 쏟으면서 말이다.

김석주가 국문장에서 코피를 쏟으며 쓰러졌다는 소식을 들은 숙종은 다시 어의 백광현을 그의 집으로 보냈다. 병조판서의 병을 잘 살펴 달라는 명과 함께.

c

백광현은 김석주의 안색이 전보다 더 나빠졌음을 느꼈다. 이번에는 전보다 코피를 더 많이 흘렸다는 얘기도 집사를 통해 들었다. 코피가 겨우 그치자 김석주는 깨어났다.

"병판 대감, 제가 그리 말씀을 드렸는데 어찌 이리 또 쓰러지신 겝니까?"

백광현은 안타까웠다.

"허견은 자백을 했다고 하더이까?"

김석주는 정신이 들자마자 허견에 대해 물었다.

"분노하지도 마시고 노심초사하지도 마시라고 제가 그리 말씀
드리지 않았습니까?"

"허견이 자백을 했다고 하더이까? 아무리 고변이 있었다고는
해도 본인의 자백이 있어야 합니다. 토설하기 직전이었는데, 조
금만 더 주리를 틀었으면 되는데, 하필 그때 쓰러지다니……."

"지금 허견의 자백이 뭐가 중요합니까? 그 전에 병판 대감이
큰일 날 수도 있었습니다."

"허견이 자백만 하면 남인 놈들을 싹 쓸어버릴 수 있소이다. 그
럼 이제 서인 천하가 되는 것이오. 집사를 좀 불러주시오. 가서
국문장이 어떻게 되었는지 알아오라고 해야겠소."

김석주의 대답에 백광현이 목소리를 높였다.

"대감! 무얼 그리 가지려 하시는 것입니까? 만약 대감의 것이
라면 그렇게 잔인하게 살생하지 않아도 대감의 손에 들어올 것
입니다."

"그건 백 태의가 정치를 몰라서 하는 말이오. 권력이라는 것은
그냥 가만히 있으면 절대로 저절로 내 손에 들어오질 않소이다.
상대가 가진 것을 뺏어야 하는 법이오. 저 남인들도 우리 서인에
게 그리했소."

"그 권력이란 것이 그리도 대단한 것입니까? 하지도 않은 모반을 했다고 고변을 해야 할 정도로요?"

"그렇소. 권력을 한번 맛본 사람은 절대 그것을 놓으려 하지 않소. 권력을 가지고 싶다면 권력을 가진 자에게서 그것을 어떻게든 뺏어야 하는 법이오. 그래야 내 것이 되오."

"대감! 저는 대감을 살려드리고 싶습니다. 대감을 살리고 싶기에 이리 말씀 드리는 것입니다. 부디 그 마음을 비우십시오. 그 마음을 비우지 않으시면 언제 또 쓰러지실지 알 수 없습니다. 다음번에 또다시 쓰러지시면 그때는 제가 여기 당도하기도 전에 대감께선 이미 저승길에 올라계실 것입니다. 이것이 제 마지막 경고입니다!"

이번에는 백광현의 목소리가 간곡하게 바뀌었다.

"기왕 오셨으니 저번처럼 침술 좀 해주시고 가시오. 전에 백 태의가 놓아주신 침을 맞으니 한결 편했소이다. 침을 맞는 대로 국문장으로 돌아가서 그 허견이란 놈을 마저 족쳐야겠소."

"대감! 도저히 말이 통하질 않는구려!"

국문장으로 되돌아가겠다는 김석주의 대답에 백광현은 그만 아연실색했다. 게다가 자신의 말에 전혀 귀 기울이지 않는 김석주의 모습에 침놓기마저 싫어졌다. 어차피 치료를 해봤자 다시 국문장에 가서 주리를 틀어라, 장형을 가해라, 마음에 격동을 일으킬 것이 분명한데 지금 이 순간 자신이 놓는 침이 무슨 소용이 있으랴 싶었다. 하지만 환자는 환자이고 어명을 받은 것도 있으니 저번처럼 정성껏 침을 놓아주고 돌아왔다.

결국 허견은 고문을 이기지 못해 모반을 일으켰다고 인정했으며 사지가 찢겨 죽는 능지처참의 형을 받았다. 복선군은 교수형에 처해졌고 남인 세력은 일거에 관직에서 내쫓겼다. 허적과 민희는 유배형을 받았다. 하지만 대역 죄인의 아비인 허적을 살려둘 수 없다는 상소가 빗발치자 결국 숙종은 허적에게 사약을 내렸다. 이 사건이 숙종 6년인 1680년에 일어난 경신대출척이다. 이 모든 일의 배후에는 김석주의 지휘와 계략이 있었다.

❛

백광현은 부디 마음을 비우라는 자신의 말을 듣지 않는 김석주에게 화가 났다. 스스로 제 명을 재촉하고 있는 것이 뻔히 보이는데 그 권력을 움켜쥐겠다고 저리 저승길로 바짝 다가가고 있으니 참으로 애석한 노릇이었다. 그리도 원하던 권력을 잡았으니 이제는 술과 고기로 얼마나 그 입을 기름지게 하고 있겠는가? 어디 그뿐이겠는가? 권력이란 가지면 가질수록 더욱 갈증이 나는 법이다. 더 많이 틀어쥐고 더 높이 오르려 할 것이 뻔하다. 김석주의 마음속에는 더 막강한 권력을 틀어쥐기 위한 갈증이 타오를 것이다. 그의 병이 재발하지 않을 방법은 오직 한 가지, 그 마음을 비우는 것뿐이다.

윤후익이 남겨준 편지의 두 번째 글귀가 떠올랐다. '무심(無心)을 이룰 수 있다면 자네의 의술이 당대에 빛날 것'이라고 했던 그 말이 무슨 뜻인지 이제는 조금 알 것 같았다. 자신이 아무리 애타게 읍소해도 김석주는 마음을 비우려고도 바꾸려고도 하지 않는다. 자신이 이루고자 했던 활인지검, 그 활인지검보다 훨씬 더 어려운 것이 사람의 마음을 바꾸는 것임을 절실히 느끼게 되었다.

'칼로 고칠 수 있는 것도 있고 도저히 칼로는 고칠 수 없는 것도 있구나.'

활인지검을 이루면 세상 모든 사람의 병을 고칠 수 있으리라 생각했던 것이 얼마나 오만한 생각이었는지 이제는 알 것 같았다.

'사람의 병이 왜 생기는가?'

정적을 죽이면서까지 그리도 원하던 권력을 얻었다. 하지만 그의 생명은 오히려 단축되고 있다. 아무리 양손에 세상 권력을 다 얻었다고 해도 또다시 쓰러지면 그때는 불귀의 객이 될 터인데 그걸 왜 모르는 것인지. 백광현의 가슴은 그저 답답하기만 했다.

〈2권으로 이어집니다.〉

백광현 연보

인조 3년(1625)

출생〔仁祖乙丑四月六日辰時生〕

인조 17년(1639)

안산군 서촌 정왕리에 거주함〔寓安山郡西村正往里〕

인조 23년(1645)

경성 서쪽 인달방으로 돌아옴〔還京城西部仁達防〕

연도 미상

금군에 들어감〔入屬禁旅〕

말에서 떨어져 다침〔墜馬落傷〕

유명한 지방 의원의 치료를 받음〔邀致鄉醫有名者留置家中以爲療治〕

의사가 되기로 결심함〔有志於司命之術〕

처음에는 말을 치료함〔初善醫馬〕

사람을 치료하는 것에만 전념함〔遂專以治人爲務〕

침술이 과도하여 사람을 죽임〔用鍼過猛或至殺人〕

종기를 앓는 자에게 스스로 찾아가 치료해줌〔聞有病瘡瘍者輒自往治之〕

사돈인 박군의 폐옹을 진단하나 젊고 무명이라 거절당함〔朴顧 是肺癰也 朴聞之大叱〕

시장 사람의 절뚝거리는 병을 치료함〔一市人 病蹒跚 環跳穴鍼之 屈身自如〕

현종 4년(1663)

김좌명이 치종교수로 천거함〔醫監提調金公以公爲治腫敎授〕

백헌 이경석이 내의원으로 천거함〔白軒李相國啓請公入屬太醫院〕

현종 11년(1670)

현종의 종기 치료에 참여함〔公進破腫議〕

정3품 통정대부에 오름〔平復後陞通政〕

현종 13년(1672)

인선왕후의 발제종을 천(川)자형 절개로 치료함〔以巨鍼劃破瘡根如川字樣長各四寸許〕

종2품 가선대부에 오름〔平復後特加嘉善〕

현종 15년(1674)

인선왕후 사망

현종 사망

숙종 3년(1677)

종2품 동지중추부사에 임명됨〔白光玹爲同知〕

어의에 오름〔御醫白光炫〕

숙종 4년(1678)

김석주에게 백광현을 보내어 간병케 함〔金錫胄針灸呈辭 遣御醫白光玹看病〕

숙종 5년(1679)

민희의 눈병을 백광현을 보내어 간병케 함〔閔熙 眼疾甚苦 遣針醫白光玹看病〕

종4품 부호군에 임명됨〔白光玹爲副護軍〕

숙종 6년(1680)

김석주에게 백광현을 보내어 간병케 함〔金錫冑針灸呈辭 遣針醫白光炫看病〕

허적에게 궤장을 하사함

경신대출척

허적 사사

인경왕후 사망

장렬왕후 치료에 참여함〔莊烈王后 久違豫 以公議遂收效〕

종2품 가의대부에 오름〔陞嘉義〕

부친 백철명에게 가선대부 등의 관직을 추증〔以第二子光炫之貴贈嘉善大夫〕

숙종 7년(1681)

인현왕후 책봉

김만기에게 백광현을 보내어 간병케 함〔金萬基 遣御醫白光鉉看病〕

이숙에게 백광현을 보내어 간병케 함〔兵判所患腰痛 遣針醫白光鉉看病〕

숙종 8년(1682)

김석주의 연경 사신단에 동행함〔息庵金相國奉使燕京也上命公隨行〕

숙종 9년(1683)

숙종의 천연두 후의 후종을 침으로 치료함〔聖痘後喉腫 公以鍼奏效〕

명성왕후 사망

숙종 10년(1684)

종2품 동지중추부사에 임명됨〔白光炫爲同中樞〕

김석주에게 백광현을 보내어 간병케 함〔金錫冑 遣御醫及鍼醫白光炫看病〕

강령현감을 제수받음〔除康翎縣監〕

포천현감을 제수받음〔與抱川縣監相換〕

김석주 사망

숙종 11년(1685)

금천현감을 제수받음〔又移衿川皆特旨也〕

숙종 12년(1686)

정4품 호군에 임명됨〔白光炫爲護軍〕

첩에게서 난 자녀의 면천을 얻음〔子女幷爲免賤事令內司下敎天恩罔極〕

숙종 14년(1688)

경종 출생

숙종 15년(1689)

정3품 충장위장에 임명됨〔白光鉉爲忠壯衛將〕

청나라 칙사가 만나기를 청함〔燕使來者請見公於館伴以聞上命往見之〕

기사환국

인현왕후 폐서인

숙종의 통풍을 치료함〔上候以痛風症受灸平復〕

정2품 자헌대부에 오름〔陞資憲〕

숙종 16년(1690)

숙종의 제종을 치료함〔上患臍腫 鍼之不可宜灸對臍穴〕

정2품 정헌대부에 오름〔崔公有泰向公拜 平復後特陞正憲〕

세자 책봉

희빈 장 씨를 왕비로 책봉

숙종 19년(1693)

정2품 지중추부사에 임명됨〔白光玹爲知中樞府事〕

왕세자의 종기를 치료함〔王世子患項腫受鍼〕

종1품 숭정대부에 오름〔平復後陞崇政〕

3대 조상에게 추증〔以光玹之貴追贈三代公〕

희빈 장 씨의 종기를 치료함〔嬉嬪張氏腦後破腫〕

숙종의 각기를 치료함〔上候以脚氣平復特命賜馬〕

숙종 20년(1694)

갑술환국

인현왕후 복위

인현왕후의 복통과 구토를 치료함〔內殿未寧時 鍼醫白光玹熟馬一匹面給〕

숙종 21년(1695)

숙종의 무릎 수기를 치료함〔上候膝部有水氣 公請灸水道穴果有效〕

종1품 숭록대부에 오름〔陞崇祿〕

윤지완에게 백광현을 보내어 간병케 함〔上命送御醫白光炫於領敦寧尹趾
完處〕

정래교의 외삼촌의 종기를 진찰함〔內舅姜君病唇疔邀白太醫視之〕

숙종 22년(1696)

세자빈 책봉

세자빈의 복통을 치료함〔嬪宮 入宮卽患腹痛 一鍼神效 特賜豹皮一令面給馬
一匹〕

토혈의 병을 얻음〔猝得吐血之症〕

생전에 마지막으로 숙종을 진찰함〔復瞻耿光雖死無恨仍涕泣〕

말 한 필을 하사받음〔鍼醫白光玹各兒馬一匹〕

숙종 23년(1697)

사망〔丁丑二月初九日卒〕

숙종 44년(1718)

윤지완 사망

그 외 연도 미상의 주요 사건

이경석 손자사위의 폐옹을 치료함〔新得孫婿愼爾憲 肺癰膿已成也 公遂鍼
破出膿〕

김수항 조카딸의 편태를 진단함〔此胎脈古所謂偏胎是也月滿則必生男子矣〕

의약동참청에 들어감〔議藥廳 如白光炫 亦入之〕

복부를 째고 한 자(약 30센티미터) 길이의 물체를 끄집어냄〔腹病 以腫鍼 曲鍼取出白蟲長尺餘 乃一頭髮也〕

무명지에서 붉은색 충 세 개를 끄집어냄〔無名指屢日刺痛 刺取紅蟲三箇〕

복부를 째고 한 자 길이의 충을 끄집어냄〔下腹刺痛 以腫鍼鍼之以曲鍼取 出一條蟲 長尺餘矣〕

허벅지를 째고 여섯 치 길이의 사골을 끄집어냄〔鍼刺箕門穴下 取出死骨 六寸許〕

엉덩이를 째고 한 자 길이의 충을 끄집어냄〔鍼環跳上取出一蟲狀如蛇而 長尺餘〕

잇몸을 째고 충 세 개를 끄집어내어 치통을 치료함〔齒痛 鍼齦取紅蟲三 箇 痛立止〕

혀 아래를 째고 돌덩이를 꺼내어 기절한 자를 치료함〔鍼刺舌下縫取出石 塊如銀杏大者 卽甦〕

한의학 용어 해설

각기(脚氣) 【병명】 다리 힘이 약해지고 저리거나 지각 이상이 생겨서 제대로 걷지 못하는 병증.

각통(脚痛) 【병명】 다리가 아픈 증세가 나타나는 일체의 병.

간경(肝經) 【용어】 십이경락 중 간(肝)에 딸린 경락.

간사(間使) 【혈명】 아래팔 안쪽에 위치한 혈.

감국(甘菊) 【약재】 국화과에 속하는 국화의 꽃.

강활(羌活) 【약재】 미나릿과에 속하는 강활의 뿌리.

거궐(巨闕) 【혈명】 명치 부위에 위치한 혈.

거침(巨鍼) 【용어】 굵고 길고 넓은 형태의 침.

견정(肩井) 【혈명】 어깨에 위치한 혈.

경분(輕粉) 【약재】 염화제일수은(HgCl).

고약(膏藥) 【용어】 종기나 상처에 바르는 끈끈한 약.

곡골(曲骨) 【혈명】 생식기 바로 위 치골 부위에 위치한 혈.

곡지(曲池) 【혈명】 팔꿈치에 위치한 혈.

곡침(曲鍼) 【용어】 갈고리처럼 생긴 형태의 침.

관농(貫膿) 【용어】 천연두를 앓을 때 물집에 고름이 차는 것.

관원(關元) 【혈명】 아랫배에 위치한 혈.

광명(光明) 【혈명】 정강이 바깥쪽에 위치한 혈.

괴증(塊症) 【병명】 덩어리가 생기는 일체의 병증. 늑 종양

《구급방(救急方)》 【의서】 응급 상황에 대처하는 방법에 관한 조선 세조 대의 의서.

궁하탕(芎夏湯) 【처방】 담음(痰飮)을 치료하는 처방의 하나로, 유음(留飮) 치료에도 쓰인다. 천궁(川芎), 반하(半夏), 적복령(赤茯苓), 진피(陳皮), 청피(靑皮), 지각(枳殼), 백출(白朮), 감초(甘草), 생강(生薑) 약재를 물로 달여 만든 약액을 복용한다.

귤치죽여탕(橘梔竹茹湯) 【처방】 위(胃)의 열기로 인해 구토가 생길 때 쓰는 처방. 귤피(橘皮), 치자(梔子), 죽여(竹茹) 약재를 물로 달여 만든 약액에 생강즙을 타서 복용한다.

금은화차(金銀花茶) 【처방】 금은화(인동초 꽃)로 만든 차.

금진옥액(金津玉液) 【혈명】 혓바닥 아래에서 보이는 정맥 혈관 위에 위치한 혈.

기창(起脹) 【용어】 천연두를 앓을 때 구슬이 물집이 되는 것.

긴맥(緊脈) 【용어】 새끼줄을 만지는 듯한 느낌의 팽팽한 맥.

나력(瘰癧) 【병명】 림프절에 멍울이 생긴 병증. 늑 림프절결핵, 만성림프절염

나미고(糯米膏) 【처방】 종기의 고름을 잘 나오게 하고 새살이 잘 돋게 하는 고약. 나미(糯米)를 불에 볶은 후 가루 내어 찬물에 개어서 환부에 바르고 천으로 싸맨다.

남성(南星) 【약재】 천남성과에 속하는 여러해살이풀인 천남성의 덩이줄기.

납반환(蠟礬丸) 【처방】 종기가 생겼을 때 장부를 싸는 막을 보호하고 독을 사그라뜨리며 새살이 잘 돋게 하는 처방. 황랍(黃蠟), 백반(白礬) 약재로 알약을 빚어 따뜻한 술이나 물과 함께 복용한다.

내영향(內迎香) 【혈명】 콧속에 위치한 혈.

뇌수(腦髓) 【용어】 뇌와 척수.

단전(丹田) 【혈명】 아랫배에 위치한 혈. = 관원(關元)

담경(膽經) 【용어】 십이경락 중 담(膽)에 딸린 경락.

담병(痰病) 【병명】 담음(痰飮)으로 인해 생기는 일체의 병증.

담수(痰水) 【용어】 순환되지 못하고 고여서 탁해진 체액. ≒ 담음(痰飮)

담액(痰液) 【용어】 순환되지 못하고 고여서 탁해진 체액. ≒ 담음(痰飮)

담음(痰飮) 【용어】 여러 가지 원인으로 제대로 순환하지 못하고 일정한 부위에 정체되어서 탁해진 체액(體液).

담종(痰腫) 【병명】 담음(痰飮)이 한 곳에 몰려서 생긴 종기 혹은 종양.

담학(痰瘧) 【용어】 추웠다 더웠다 하는 학질의 하나로, 담음(痰飮)으로 인한 학질을 말한다.

당귀(當歸) 【약재】 미나릿과에 속하는 당귀의 뿌리.

대연교음(大連翹飮) 【처방】 태열을 치료하는 처방. 감초(甘草), 시호(柴胡), 황금(黃芩), 형개(荊芥), 연교(連翹), 차전자(車前子), 구맥(瞿麥), 활석(滑

石), 악실(惡實), 적작약(赤芍藥), 치자(梔子), 목통(木通), 당귀(當歸), 방풍(防風), 선각(蟬殼), 죽엽(竹葉), 등심(燈心) 약재를 물로 달여 만든 약액을 복용한다.

대추(大椎) 【혈명】 뒷목에 위치한 혈.

독활(獨活) 【약재】 두릅나뭇과에 속하는 독활의 뿌리.

《동인경(銅人經)》 【의서】 중국 송나라 때 왕유일(王惟一)이 지은 침구법에 관한 의서. 《동인수혈침구도경(銅人腧穴鍼灸圖經)》의 약칭이다.

두창(痘瘡) 【병명】 천연두.

《득효방(得效方)》 【의서】 중국 원나라 때 위역림(危亦林)이 지은 처방에 관한 의서. 《세의득효방(世醫得效方)》의 약칭이다.

등창 【병명】 등에 생기는 크기가 매우 큰 종기.

마황(麻黃) 【약재】 마황과에 속하는 마황의 가지.

만형자(蔓荊子) 【약재】 마편초과에 속하는 순비기나무의 열매.

목별자(木鼈子) 【약재】 호로과에 속하는 목별자의 종자.

몰약(沒藥) 【약재】 감람나뭇과에 속하는 몰약나무의 나무껍질에서 채취한 수지.

밀몽화(密蒙花) 【약재】 마전과에 속하는 밀몽나무의 꽃.

반총산(蟠葱散) 【처방】 냉기로 인한 산증이나 하복부의 통증을 치료하는 처방. 창출(蒼朮), 감초(甘草), 삼릉(三稜), 봉출(蓬朮), 백복령(白茯苓), 청피(靑皮), 축사(縮砂), 정향(丁香), 빈랑(檳榔), 현호색(玄胡索), 육계(肉桂), 건강(乾薑), 총백(葱白) 약재를 물로 달여 만든 약액을 복용한다.

발제(髮際) 【용어】 머리카락이 난 곳과 나지 않는 곳의 경계 부위.

백반(白礬) 【약재】 황산알루미늄칼륨($KAl(SO_4)_2 \cdot 12H_2O$). 썩은 살을 없애고 새살이 잘 돋게 한다.

백질려(白蒺藜) 【약재】 남가샛과에 속하는 남가새의 열매.

백출(白朮) 【약재】 삽주의 덩이줄기를 말린 약재.

백화사(白花蛇) 【약재】 살모사과에 속하는 오보사의 내장을 제거하여 건조한 것.

백회(百會) 【혈명】 정수리에 위치한 혈.

법지(法紙) 【용어】 약재 성분이 침투되도록 가공한 종이.

보원탕(保元湯) 【처방】 천연두를 앓을 때 환자가 흉증을 보이거나 환자의 체력이 떨어졌을 때 쓰는 처방. 인삼(人參), 황기(黃芪), 감초(甘草), 생강(生薑) 약재를 물로 달여 만든 약액을 복용한다.

복괴(腹塊) 【용어】 뱃속에서 만져지는 어떤 덩어리 혹은 복부에서 덩어리가 생기는 일체의 병증.

복토(伏兎) 【혈명】 허벅지에 위치한 혈.

《본초(本草)》 【의서】 약재에 관한 의서로, 가장 오래된 본초학 서적인《신농본초경(神農本草經)》을 말한다.

부골저(附骨疽) 【병명】 뼈의 한 부분이 썩어서 고름이 생기는 병. 늑 골수염, 골막염

《부인대전(婦人大全)》 【의서】 중국 송나라 때 진자명(陳自明)이 지은 부인병에 관한 의서.《부인대전양방(婦人大全良方)》의 약칭이다.

부자(附子) 【약재】 미나리아재빗과에 속하는 바꽃의 곁뿌리.

비상(砒霜) 【약재】 삼산화비소(As_2O_3).

사성회천탕(四聖回天湯)【처방】천연두를 앓을 때 나타나는 일체 흉증과 위급증에 사용한다. 인삼(人蔘), 황기(黃芪), 당귀(當歸) 약재를 물로 달인 약액에 석웅황(石雄黃)을 가루 내어 타서 복용한다.

사유환(蛇油丸)【처방】백화사의 기름으로 만든 환약으로, 멍울의 형태로 생기는 종기를 치료하는 처방.

삭맥(數脈)【용어】맥박수가 빠른 맥.

산증(疝症)【병명】고환이나 음낭이 커지면서 아프거나 아랫배가 당기면서 아픈 병증.

산치자산(山梔子散)【처방】담음으로 인해 가슴이 타는 듯한 통증이 생길 때 쓰는 처방. 치자(梔子)를 가루 내어 한 번에 4그램씩 끓인 물에 타서 복용한다.

산침(散鍼)【용어】환부의 여러 곳을 찌르기 위한 용도의 가는 침.

삼릉침(三稜鍼)【용어】출혈의 목적으로 사용하는 끝이 세모진 침.

상기(上氣)【병명】가슴이 답답하고 호흡이 힘든 증세가 나타나는 일체의 병. 늑 심근경색증, 고혈압, 심근병증 환자에게서 나타날 수 있는 심부전 상태

상성(上星)【혈명】정수리 앞쪽에 위치한 혈.

석웅황(石雄黃)【약재】이황화비소(As_2S_2) 혹은 삼황화비소(As_2S_3)와 같은 비소 화합물.

선방활명음(仙方活命飮)【처방】종기의 초기에 독기를 잘 소멸시켜주는 처방. 대황(大黃), 금은화(金銀花), 당귀(當歸), 조각자(皂角刺), 진피(陳皮), 유향(乳香), 패모(貝母), 천화분(天花粉), 백지(白芷), 적작약(赤芍藥), 감초(甘

草), 방풍(防風), 몰약(沒藥), 천산갑(穿山甲) 약재를 좋은 술로 달여 만든 약액을 복용한다.

선전화독탕(仙傳化毒湯) 【처방】여러 종류의 종기에 쓰여 독기를 사그라지게 해주는 처방. 금은화(金銀花), 천화분(天花粉), 방풍(防風), 황금(黃芩), 감초(甘草), 백작약(白芍藥), 적복령(赤茯苓), 패모(貝母), 연교(連翹), 백지(白芷), 반하(半夏), 유향(乳香), 몰약(沒藥) 약재를 술과 물을 절반씩 넣어 달여 만든 약액을 복용한다.

소독고(消毒膏) 【처방】독기를 사그라뜨리는 고약. 당귀(當歸), 황기(黃芪), 천궁(川芎), 행인(杏仁), 백지(白芷), 백렴(白斂), 영릉향(零陵香), 괴백피(槐白皮), 유지(柳枝), 목별자(木鼈子), 감송(甘松), 유향(乳香), 몰약(沒藥), 경분(輕粉), 주사(朱砂), 사향(麝香), 황단(黃丹), 황랍(黃蠟) 약재에 참기름을 붓고 끓여 만든 고약을 환부에 바른다.

소독비방(消毒秘方) 【처방】독기를 없애고 새살이 잘 생기게 해주는 처방. 백반(白礬), 유향(乳香), 몰약(沒藥), 해아다(孩兒茶), 담반(膽礬), 경분(輕粉), 웅황(雄黃), 황단(黃丹), 용뇌(龍腦), 호동루(胡桐淚), 사향(麝香) 약재를 가루 내어 환부에 바르거나 혹은 아교(阿膠)와 함께 빚어 길쭉한 모양으로 만든 후 환부 깊이 삽입한다.

소시호탕(小柴胡湯) 【처방】간이나 간 경락에 생긴 일체 병증을 치료하는 처방. 시호(柴胡), 황금(黃芩), 인삼(人蔘), 반하(半夏), 감초(甘草), 생강(生薑), 대조(大棗) 약재를 물로 달여 만든 약액을 복용한다.

송진(松津) 【약재】소나뭇과에 속하는 소나무의 나무껍질에서 채취한 수지. = 송지(松脂)

수도(水道) 【혈명】 아랫배에 위치한 혈.

수엽(收靨) 【용어】 천연두를 앓을 때 고름이 딱지가 되는 것.

수혈(兪穴) 【혈명】 각 오장육부의 기운과 밀접하게 연결되는 방광 경락상의 혈. 등 쪽에 위치해 있다. 배수혈(背兪穴)이라고도 한다.

습담(濕痰) 【용어】 체액의 순환이 원활하지 못해 생긴 끈적끈적한 노폐물.

승마갈근탕(升麻葛根湯) 【처방】 두드러기, 홍역, 수두, 천연두와 같이 피부에 생기는 일체 병증을 치료하는 처방. 갈근(葛根), 백작약(白芍藥), 승마(升麻), 감초(甘草), 생강(生薑), 총백(葱白) 약재를 물로 달여 만든 약액을 복용한다.

시진탕(柴陳湯) 【처방】 담학(痰瘧)으로 인해 오한과 발열이 나타날 때 쓰는 처방. 시호(柴胡), 반하(半夏), 인삼(人參), 황금(黃芩), 진피(陳皮), 적복령(赤茯苓), 감초(甘草), 생강(生薑), 대조(大棗) 약재를 물로 달여 만든 약액을 복용한다.

시호(柴胡) 【약재】 미나릿과에 속하는 참시호의 뿌리.

시호양격산(柴胡凉膈散) 【처방】 간이나 간 경락에 생긴 열을 식혀주는 처방. 시호(柴胡), 황금(黃芩), 인삼(人參), 반하(半夏), 감초(甘草), 연교(連翹), 대황(大黃), 망초(芒硝), 박하(薄荷), 치자(梔子), 생강(生薑), 대조(大棗) 약재를 물로 달여 만든 약액을 복용한다.

시호청간탕(柴胡淸肝湯) 【처방】 간담(肝膽)이나 간담 경락이 흐르는 부위에 생긴 종기를 치료하는 처방. 시호(柴胡), 치자(梔子), 황금(黃芩), 인삼(人參), 천궁(川芎), 청피(靑皮), 연교(連翹), 길경(桔梗), 감초(甘草) 약재를 물로 달여 만든 약액을 복용한다.

시호향유음(柴胡香薷飲)【처방】여름철의 더위 먹은 병을 치료하는 처방. 향유(香薷), 후박(厚朴), 백편두(白扁豆), 인삼(人參), 진피(陳皮), 백출(白朮), 백복령(白茯苓), 황기(黃芪), 모과(木瓜), 감초(甘草), 시호(柴胡) 약재를 물로 달여 만든 약액을 복용한다.

식치(食治)【용어】음식으로 질병을 치료하거나 몸을 조리하는 방법.

신수(腎兪)【혈명】등에 위치한 혈.

십이경락(十二經絡)【용어】인체를 흐르는 열두 개의 경락.

아문(啞門)【혈명】뒷목에 위치한 혈.

아시혈(阿是穴)【용어】이미 정해진 혈이 아니라 병으로 인해 아픈 곳 또는 눌러서 아픈 곳.

악혈(惡血)【용어】혈관에서 나와 조직 사이에 몰려 있는 죽은 피. 어혈.

안종(眼腫)【병명】안구 주위에 생기는 종기, 혹은 안구 주위가 부은 상태.

약연(藥碾)【용어】약의 재료를 갈아 가루로 만들 때 사용하는 기구. 단단한 나무나 쇠, 돌 등으로 만든다.

양계(陽谿)【혈명】손목에 위치한 혈.

연교(連翹)【약재】목서과에 속하는 산개나리의 열매.

예막(翳膜)【병명】붉은색, 푸른색 또는 흰색의 막이 눈동자를 덮는 눈병 혹은 그 막.

오두(烏頭)【약재】미나리아재빗과에 속하는 바꽃의 덩이뿌리.

오매(烏梅)【약재】장미과에 속하는 매실나무의 미성숙한 열매.

오장지수(五藏之兪)【용어】등에서 각 오장과 직접 이어지는 수혈(兪穴)이 위치한 곳.

옹(癰) 【병명】몸의 겉층과 장부 등이 곪는 병증.

우황(牛黃) 【약재】황소의 쓸개에 생긴 결석[담석]을 말린 것.

유도(乳道) 【용어】젖을 주는 산모 혹은 유모가 병에 걸린 유아의 치료를 위해 약을 대신 복용하는 방법. 혹은 젖이 나오는 분비선.

유음(留飮) 【용어】가슴 속에 위치한 담음(痰飮).

유향(乳香) 【약재】감람나뭇과에 속하는 유향나무의 나무껍질에서 채취한 수지.

유황(硫黃) 【약재】황(sulfur).

육혈(衄血) 【용어】코피.

음문(陰門) 【용어】여성의 질.

의창(意創) 【혈명】백광현이 창안한 혈의 이름으로 배꼽의 정반대 쪽에 위치한 혈.

인후침(咽喉鍼) 【용어】인후를 찌르기 위한 용도의 길쭉한 침.

자초고(紫草膏) 【처방】피부에 생긴 일체 태열이나 발진을 치료하기 위한 고약. 자초(紫草), 황련(黃連), 황백(黃柏), 누로(漏蘆), 적소두(赤小豆), 녹두(菉豆) 약재를 가루 내어 돼지기름이나 참기름에 개어 환부에 바른다.

장담(腸覃) 【병명】아랫배에 단단한 덩어리가 생기는 병증. ≒ 난소종양, 난소난관농양

장옹(腸癰) 【병명】옹(癰)의 하나로 소장이나 대장에 생긴 옹을 통틀어 이르는 말이다. ≒ 급성충수염

전중(膻中) 【혈명】가슴 한가운데에 위치한 혈.

점혈(點穴) 【용어】침을 놓거나 뜸을 뜨기 위하여 혈의 위치를 정확히 찾

아 점을 찍어 표시하는 것.

정혈(精血) 【용어】 건강한 피.

제종(臍腫) 【병명】 배꼽에 생긴 종기 혹은 배꼽이 부은 상태.

족삼리(足三里) 【혈명】 정강이에 위치한 혈.

족소양담경(足少陽膽經) 【용어】 십이경락 중 담(膽)에 딸린 경락.

종침(腫鍼) 【용어】 종기를 쨀 때 사용하는 넓적하고 길쭉한 형태의 침.

중완(中脘) 【혈명】 명치와 배꼽 사이에 위치한 혈.

지룡(地龍) 【약재】 지렁잇과에 속하는 지렁이의 전체(全體).

지룡즙(地龍汁) 【약재】 살아 있는 지렁이를 채취하여 흙을 제거한 후 소금을 뿌려두었을 때 생기는 물. 열독을 풀어준다.

《직지방(直指方)》 【의서】 중국 송나라 때 양사영(楊士瀛)이 지은 처방에 관한 의서.《인재직지방(仁齋直指方)》의 약칭이다.

징가(癥瘕) 【병명】 여성의 아랫배 속에 덩어리가 생기는 병. ≒ 자궁근종, 자궁암

《찬도맥(纂圖脉)》 【의서】 중국 육조시대에 고양생(高陽牲)이 지은 진맥법에 관한 의서. 선조 대에 허준이 이 책을 교정하여《찬도방론맥결집성(纂圖方論脈訣集成)》을 편찬했다.

창두(瘡頭) 【용어】 종기가 생겼을 때 가장 볼록하게 솟은 부위. 종기가 곪게 되면 이곳으로 고름이 터져 나온다.

창만(脹滿) 【병명】 배가 몹시 불러 오르면서 속이 그득한 감을 주증상으로 하는 병증.

《창진집(瘡疹集)》 【의서】 조선 세조 때 임원준(任元濬)이 지은 홍역, 수두,

천연두의 치료에 관한 의서.

천돌(天突)【혈명】목과 가슴이 이어지는 부위에 위치한 혈.

천오(川烏)【약재】미나리아재빗과에 속하는 재배 바꽃의 원뿌리.

천추(天樞)【혈명】배꼽 좌우에 위치한 혈.

청근(靑筋)【용어】겉으로 두드려져 나온 정맥 혈관.

청열치독음(淸熱治毒飮)【처방】종기의 열기와 독기를 사그라뜨리는 처방.

초오(草烏)【약재】미나리아재빗과에 속하는 야생 바꽃의 원뿌리.

촌관척(寸關尺)【용어】손목에서 맥진을 하는 세 군데 부위.

촌부(寸部)【용어】손목에서 맥진을 하는 세 군데 부위 중 원위부(손가락과 가까운 부위)에 위치한 곳.

출두(出痘)【용어】천연두를 앓을 때 구슬이 볼록하게 생겨나는 것.

치종의(治腫醫)【용어】종기를 전문적으로 치료하는 의사.

탁리소독음(托裏消毒飮)【처방】종기가 터졌을 때 고름이 잘 나가고 새살이 잘 돋게 해주는 처방. 인삼(人參), 황기(黃芪), 백작약(白芍藥), 당귀(當歸), 백출(白朮), 백복령(白茯苓), 진피(陳皮), 연교(連翹), 금은화(金銀花), 백지(白芷), 감초(甘草) 약재를 물로 달여 만든 약액을 복용한다.

탈저(脫疽)【병명】신체 조직의 한 부분이 썩는 병. 주로 손과 발이 썩어서 떨어진다. 늑 당뇨병성 괴저, 버거씨병(폐색성 혈전혈관염)

《태산집요(胎産集要)**》**【의서】태아와 부인의 치료에 관한 의서.

태충(太衝)【혈명】발등에 위치한 혈.

토사곽란(吐瀉霍亂)【병명】갑자기 토하고 설사하는 병증을 통틀어 이르는 말. 찬 것, 날것, 변질된 음식물을 잘못 먹어서 생긴다. 늑 급체, 장염, 식

중독

통풍(痛風) 【병명】 팔다리 관절이 붓고 아픈 병.

파두(巴豆) 【약재】 대극과에 속하는 파두의 씨.

편태(偏胎) 【용어】 자궁의 위치 변이로 인해 임신 중 배가 한쪽으로 불러 오르는 것.

폐옹(肺癰) 【병명】 폐에 고름이 생긴 병증. 늑 폐렴, 폐농양, 폐암

풍지(風池) 【혈명】 뒷목에 위치한 혈.

해계(解谿) 【혈명】 발목에 위치한 혈.

향유(香油) 【약재】 참깨로 짠 기름.

혈락(血絡) 【용어】 불거져 나온 정맥.

혈류(血瘤) 【병명】 혈관이 뭉쳐서 생긴 혹. 늑 혈관종

형방패독산(荊防敗毒散) 【처방】 감기 혹은 오한과 발열을 동반하는 일체 피부질환에 쓰이는 처방. 강활(羌活), 독활(獨活), 시호(柴胡), 전호(前胡), 적복령(赤茯苓), 인삼(人參), 지각(枳殼), 길경(桔梗), 천궁(川芎), 형개(荊芥), 방풍(防風), 감초(甘草) 약재를 물로 달여 만든 약액을 복용한다.

호박서각고(琥珀犀角膏) 【처방】 인후, 입 안, 혀가 헐었을 때 사용하는 처방. 산조인(酸棗仁), 복신(茯神), 인삼(人參), 서각(犀角), 호박(琥珀), 주사(朱砂), 용뇌(龍腦) 약재를 가루 내어 꿀에 반죽하여 계란 노른자 크기로 알약을 만든 후 맥문동(麥門冬) 약재를 달인 약액에 풀어서 복용한다.

홍삭(洪數) **맥** 【용어】 홍수처럼 크게 넘실대면서 동시에 빠른 맥.

화독탕(化毒湯) 【처방】 천연두가 생겼을 때 구슬이 잘 돋도록 해주는 처방. 자초(紫草), 승마(升麻), 감초(甘草), 나미(糯米) 약재를 물로 달여 만든 약

액을 복용한다.

화유석(花乳石) 【약재】 탄산칼슘 화합물(Ca_2CO_3).

《화제방(和劑方)》 【의서】 중국 송나라 때 황제의 명에 의해 편찬한 처방에 관한 의서. 《태평혜민화제국방(太平惠民和劑局方)》의 약칭이다.

《화제지남(和劑指南)》 【의서】 중국 송나라 때 황제의 명에 의해 편찬한 처방에 관한 의서. 《태평혜민화제국방(太平惠民和劑局方)》의 부록인 《지남총론(指南總論)》의 약칭이다.

환도(環跳) 【혈명】 엉덩이에 위치한 혈.

환약(丸藥) 【용어】 작고 동글동글하게 빚은 약.

활락단(活絡丹) 【처방】 통풍으로 인한 통증을 치료하는 처방.

활맥(滑脈) 【용어】 구슬이 흘러가는 듯한 느낌의 맥.

황단(黃丹) 【약재】 납을 가공하여 만든 사산화삼납(Pb_3O_4).

회음(會陰) 【혈명】 생식기 주위에 위치한 혈.

후종(喉腫) 【병명】 후두에 생긴 종기 혹은 후두가 부은 상태.

흑함(黑陷) 【용어】 천연두가 생겼을 때 구슬의 색깔이 검게 변하면서 푹 꺼지는 증상.